← 房的事儿

楚清枫 ◎ 著 →

毕业两年就买房
80后小夫妻购房记 →

重庆出版集团 ◎ 重庆出版社

图书在版编目（CIP）数据

房的事儿 / 楚清枫著. —重庆：重庆出版社，2011.7
ISBN 978-7-229-03944-8

Ⅰ.①房… Ⅱ.①楚… Ⅲ.①长篇小说 – 中国 – 当代
Ⅳ.①I247.5

中国版本图书馆 CIP 数据核字（2011）第 063779 号

房的事儿
FANG DE SHI'ER

楚清枫 著

出 版 人：罗小卫
策　　划：郭晓飞
特约策划：杨　东　万小红
责任编辑：陶志宏　汪晨霜
装帧设计：天下书装

重庆出版集团
重庆出版社 出版

重庆长江二路 205 号　邮政编码：400016　http://www.cqph.com
北京宏泰恒信文化传播有限公司制版
三河市灵山装订厂印刷
重庆出版集团图书发行有限公司发行
E-MAIL:fxchu@cqph.com　邮购电话：023-68809452
全国新华书店经销

开本：710mm×1020mm　1/16　印张：16.5　字数：220 千字
2011 年 7 月第 1 版　2011 年 7 月第 1 次印刷
ISBN 978-7-229-03944-8
定价：32.00 元

如有印装质量问题，请向本集团图书发行有限公司调换：023-68706683

1

季明和乔罂一毕业就遇到两个难题，一是工作，二是房子。

2008年5月初，大家开始陆续离开学校。有少数同学运气好，加上跟辅导员关系较好，在学校就找到了工作。师范类的毕业生多数选择做老师，也有留校任教的，季明和乔罂本来都有机会留校任教。但是季明觉得男人做老师有些窝囊，他想去社会闯荡，实现自己做一番轰轰烈烈大事的梦想。乔罂本来想留校任教的，但是因为季明的原因也只好放弃了，随季明来到了深久市。

在深久市，季明和乔罂除了季明的哥哥季雷之外举目无亲，季雷帮季明和乔罂暂时找了个地方落脚——是他同事的暂时空置的房子。

休息了几天后，季明和乔罂一起出去找工作。他们每天的足迹遍布网吧、人才市场和报亭，可半个月过去了，季明仅获得了一次面试机会，乔罂一次都没有。虽然人们说这个南方发达城市遍地是黄金，可真正让用人单位去接收应届毕业生，好像是强人所难，他们要的都是有工作经验的求职者。

季明记得他第一次面试，约定时间是上午九点钟，季明八点五十五分就到了。他的时间观念很强，他记得老师说过，去面试时最好掐着约好的时间到场，去早了会被人鄙视，去晚了会被人说没有时间观念。

九点十分，季明被告知先填表，填完表后，他以为很快就会有人面试他

001

了，可等了一个半小时也没人理睬，催问了好几次，这才有个女孩子带他进到经理室。

季明满怀希望地走进去，可经理室里竟然也没人，季明以为面试的人很快就会来，他坐在办公台前面的椅子上等，可左等右等，等了二十分钟还是没人出现。季明感到非常焦虑，记得鲁迅先生说过："时间就是生命，无端地空耗别人的时间，其实是无异于谋财害命。"

季明心想，面试通不过我心服口服，但是如果是糊弄我，放我鸽子那就另当别论了。他越想越觉得不对劲，走到前台问那个让他填表的女孩："为什么让我等这么久？面试我的人在哪里？"

"哦，你再等等，他有些忙，一会儿就过来，我已经打电话给他了。"

"还等呀？我都等了快两个小时了。"季明提高了音量。

"我们也没办法，他可能是路上堵车吧。"女孩子撇撇嘴，显得很无奈。

她无所谓的，甚至麻木的表情激怒了季明，一股怒火沿着胸腔升起，季明拍着台面骂道："你就会说'可能'、'没办法'这些废话，要你这样的人做什么？当摆设吗？你们这样太不尊重人了。如果那人还没到，你们应该通知我改天再来，何必这样浪费我的时间？你们这样做等于谋财害命，你懂吗？"

女孩子被吓住了，看着声色俱厉的季明，她感到惶恐，嗫嚅道："对不起哦，我也不知道……"

"对不起就完了？你要知道，我因为要来你们公司面试，已经推掉了两家公司了，你们竟然这么对待我！"

听到喧闹声，周围聚拢了人，一时间议论纷纷：

"哦，原来是来面试的。"

"看来是应届毕业生。"

"很横的嘛，有什么可横的？很多应届毕业生不知道社会的水深水浅，以为自己多了不起。"

"也别这么说，我看到他等了很久了，黄经理还没来。"

有个貌似领导的女人拨开人群走过来了："小伙子，我们工作人员考虑不周，耽误了你的宝贵时间，对不起了，要不你改天再来？"

季明更加愤怒了，满口的火药味："我要是再来就是狗娘养的！我告诉你们，别看我是应届毕业生就欺负我。你们打着以人为本的旗号，却这么没有时间观念，不懂得尊重人才，我相信你们公司离倒闭不远了！"

季明一下子惹来了众怒，他却感到一阵酣畅淋漓的畅快，大手一挥，拨开人群，在一片吵嚷声中大步离开。

这是一次失败的求职经历，让季明倍感求职的艰辛。乔罂说："我支持你，这种不重视人才的公司早晚会倒闭，如果你进去了，相信也干不久，这是因祸得福啊。"

季明面试后没几天，乔罂也接到一家叫明扬公司的面试通知。她牢记上次季明的求职教训，决不找没有时间观念的公司，现在是双向选择，个人也有资格挑选公司。乔罂也是按时去了公司，这家公司还好，很守时，约好下午两点半到，乔罂到前台填完表后，立即被带往一间办公室，里面坐着一位三十多岁的女士，前台小姐说："这位是我们人事部经理。"

"你好。"乔罂微笑着问好。

"你好，请坐。"人事部经理不苟言笑，严肃地看着乔罂，犀利的目光从上到下打量着，似乎要看透乔罂的内心世界。

乔罂不知道这女人为何这么看自己，心里慌乱，却努力表现得镇定自若，大胆地迎着她的目光。

"说说你对明扬公司了解有多少？为什么想来明扬公司？"

乔罂也是第一次面试，不知道怎么回答这些问题，想了想后说："明扬公司是一家集房地产、酒店、餐饮等业务于一体的综合性大企业，业务分布国内多个城市，公司有员工近两千人，公司的经营理念是：服务没有最好，只有更好。企业文化是：来了都是客，来了都是朋友，大家好才是真的好，明扬永远是你的朋友！"乔罂看到人事部经理眼里流露出的肯定和欣喜，她感到很受鼓舞，接着说："因为明扬公司的经营理念和企业文化都非常吸引我，我相信在这里能施展才能，所以我来了。为了自己的理想，也为了明扬的明天。"

人事部经理点点头："说得很好。"她瞄了瞄乔罂的求职简历，说："你在学校还是个文艺委员？"

"嗯，是的。"

"那你应聘的是总经理秘书，请问你对这个职位有什么认识？"

"我认为总经理秘书这个职位是起承上启下作用的。总经理秘书的工作很烦琐，起草、签发文件并执行，然后就是陪着总经理接待客户，必要时替总经理排忧解难……"

"怎么排忧解难？"人事部经理的眼里掠过一丝奇怪的光芒，这让乔罂心下一沉，想了想说："就是有时候，总经理遇到难解的问题，秘书要及时想出对策为总经理化解疑难问题。"

"你认为你漂亮吗？"

乔罂怔了怔，没想到人事经理突然问这么奇怪的问题，她诧异地反问："这跟漂亮不漂亮有什么关系呢？"

"当然有关系，你没听说老总经常跟小蜜搞到一起的事吗？"乔罂惊讶地看着面前这个主考官，一时无语，听她接着说："乔小姐，你发现没有？我们公司的女孩子都不漂亮，你如果进来了，很可能会成为众人的靶心。"

乔罂不解，试探问："你这话是什么意思？难道我长得漂亮是罪过？"

人事部经理冷笑了一声，说："有时候人长得太漂亮，的确也是一种罪过。"

乔罂明白了，她说："经理，我不知道你姓什么，但是我对你们的招聘工作感到很不解，工作和长相有什么关系呢？"

"因为长得漂亮的女孩子通常徒有外表，绝大多数是没有工作能力的，如果她能爬上高位，那就是因为她被潜规则了，潜规则你懂吗？"

乔罂脸色大变，噌地站起来，怒视着人事部经理，言语枪子一样掷地有声："什么叫潜规则我当然懂！但是请你尊重我，也尊重你自己！你一个堂堂的人事部经理，竟然说出这样的话来。是的，我长得就是比你漂亮比你年轻，你忌妒了吧？你想被总经理潜规则他还不领情呢！"

人事部经理脸上一片愕然，青黄苍凉的脸色顿时难看起来，气得浑身直抖，指着门吼道："你、你给我出去！你的应聘结束了！你被拒绝了！"

乔罂气极反笑，说："请你搞搞清楚，是谁拒绝了谁！我万分荣幸不必跟一个变态的女人一起做事！"

乔罢一把抓起桌上的表格和简历,摔门而去,想象着背后女人气得浑身发抖,自觉有一种悲壮的快感。出门时,差点与人撞个满怀,门旁聚集的人见乔罢出来,表情讪讪的。

等电梯时,一个女孩子过来搭讪:"你面试没通过吧？"

乔罢怀揣一肚子气,分不清是敌是友,言语像枪药一样蹦出来:"跟你有什么关系？"

"你误会了,我没有取笑你的意思。"女孩子回手一指,"我只想告诉你,那个面试你的女人的确有些变态,她还身兼财务部经理,你知道她是谁吗？"

"谁？"

"她是总经理夫人,也就是公司的老板娘。"

"啊？"乔罢瞪大双眼,不可思议。

女孩子点点头,继续说:"每个应聘总经理秘书的人都要经过她这一关,长得漂亮的一概不要,不管人家能力怎么样。因为她老公曾经被一个秘书迷得神魂颠倒的,还差点离了婚,所以她怕悲剧再次重演。"

乔罢一瞬间明白是怎么回事了,心里一片凄凉,当着这个推心置腹的陌生人,她委屈得几乎掉下泪来,她喃喃道:"难怪她要诋毁漂亮的女孩子,原来害怕别人抢走她老公。"

"我看你人还不错,所以特地来跟你说一声,省得你蒙在鼓里。"女孩子安慰地拍拍乔罢的肩,"工作可以再找,不会人人都像她这样既可怜又变态的。"

"谢谢你啊。"乔罢真诚道谢。

回去的路上,她一直在想一个问题:以前听说漂亮的女子好找工作,而为什么轮到自己的时候却如此艰难呢？难道是我运气太背了？

这番遭遇引得季明哈哈大笑,感叹说:"乔罢啊,怪就怪你长得太漂亮了。"

乔罢气得连连捶他:"人家都气坏了,你还幸灾乐祸！"

季明止住笑,心疼地揽乔罢入怀,抚摸着她一头柔软秀发,说:"福兮祸

所伏，祸兮福所依。只能说，我们的福分还未到，没事，好事多磨啊。”

“工作真难找啊，社会上什么人都有。”乔罂很失落。

“磨难才刚刚开始，小姑娘，你要有思想准备。不过你要相信面包会有的，牛奶会有的，一切都会有的。”

乔罂白了季明一眼，嘲讽道：“你在我面前怎么总是这么像个哲学家？”

季明毫不客气地说：“当然了，我比你多吃了几个月的盐嘛。”

乔罂扑哧一笑，抓起季明的手臂发泄地咬了一口，季明疼得直叫，反手捉住乔罂并压在身下，挠她痒痒。乔罂咯咯笑着求饶，季明故做凶巴巴的样子，点着乔罂鼻尖说：“下次还咬不咬了？”

“不咬了，不咬了，哈哈……”

看着笑得花枝乱颤的乔罂，季明怔怔地望着她，心下又爱又怜。离校快一个月了，两个人的工作还没着落，哥哥的同事一个月后就要回来了，他们两个人就得搬出去。工作找不到，住处也快成问题了。季明惶然着急，很想马上找到一份工作解决生存问题，可是工作在哪里？他连心爱的女孩子都照顾不了。

季明和乔罂都是好胜的人，他们不想也不会跟家里开口。他们觉得父母供他们上学已经不容易了，毕业后如果还依赖他们，实在说不过去。

白天他们各自出去找工作，晚上简单下点面条吃。他们没什么娱乐活动，要么是大眼对小眼，要么是去住的那条街上闲逛，由于囊中羞涩，见到好吃的好玩的都舍不得买。有时候看到漂亮的发夹和耳环，乔罂眼里会流露出艳羡、渴望的神情，季明看在眼里疼在心上，他揽过她的腰，轻轻说：“亲爱的，现在是我们最艰难的时期，等日子好过了，我给你买一箱，让你看到夹子、耳环就恶心……”

2

日子缓慢地流逝,找工作诸多不顺,他们互相勉励,互相扶持,不言放弃。每当一个新的面试机会到来的时候,两个人就有一种终于熬到头扬眉吐气的感觉,以为好日子就在前面招手,可是踌躇满志满怀希望的面试过后,却是一样的黯淡结局。

正当季明和乔罄因为找工作快陷入绝境的时候,季明又接到一个面试通知,是一家叫富华林的知名民营企业,季明所学专业是信息管理与信息系统,他应聘的是电子商务助理岗位。

季明还是准点到场,重复着常规的填表、交简历程序,然后和其他人一起被安排在会议室等待笔试。数一数,这一圈参加考试的还真不少,男孩子一律西装革履,女孩子一律职业装。季明低头看了一眼自己的装束,最随意,也最整洁明快,虽然不职业,但也绝没什么可以自卑的。

过了几分钟,一位姑娘推门而进,简洁干练地说:"大家好,我是人事部的吴美丽。"人群里立刻低声传来嗤嗤笑声,吴美丽眉毛一挑,严肃地说:"请你们遵守考场纪律。现在我发卷子,开始进行笔试考核,大家对一下时间,现在是14:28分,一个半小时之后,也就是16:00整,我来收卷。"

季明接过试卷快速浏览了一下,发现这些试题对他来说简直就是小菜一碟。他从容不迫地写下答案,不到一个小时就把所有题目都做完了,看看身边,其他人还在争分夺秒地写着,有些人似乎还在为题目答不出来而伤透

脑筋。季明为了保险,从头到尾检查了一遍。还有半小时,他把试卷交给了前台小姐,然后坐在前厅的沙发上等待。

公司的职员来回穿梭,貌似很忙,有个别人投来了好奇的目光。季明索性拿起沙发旁边的报纸打发时光,16:00时他走回会议厅。

吴美丽正在收试卷,对于季明把试卷交到前台,大为惊异:"你应该直接交给我,因为交到前台很可能会泄露答案。要知道,我们公司很严格的。"

季明感到不可思议,心想不就是一个小考试吗,还搞得跟公务员考试一样严格。

一个个面试的人面试结束后,出去时哭丧着脸,低着头快步走出富华林公司,看来是深受打击了。季明正失神地想着,突然听到吴美丽喊他的名字,季明应了一声,整整衣装从容地走进主考官办公室。

大班台后坐着一个男人,三四十岁的样子,秃头,脸上刮得光洁干净,鼻梁上架着一副近视眼镜,小眼睛眯着,却熠熠生辉,目光锐利。

季明拉开男人对面的椅子,坐下,微笑着说:"你好。"

"你好。"他还报微笑,从上到下打量着季明,然后低头审视简历和答卷。稍后,男人自我介绍说:"我是电子商务部的负责人,姓许。"

季明微笑点头,称呼一声"许经理",许经理接着说:"我们公司你应该有所了解了吧?"

"基本了解了。"

"那我就不多说了,我先介绍一下我们商务部,商务部主要负责国内外的贸易往来,以及国内一些展销会、展览会的策划和跟进工作。商务部现有28人,是公司目前最大的部门。"他边说边观察季明的反应,见季明注视着他认真听着,许经理很满意,接着说,"我们这次要增添一些新鲜血液,要一些年轻有活力的员工,而在职的一些员工,年龄有些偏大了,没有什么活力。"他低头看了一眼季明的简历,像有重大发现似的皱紧眉头,说:"对了,你是应届毕业生?"

"是的。"

许经理抬头看着季明,扶了扶眼镜,然后摇摇头轻轻叹息,季明心头一沉,果然听到许经理说:"你的简历写得不错,笔试成绩也不错,形象、口才都不错,但是我没想到你是应届生,太遗憾了。"

季明立刻有了一种不祥的预感,他说:"应届毕业生怎么了?我不太明白你的意思。"

"应届毕业生没有经验,我们去年招了一个应届毕业生,结果他把我们公司害惨了。他自作主张,没有问主管就私自答应客户提出的产量,还说是代表公司作出的决定,结果我们没有时间调度出那么多货物,输了那单生意不说,还失去一个一直合作得不错的客户。当然,他后来被我们解雇了。所以我们说以后不再招应届毕业生了。"

"许经理,你说的那样的人我相信是存在的,但是并不等于每个应届生都跟他一样,这种错误的发生也未必是因为他没有工作经验造成的吧?"

"当然是因为没有工作经验。"

"其实没有人生下来就是有工作经验的,都是在工作当中不断积累和学习,才能够具备一定的经验。"

"话是这么说,但是用应届生是有很大风险的。"

"许经理,请恕我直言,你们如果只因为我是应届毕业生而把我拒之门外,那对我实在是太不公平了,希望你慎重考虑。"

许经理盯着季明看了好一会儿,见季明自信地迎视着,没有一点退缩,沉吟了一下说:"说实在的,你的资料我还是看得最仔细的,你的条件我还是很满意的。但是我们还是要慎重考虑一下,对你的问题我们要好好讨论一下再作决定。"

季明心想也许还有希望,他说:"谢谢许经理的肯定和鼓励,我希望加入贵公司,相信我不会给公司抹黑。"

许经理点点头,问:"你对工资待遇有什么要求?"

季明对关于工资要求的问题早已经有所准备,他从容不迫地说:"我刚刚走出校园,说实在的,的确没有什么工作经验,就这点来说,我没有资格提太高的要求。我只希望公司给我一个机会去施展才华,试用一个月后,如果觉得我还行,然后再看看我值多少钱,给我定一个工资标准。如果我现在狮

子大开口，你们会觉得我狂妄，如果我提很低的工资要求，你们可能又会觉得我对自己没有信心，所以还是用实力说话吧。当然，试用期的薪水起码应该保证我的温饱，同行业的该职位的薪金标准我多少也了解过，我相信贵公司一定不会让一个人才风餐露宿、流落街头吧？"

许经理哈哈大笑，小眼睛眯成两条线："季明，你是个实在人，也很自信。不错，我很欣赏自信的人，我喜欢你的性格，相信你会在这个弱肉强食的社会里变成强者的。"

"谢谢许经理夸奖，你的话给了我更大的信心。"

"好，你的情况我们好好斟酌一下，你先回去等我们的通知吧，我们在一周内会通知你是否被录用。"

季明欣喜地站起身，主动跟许经理握手："谢谢。"

走出富华林公司的时候，季明感到天地变宽了。虽然已近黄昏，但在季明的眼里仍然是阳光明媚、光芒四射。

一周在辗转煎熬中过去了，终于接到富华林公司发来的短信，季明又欢喜又忐忑地打开一看，手机屏幕上显示：季先生，我们遗憾地通知你，我们经过讨论决定本次不录用你，但是你的个人资料我们会一直保存在我们的人才库里，期待下一次的合作。谢谢，祝你早日找到满意的工作。

季明一下子懵了，希望越大，失望也越大。他原以为这一次一定能成功找到工作，却不成想还是失败了。他很想打电话问问许经理为何不录用他，难道就因为他是个应届毕业生吗？

几次思量，季明拿起电话的手还是僵在空中。这个电话是没有价值的，冠冕堂皇或无关痛痒的话根本无济于事。

季明万万没想到，第二天他竟然接到许经理的电话："你好，季明吗？我是富华林公司的许经理啊，接到手机短信了吧？"

"接到了。"

"真的对不起，我们公司的规定是每进来一个新人，都要经过几个领导审查并考核通过才能录用，五个人中只有两个人通过。当然这两个人当中有一个是我，很遗憾，要少数服从多数，我也很难过，没能把你招进来……"

季明心想这人真是太虚伪了,嘴上说:"没关系,我料到了,感谢你给我面试机会。"

"季明啊,你还年轻,前面的路还挺长,我祝你前程似锦。"

去你妈的前程似锦,早知道我是应届毕业生还耽误我工夫。想起以前面试的事,季明忍不住又要怒火喷发,压了几下才压下:"谢谢许经理,我是年轻,我有的是机会。"

"季明,我个人还是很欣赏你的。我今天打电话给你还有一件事,就是我一个朋友开了一家公司,不过跟你的专业不太对口,他那里接收应届生,你要是有兴趣去试试?"

季明脑子里转念了一下,开口问道:"公司规模怎么样?"

"小公司,刚成立不久,正招兵买马。"

季明心想,刚成立的小公司,说不定工资都开不出来:"许经理,我想还是算了吧,谢谢你。"

"真的不想试试了?起码先解决生存问题……"

"谢谢了,我还是对正规公司感兴趣。"

"嗯,祝愿你早日找到满意的工作。"

希望之后继而绝望的打击,使季明情绪一下子低落了下去,甚至萌生了返乡的念头,然而看看身边的乔罂,内心的坚持又跳跃出来,心底有个声音在激励着自己:不怕,天生我材必有用,千金散尽还复来,天无绝人之路。你不是一个人在战斗,你要给身边这个女人保障和未来。

这个夏天对季明来说异常煎熬。乔罂更加伤心难过,作为女人,她的危机意识更强烈,但她并没有表现得太明显,她怕季明更难受。

工作没有着落,季明笑容少了,沉默了。他经常坐在沙发上抽烟和发呆,脸上写满焦虑和烦闷,乔罂也郁闷无奈,自己的工作也没有着落,想劝慰他都不知道从何说起。两人都有种身陷囹圄的感觉。

当踌躇满志遇到无望待业时,理想就成了遥远的梦想。人首先要求得生存才能求发展,这个道理季明是懂的。看着愁容满面、闷闷不乐的乔罂,季明觉得许经理说得对,先求生存,后求发展,可是去哪里呢?许经理介绍的公司

未必靠谱，还是去大一些的公司才有保证吧。万般无奈的情况下，季明找出了躺在钱包里已经快两个月的新华人寿保险公司赵常青的名片。

保险公司的门槛较低，季明以前面试过没去，这次大门依旧热情敞开。季明入职以后是一个月的培训，培训完之后是保险代理人资格证学习和考试，算稳定下来了。不久，乔罄也在一家较大的民营企业上了班，做了一名文员，虽然这跟她的初衷相去甚远。

工作有了着落，季明和乔罄开始为住宿的事操心。还有半个月，业主就会从外地回来住，他们必须在半个月内找到房子，要不然又要面临无处栖身的尴尬境地。

他们只能利用周末时间去找房子，先是在两人公司中间地段的市区找，但是发现地处市区的房子几乎都租满了，有空房子，但都是三室一厅的，而且价格高得吓人，根本租不起，况且楼层又高又没有电梯。

只能继续寻找，一个上午过去了，又是一无所获。彼时是个大晴天，六月的深久市已经热得像蒸笼了，炎炎烈日，烤得人烦躁不安。

季明和乔罄在街边简单吃了个盒饭，来不及休息，就又开始找房了。在方圆一公里的周遭转了个遍，仍然没能找到合适的房子。小区的房子又旧又贵，光线和通风也并不好，只因为占了好地段，租金才敢要那么高。季明恨恨地说："这个破地儿，房租这么高，那些房子什么都不是。"

"算了，季明，我们别在市区找了，到城中村找找看。"

"城中村？我不喜欢，感觉那些地方治安不好。"

"但是市区我们又找不到，而且房租那么贵，哪儿租得起呀？"

季明忧郁地四处张望，猛然在不远处看到一家房屋租赁公司。他面露喜色地对乔罄说："乔罄，我们怎么那么笨呢？为什么不去找中介公司帮忙？"

"中介？"乔罄顺着他的视线望过去，那家叫"好运来"的租赁公司离他们就五十米远。乔罄嘟着嘴说："他们是要收费的。"

"收费就收费嘛，没事儿，去看看。"季明兴致勃勃地拉起乔罄的手。

一个穿着蓝色西装打着米色领带的男子迎着他们站起来，面带笑容，热情地招呼："两位请坐，想了解什么房产信息呢？"

一个女孩子殷勤地端了水给他们。那个男子给季明和乔罂分别递了一张名片，名片显示此人叫张峰。

　　"你们是租房还是买房？"张峰微笑着问，季明看了他一眼，对他眯起的眼睛感到有些恶心，他说："我们想在这一片租一套房子。"

　　"哦，要租多大的？"张峰的笑容明显缩水。

　　"租一套一室一厅的就可以了。"

　　"一室一厅？"张峰手上的钢笔轻轻地敲着桌面，脑子飞快地思索，眼睛却色迷迷地盯着乔罂，乔罂白了他一眼，望向别处。

　　过了几秒钟，张峰兴奋地说："哦，有两套，我记得有两套，等一下，我查查。"他从抽屉里拿出一个本子翻看着。过了几分钟，他对季明说："有一套在江雁路，光线、通风都很好，房子也很大。"

　　"在几楼？"

　　"三楼。"

　　季明看着乔罂，乔罂眨了眨眼睛，表示有兴趣，季明说："带我们去看看吧，房租多少钱？"

3

张峰笑笑说:"看来二位第一次找房吧,有经验的顾客会先看房才问房价。这样吧,你先交两百块,我就带你们去看。"

季明一惊,说:"这两百元是什么钱?"

"看房钱,我们中介带顾客看房是要收费的。"

季明和乔罍面面相觑,季明说:"要收看房费?那如果房子我们不满意,这钱退吗?"

张峰又露出让季明恶心的笑容,说:"这钱当然不退了。但是我跟你说,我们这里的房子很棒的,价钱不高,房型很好,通风光线就不用说了,几乎每个顾客看一次后就定了,从来没有看了之后不满意要求退钱的。"

"真的?"季明半信半疑。

"当然是真的,我骗你干什么?我们在这里又不是开一天两天了,我们在这里做五年了,从来没有顾客投诉过我们。"

季明拿不定主意,看了看乔罍,乔罍托着腮望着季明,也拿不定主意。她总是觉得张峰怪怪的,感觉不太可靠,但她没说出来。

季明说:"你们的房子真那么好?那我们先看看。"

"当然了,放心吧。"

季明犹豫片刻,掏出钱包拿出两百元,先看了看乔罍,乔罍一眼迷茫,季明咬咬唇,把两百元递给张峰,张峰给季明开了张看房的收据,然后说:"走,我带你们看房去。"

来到张峰说的那套房子,外观看来破损不堪,乔罂不禁叫道:"这么旧啊?像乞丐住的。"张峰回头对乔罂说:"外面旧怕什么?里面不旧就行了嘛。"

进到屋里,季明环顾四周,屋里是不旧,但是光线却没有张峰说的那么好。奇怪的是,客厅居然有沙发和电视柜等一些家具和电器。季明问道:"这是怎么回事啊?有人住吗?"

张峰假装没听见季明的话,他走到阳台上抽烟。季明和乔罂挨个房间看了看,却发现不是一室一厅,而是三室一厅,其中有两间房门紧锁着,里面似乎没有动静。只有一间敞开着,但是那间房子很小,最多只能放一张一米二的床和一个衣柜就没地方了,而且最大的不足是房顶中间有根横梁,刚好压住床的三分之一。

季明和乔罂实在看不下去了,季明对张峰说:"这房子怎么回事?有人住?"

"是啊,不过他们住他们的,你们住你们的。"

季明愤怒了,说:"我们想租的是一室一厅,这不是三室一厅吗?"

"你们是住一室一厅啊,那不是有个房间吗?"

"是有个房间,但是是和另两家合租啊,你为什么不早说?"季明怒视着他。

张峰却百般抵赖,说:"我也没说不是合租呀,你们说要租一房一厅,这没错啊,厅大家公用。"

乔罂一直没说话,见这个人要无赖,她也很生气,她说:"你这人太没有诚信了,你是存心在忽悠我们吧?"

张峰说:"你怎么这么说呢?要知道,在这一片很难找房子的,能找到这样的不错了,你们就将就着住吧。"

季明愤怒地抓住他的衣领,盯着他的眼睛说:"你妈的不想混了吧?别说那么多废话了,这房子我们绝对不会租。混蛋,把骗我的两百块还给我。"

张峰惊恐地望着季明,他没想到季明会这么横,他怯怯地说:"有话好好

说、别、别动粗好吗？"

"别废话，把钱还给我！"季明怒视着他，拳头攥得很紧。

张峰拼命地想掰开季明的手，可季明明显比他高出半个头，也强壮许多，要打架他根本不是季明的对手，权衡利弊之后，他只得说好话："别这样嘛，买卖不成仁义在……"

"谁他妈跟你仁义？把钱还给我！"季明简直失去耐心了，张峰结结巴巴地说："刚才不是告诉你了吗？看房钱是不退的。"

"可你骗了我们，这钱应该退。"乔罄示意季明放开他。季明非但没有放开他，还打了他一拳，张峰挨了一拳后也愤怒起来，他声嘶力竭地叫起来："你、你竟然打人，你还有没有王法了？"

"你有王法？你竟敢骗我们，把钱交出来我就让你好好走人，不然让你横着出这个门儿……"季明威胁着他。张峰面露惧色，只好说："好，我退你，退你们一百块好吗？"

"不行，全部退！"季明斩钉截铁地说。

"全、全退我、我回公司不好交代。"张峰一副可怜巴巴的样子，乔罄心一软，对季明说："算了，别逼他了，退一百就一百吧。"

季明气呼呼地对张峰说："好吧，看在我女朋友的面上先饶了你，那一百就当喂狗了。拿来！"

季明放开张峰，张峰哆嗦着从口袋里掏出一百元递给季明。季明拉着乔罄走到门口，回过头对张峰说："你们这些骗子，以后别再让我看见你！"

乔罄回头看张峰时，看到他一直在抹脸上的汗，眼里惊恐万状。乔罄感到可笑又解气。

季明沮丧极了，房子没找到，反而被人骗走了一百元，季明越想越窝火，站在街边闷闷地抽烟，乔罄拉住他的手，说："季明，别生气嘛，我们继续找，我就不信这么大的深久市竟然没有我们的容身之地。"

已近黄昏，季明决定明天再找房子。

星期天一早，季明和乔罄就出发了。眼看只剩下一周时间了，季明不禁着急起来，发誓今天一定要把房子搞定。

他们跑到乔罄上班较近的市区找，却发现周围的房子几乎都住满了，没有空房。他们这才意识到深久市的外来人甚多，自己在本市显得相当渺小。

无奈之下，他们又来到离季明公司较近的地方找，却发现这一片相当繁华，房子不少，但租金都高得让人瞠目结舌。看着小区物业挂出的牌子上标的在他们看来是"天文数字"的房价，让他们望而却步。

站在小区门口，季明对乔罄说："看来我们想在市区租房子的希望要落空了。"

乔罄眼里一片迷茫，她不喜欢住在城中村，除了出入不方便，另一个原因是城中村经常会有人养狗，乔罄从小就怕狗，因怕而生厌。

"乔罄，我们去城中村找找吧？"季明万般无奈地说，其实他也不喜欢城中村，他觉得那些城乡结合部治安不好，人的素质低，噪音也大。

"季明，我很不喜欢城中村，要不我们在市区再找找吧？"

"别找了，市区哪里都一个样儿，你别想在市区找到既便宜又理想的房子。"

乔罄虽然很不乐意，但是也无可奈何，只能随季明一起去城中村找找看。

他们来到深久市一个叫鹤岗的赫赫有名的城中村，听说这里聚集了深久市百分之六十的外来人。这里最初是深久市政府特地为外来人建造的廉租房，后来因为管理经营不善，经常发生一些欠租金逃租金的事，政府就卖给鹤岗的农民，农民以同等的租金放租。这里的房租较低，环境比别的城中村稍好些，所以外地人乐意来住。

鹤岗村的确是个风水宝地，人气旺不说，地势较高，背后靠山，只差前面依水了。季明和乔罄在村里转了一会儿，发现很多楼体上都有红纸贴的有房出租的广告，可很多电话不是打不通，就是被告知房子租完了。他们继续走，继续打电话，终于在打了十个电话后，有个老太婆用极其不标准的普通话对季明说："我有两套一房一厅的房子，一套在九楼，另一套在一楼，你要哪一套呢？"

季明哭笑不得，没回答就挂了电话。

017

他们继续寻找，最后打通了一个电话，是个男人的声音，他对季明说："有一套四楼的，租金一个月五百。"

季明问："光线怎么样？"

"光线很好啊。"

"那带我们去看看吧。"季明对乔罃微笑了一下，乔罃感觉有戏了。

过了一会儿，来了一个二十多岁的小伙子，季明怔了怔，问道："是你的房子吗？"小伙子点点头："是啊，是我家的。"

季明和乔罃随着小伙子七拐八拐来到了一栋新楼房，上了四楼。小伙子打开门，季明和乔罃走进去看了看，发现客厅很小，光线也不亮，卧室倒不小，光线也较亮，但是最大的问题是厨房和卫生间光线都很暗，更要命的是厨房没有窗户。

乔罃说："你这房子光线不好，客厅也很小。"

小伙子说："这客厅不小了，你们住几个人呢？"

"就我们俩。"

"两人住还嫌小啊？以前那户人住了五口人，刚搬走几天。"

季明说："算了，我们不租了，光线太暗。"说完拉着乔罃的手走了。

小伙子在后面喊："你们想不想租？想租的话我把房租再降一点。"

季明和乔罃头也不回地走了。

"没办法，还得继续找。"季明对乔罃说，"这个村这么大，不怕找不到房子，只是委屈你了。不过，你放心，这里只是过渡一下，等我挣到钱了，我就买房给你住。"

乔罃感到些许的甜蜜，但是说到买房，她感到遥遥无期，像天方夜谭一样。

他们走着走着，看到旁边楼体上贴着一房一厅的广告，季明刚掏出手机准备打上面的电话，一个中年男人叫住他们："你们是来租房的吧？"

季明和乔罃望向他，季明说："是的，你有房子出租吗？"

"有，有。"中年男人笑得嘴都合不拢，"我有好几套呢，你们想租什么样的？"

"一房一厅,光线好,通风好就行。"

"有,有。"中年男人龇牙笑着,"有一楼、三楼和七楼的,你想住几楼?"

"三楼吧。"

季明和乔罂随中年男子走了将近半里路,来到了一栋七层楼的房子前,上了三楼,在屋里转了一圈,季明发现房子结构、光线和大小正合适,也做了简单的装修,房子看来干净又舒适。季明和乔罂交换着眼色,都流露出欢喜的神情。中年男人紧盯着他们的脸,眼里闪过惊喜的火花。

季明和乔罂又仔细地看了每个房间,两人在阳台小声地商量着。然后季明对中年男人说:"这房子租金能不能再少点儿?"

中年男人惊讶地看着他,说:"已经很便宜了,再少点我就亏本了。"

季明看了一眼乔罂,乔罂轻轻颔首。季明说:"这房子我们租了。"

"好的。"中年男子开心得不能自已,"你们确定要租就先交订金。"

"还要交订金啊?"季明感到奇怪,"我们过几天就搬来了。"

"是要交的啊,你以前没租过房子吗?"

"租过啊。"季明对他撒了个谎,"以前我们租房子不交订金的。"

"怎么可能?如果你交了订金,我就把下面的广告撕掉,以后就不带人来看房子了。如果你不交,那我就还要带人来看,谁交订金快就租给谁。"

季明又看了一眼乔罂,乔罂说:"要交多少钱订金呢?"

"你们什么时候搬来呢?"中年男人眼里浮出一丝贪婪之情。

"下周六吧。"季明说。"那么久啊?"中年男子露出惊愕之色,"要这么久那就要多交一点了,如果交得太少,你们变卦了,我的损失可就大了。"

"你说说多少钱吧。"

中年男人略做沉思,然后说:"交五百吧。"

"什么?"季明惊呼,"订金哪能交这么多啊?一个月房租啊?"

"是啊,这个村都是这样做的,如果你明天就搬来就交两百就行了。"

"那不成,我们宁可不租,交这么多你如果跑了呢?"

"哈哈,小伙子,我是房东我怎么能跑?"中年男人哈哈大笑。

乔罂说:"你看我们今天身上也没带那么多钱,你看看能不能少交点儿?"

中年男子眼睛往天花板上翻,想了几秒钟,说:"好吧,看你们像学生的模样,那就少收点,收四百吧。"

"四百我们也没有啊。"

中年男人沉下脸来,说:"那就算了,你们没有诚意就算了,我不租了。"

季明也沉下脸来,拉着乔罢正要往外走,中年男子突然叫住他:"你们别走啊,还有商量的余地嘛,如果你们真想租,那就先交三百五十元吧,这已经是最低的了。"

季明想了想,说:"不行,我最多只能交三百,不行就算了。"

中年男人脑子飞快地思索着,然后果断地说:"好,三百就三百,我看你也比较爽快,但你们下周六一定要搬来哦。"

季明把三百元递给他:"开张收据。"

"开收据啊?"中年男子似乎很为难,"我写张白条给你吧?"

"你不是房东吗?连收据也没有?"

中年男子一惊,马上说:"不是没有,而是放在家里忘拿来了,要回家拿,时间可就久了,你们能不能等呢?"

季明摇了摇头,不耐烦地说:"唉,算了,白条就白条吧。"男人收了钱,把手机号留给季明,然后交给季明一套钥匙。

六天后,季明和乔罢收拾好东西,高高兴兴地搬来了。

走到三楼,却发现那套房子的大门敞开着,有一对男女和一个小女孩儿在里面打扫卫生,季明和乔罢都感到很奇怪,季明问那男人:"你们是?"

那个矮胖男人也惊讶地看着季明和乔罢,以及他们手里的行囊,说:"你们是谁?有什么事吗?"

季明和乔罢把东西往地上一放,季明严肃地说:"这是我们租的房子,房东叫我们今天搬来,你们怎么在这儿?"

"什、什么?你们租的房子?"那个男人有些目瞪口呆,"我就是房东,我什么时候租了房子给你们啊?"

那个女人和小女孩儿也走了过来,也是一脸惊诧,季明和乔罢面面相觑,都不太明白这是怎么回事。季明说:"上个周日下午,有个男人带我们来看这套房子,然后收了我三百元订金,说好今天搬来,怎么你成了房东了?"

那个男人接过季明手上的收据,看到上面的落款是"杨",那男人似乎恍然大悟,他摇了摇头,把收据交还给季明,说:"你们上当了……"

季明和乔罄一脸惊愕,季明道:"怎么回事? 我们上什么当啊?"

"这个姓杨的人前段时间租了我的房子,后来他拖了几个月房租,我们就赶他走,没想到他竟然冒充房东来骗你们的钱。"

季明和乔罄一起惊呼:"这么倒霉的事儿怎么让我们碰到了?"

那一家人看着季明和乔罄,目光充满了同情,季明还是不敢相信那个姓杨的男人会是个骗子,他连忙掏出电话拨打了他留下的电话,却被告知"号码已停机"。季明骂了一句"fuck"挂了电话,男人说:"真是对不住了,我还没来得及换锁,真没想到他会这么做。"季明在被骗后多了些心眼,他说:"你们是房东谁可以证明啊?"

男人一愣,然后对季明说:"你怎么可以怀疑我们不是房东呢? 不信你可以去周围问问,实在还不信,我让我老婆回家拿房产证给你看。"

季明只好说:"算了算了,我们只当买个教训吧。"

"这个人太坏了,小伙子,你留个电话给我,如果我能抓到他就打电话给你。"

季明把电话给了男人,说:"希望真能抓到他,我非打得他满地找牙。"

4

房子又没有着落了，季明和乔罃把东西又搬回暂住地，两人相对无语。才待了不到一个多月，却被骗去了四百元，眼看快要坐吃山空了，他们对这个城市失望极了。但是生活还得继续，找房还得继续。

明天就是找房的最后期限了，他们又起了个大早，换了个城中村寻找。转了一圈，没有找到合适的房子，他们在村口的小凉品店里喝冷饮时，季明接到一个电话，那个人是刚才季明打过电话的陆先生。陆先生说："我刚才忘了跟你说，我在昌盛街上还有一套房子，也是一室一厅的，不过房子旧了点，你们想不想看看？"

季明惊喜地看了一眼乔罃，有种绝处逢生的感觉，他说："昌盛街在哪儿？"

"不在村里，在村和市区交界处。"

看到乔罃向他点头，季明说："好，看看吧。"

十分钟后，季明和乔罃来到了陆先生说的房子，在四楼，那是一套二十年前的改造房，房子很旧。据陆先生介绍，这栋楼住的人都是他原来单位的同事，治安还是不错的，也不会太吵。房子较大，光线、通风都不错，唯一不足就是陈旧的墙壁略显灰黄，有些地方的墙皮在经年时干时湿的空气的肆虐下已经开始剥落。浅啡色的地板砖已经磨损得发白，但还没有破损。

季明和乔嚣细细地看了每个房间，也没发现更多的毛病，他们决定租下来。但是这次他们多了个心眼，季明对陆先生说："你是这里的房东？有房产证吗？给我们看看好吗？"

　　陆先生笑了笑，"我当然是啦，还用看房产证吗？再说了，房产证那东西谁会随身带啊？"

　　三人正说着话，有个男人走了进来，看到陆先生说："老陆，房子要出租啊？"

　　陆先生说："是啊，你来得正好，你可以给我做证了，这小伙子怀疑我不是房东，你说我是不是房东？"

　　来人哈哈大笑，对季明说："小伙子，他和我做了十八年邻居，去年才买了新房搬出去住，如果他不是房东，一切损失我负责，我就住在你隔壁的隔壁。"

　　季明点点头，笑道："行了，有你作证就成。没办法，我就是被一个假房东骗过，所以很谨慎。"

　　陆先生笑道："谨慎是对的，这年头，骗子太多了。"

　　"这房子我们租了，租金多少？"

　　"看你们大学刚毕业，你们看来不是那种乱七八糟的人，就便宜一点租给你们了。月租五百五，押金交一个月房租，水电费另计。"

　　"押金要交这么多啊？你这里几乎什么都没有，空房子，又没有家具，我们自己还要买家具，能不能少点啊？"

　　陆先生沉思着，说："好吧，押金少五十元，五百吧？"

　　"五百还是多，您也知道我们刚上班，手头很紧，如果交了房租和押金，连吃饭的钱都没有了，就再少点儿，三百怎么样？"

　　陆先生摇摇头，说："三百不行，我看这样吧，四百吧，行就签合同，不行就算了。"

　　季明又看一眼乔嚣，乔嚣无奈地点点头。

　　"你们什么时候搬来呢？"

　　"今天就搬，我们回去收拾，一会儿就搬来了。"

"那好，那你就交一百元订金吧。"

季明和乔罂一直忙到下午三点多钟，终于把东西搬来了，然后和陆先生签了合同，交了房租和押金，房子的事就算解决了，长期压在他们心上的石头终于落了地。乔罂在这里住了半个月，因为公司离得太远，她就搬到公司的集体宿舍去住了。

今天，在季明的出租屋里，昏黄的残阳斜斜地从窗洞照进来，微风卷起轻薄的腈纶窗帘，光线也跟着飘舞，沙发和茶几表面欢快地进行着明暗交替。

季明奔波劳顿了一天，依然没有任何收获。他掐指一算，进新华人寿保险公司做业务员已经整整两个月了，却一张保单也没有签成，眼看快揭不开锅了。他觉得自己很失败，感到有些焦灼，并开始对做保险这份工作产生了动摇。

季明一屁股坐在软绵绵的沙发上，NND，这沙发已经快塌掉了，买了才三个多月，就成这副德性了。不过，因为囊中羞涩，屋里的家具大多是二手货。包括那张一米二宽的小床，每当他和乔罂在上面做爱，季明都不敢太用力，怕一不留神给压塌了。等有了钱就让它光荣下岗，自己现在也只能欺负这张小床了，这样想着，季明得意地笑笑。

一想起乔罂，季明心头总会有深深的眷恋，几天不见，不知道这丫头在忙些什么。这丫头，心情好的时候，温柔得像只小猫咪，生气的时候像个母夜叉，搞不好会挨她耳光。但是和她交往这么久，倒也没挨过她的耳光，她每次总是把手举得很高，做出要发飙的样子，但是从未落到自己的脸上。想到这里，季明心里漾起一圈圈快乐的涟漪。

季明怔怔地想着乔罂，他的手机突然热烈地唱起：

"欢迎您拨打110免费热线，感谢您参与到全球同步推出的监狱一年游活动中来，您是前十名报名者，恭喜您获得精美手铐一副，另有豪华警车接送，并赠送两次亡命越狱套餐，我们已经通知您的家属，您就大胆地去吧……"

搞笑而尖锐的手机铃声打断了季明的思绪。他慌忙从裤兜里掏出手机，来电显示"晏婷"两个字。季明感到头皮一阵发麻，他潜意识里有些害怕这个女人，尤其是她看自己的眼神，暧昧得让他总有犯罪的冲动。

他漫不经心地按下接听键，故意压低声音并发颤着说："喂！"

对方似乎发了一下愣，然后关切地问："你病了？"季明无声地坏笑，嘶哑着说："是啊，你有什么事吗？"她轻叹，说："你病了就算了，本来我想让你给我做一份保险计划书的。"

一听"保险计划书"，季明精神一抖擞，似乎看到希望在前面向他招手，他挺直了腰背，清了清嗓子说："晏姐，我没有生病，我刚才是装的，跟你开个玩笑，别介意啊。"

沉默了几秒钟，那个叫晏婷的女人平静地说："没病就好，那你能不能来我家一趟？"季明兴奋地说："没问题，什么时候去？"

"就现在，我家在……"她报完地址挂了电话。

突如其来的惊喜，季明感到有些不适应，甚至有些惶恐，一半是喜悦，一半是畏缩，心里七上八下的。他害怕见到那个叫晏婷的女人，他总感觉她看自己的眼神充满了暧昧之情，又让人有些心猿意马，跃跃欲试。

开始跑保险的第八天，他就邂逅了晏婷以及她的风韵。相比之下，尚未达到熟女阶段的乔嚣，现在还没有这样的气韵。在女生面前，季明很少会脸红，可他见到晏婷会紧张，那是唯一一个他面对时会紧张的女性。晏婷比自己大七八岁，应该不会对自己有意思吧？他想，嗨，不管那么多了，先把保单签回来再说吧。

季明很快来到了晏婷住的小区。

晏婷住的小区叫枫茗华庭，是深久市最豪华的小区之一。晏婷家是一栋二层楼的小别墅，占地面积大概150平方米。外观看来，在欧式风格的基础上加了些中国的元素，主要体现在立柱、栏杆和门窗上。使得此楼在林林总总的别墅群中像个凌波仙子，灵秀而纤巧。门前的绿化带和建筑两旁花草交相辉映，有种世外桃源的感觉，这让季明想起了电影《呼啸山庄》里农庄的小楼房。

踏上五级台阶,季明站到大门口,他按了按门铃,门很快就开了。他迈步进去,一股淡香扑鼻而来,季明不得不望向面前的女人。晏婷亭亭玉立地站在季明面前,微笑地看着季明,季明心里怦怦直跳。他不敢和她对视,而是低下头,她脚上那双精致昂贵的黑色高跟鞋首先映入他眼帘,尖细的高鞋跟,裸露的光滑脚踝,纤细雪白的小腿肚……季明暗暗吸了一口气,他深信,要不是因为早就认识,他第一感觉一定是:不敢说倾国,但绝对可以称为倾城美人。

晏婷引季明到沙发上坐下,季明怔怔地四处环顾,暗自惊叹。欧式风格的房间,重装饰轻装修,色彩搭配很舒服,没有太多的造型,只是在一些细部加了些欧式元素的装饰,墙上挂了几幅西方的抽象画稍作点缀,在画龙点睛的基础上显得大方高贵,充分彰显主人的品味和眼光。

季明心想,这房子的装修应该花了不少钱吧,光客厅的水晶吊灯估计就近两万元,整体看来豪华却不俗气。季明感到待在这样的环境里有些相形见绌,心想不知道什么时候自己才能拥有这样的房子。

晏婷也许看出了季明的心思,她坐在沙发上默默地望着他,耐心地等他恢复意识和思维。意识到自己的失态,季明不好意思地冲晏婷笑笑说:"你的房子真漂亮!我仿佛置身于皇宫一样。"

晏婷浅笑,在季明前面的茶几上搁了一杯咖啡。似乎有种花苞之氲,薰衣草的清香频频向季明袭来。

季明这才认真地打量起晏婷,晏婷穿着一件低胸的带豹皮花纹的黄色真丝连衣裙,颀长雪白的脖子上吊着一条华贵的铂金项链,紫红色的圆箍耳环和项链相得益彰,使得她的颈胸间春光一片,华彩媚惑。光滑的手背,修长纤细的手指,指甲上涂着琥珀色的指甲油,都显示出她的养尊处优。有钱人保养得就是好,看不出她已经 32 岁了,季明心想。

在孤男寡女的私密空间里,总是会让人浮想联翩的。季明无法把视线从她身上移开,他快速地瞄了一眼她的胸脯。她白皙丰盈的乳峰似乎在向季明发来电波,一圈又一圈,不断地侵蚀着季明的意志。季明心里扑通扑通地跳个不停。

晏婷望着季明,神情静婉,像夜间悄悄开放的夜来香,媚惑而妖娆。季明躲开她的注视,强压住慌乱,说:"晏姐,计划书我带来了,你要不要看看?"

晏婷浅笑,季明怔了怔,觉得她有些像明星许晴,尤其是嘴边那两个梨子般的小酒窝儿。晏婷说:"一会儿看。"季明感到释然,紧张的情绪得到了一些缓和。

晏婷从茶几上拿起一个精致的小盒子,纤秀的指甲轻轻抠开盖子,拿出两根烟,递了一根给季明,季明接过来一看,是细长的带着薄荷味的女人烟,他笑笑说:"你抽烟?"

晏婷点点头,把另一根烟夹进食指和中指之间,说:"抽了几年了,没办法,打发寂寞。"

季明怔了怔,他掏出打火机给她点上烟。晏婷轻撅嘴唇轻轻地吸上一口,然后微微仰首徐徐吐出烟雾。

季明也把烟点上,轻吸一口,这女人烟抽起来没有一点感觉。他把烟搁在烟灰缸上,然后从包里拿出给晏婷做的寿险计划书,摊开,跟她用非常专业的语言讲解着。

"这份计划书包含养老、医疗和意外伤害的保障,首先是这份养老险,是我们公司最新推出的一种养老兼分红的险种,先是从保单生效后第三年开始,每三年领取保额的 8%,也就是一万六千元,然后还有分红……"

"分红怎么算的?"

"分红数额多少没定,主要是根据我们公司的利润来算,利润好就多些,利润少就少些,但是有一个最低保障,就是保额的 3‰,也就是 600 元。"

"那也没多少。"

"已经不错了,就是说你每三年最少有一万六千六百元进账。"

晏婷莞尔地笑笑,季明接着说:"这份养老险还可以用作抵押,就是说你可以把保单抵押,然后向我们公司贷款,如果你做生意一时周转不开,可以去跟我们公司借钱,这个险种深受很多成功人士的喜爱。"

晏婷没有表态,季明接着说:"接下来是医疗保险,这份医疗保障是对你的健康进行一个全面的保护,有意外伤害门诊,有因意外伤害和疾病住院,

主要是有二十种重大疾病的保障……"

"重大疾病？一旦得了就别想活了，有保险还有什么用？"晏婷说。

"不是的，晏姐，这种说法都是误会，是人们对重大疾病保险的误解。是这样的，其实很多重大疾病，比如癌症，关键是要早发现早治疗，治愈率几乎达到百分之百，只要确诊，我们公司会立即把钱送到，决不耽误客户的最佳治疗时机，这点你完全可以放心。"

"但我还是觉得这种重大疾病保险用处不大。"

"保险就好像汽车上的安全带，用不上最好，但一旦发生事故，安全带就起大作用了，至少可以让驾驶员少受些伤害，你说是吗？"

晏婷无言以对，季明接着说："意外险的保障很高，保费却很低，非常划算。"

"这种是消费型的吧？"

"是的，不过我给你做的这种是二十年的长期险，有现金价值的，像你这种身份就需要长期的。所以我给你做了五百万的保额，加上前面的养老险和健康险，你这份保险计划的总保额是八百万元。"

晏婷心不在焉地听完，莞尔一笑，说："你很专业，我见过很多业务员，他们讲得一点吸引力都没有，但是听了你的讲解，我感到我好像在听一个精彩的演讲。"

季明感到很受用，企图心慢慢占了上风，他想起了此行的主要目的。他记得上培训课时，老师说过，要注意捕捉客户有签单意愿的那个瞬间，那是个黄金时刻。季明想晏婷现在很可能有签单意愿了。于是他拿出投保单和签字笔递给晏婷，说："晏姐，如果你看好这份计划书，就把保单签了吧？"

晏婷却出乎意料地没有接，她靠在沙发背上仰起脖子梳捋她那一头漂亮洋气的长卷发，做出风情万种的样子，说："保单我可以签，但是我有个要求。"

季明心里一慌，心想真是好事多磨啊，他紧张地问："什么要求？"

"看你紧张的。"晏婷斜眼妩媚地看一眼季明，季明变得忐忑不安，他注视着晏婷，晏婷说："我希望，你有时间就来陪陪我。"

季明感到很惊讶,不解地看着她,晏婷浅笑,吸了一口烟,尖削秀气的下巴微微上扬,轻轻吐出烟雾,然后睁大双眼看着季明:"季明,你觉得我美吗?"

季明心头猛地一颤,他嗫嚅道:"我、我,你、你先生呢?"

看到季明紧张得语无伦次,晏婷微微一笑,端起咖啡杯轻呷一口,神情有些伤感和落寞,她沉默着,幽怨地望向远处,她手里的烟快燃到指间了。季明意识到自己可能戳到她的痛处了,他连忙说:"对不起,也许我不该这么问,你……"

5

晏婷目光转向季明："没事儿，既然你问了，那我就跟你说说我的故事。"

季明有种骑虎难下的感觉，心想看来今天出师不利，保单没签成，反而要听她讲那些肥皂剧般的风花雪月；要不是她如此美丽动人，我早拂袖而去了。

晏婷把烟头掐灭，开始娓娓道来："四年前我是结过婚，不过离了。我前夫叫江若涵，他和我是大学同学，我们很相爱，毕业后第二年我们就结了婚。新婚那段时光，我们过得非常快乐，我觉得自己是世界上最幸福的女人，仿佛活在一个不会醒的梦中。江若涵对我很好，他家境不错，他本人也很有能力。"

看到季明专注地听着，她似乎受到鼓舞，接着说："我们这种生活持续了近三年，有一天我发现我怀孕了，我虽然还没作好做母亲的准备，可我还是很惊喜，我想若涵一定会和我一样惊喜，因为那是我们爱情的结晶。可当我把这消息告诉他时，他竟然一反常态阴沉着脸对我说，我们不能要这孩子。我说为什么，他说我们还年轻，我不想有个孩子牵制我做事业，我们以后有的是机会要孩子。我颇感意外，有一点点怅惘和失望，想了很久，我还是想通了，我想我还年轻，以后还可以再要孩子，加上也说服不了他，只好把孩子打掉了。"

晏婷说到这里，眼里似有泪光，她轻叹间，眼里一片凄楚，她看着季明："季明，这些事我从未对别人说过，但是我今天想痛痛快快地都说给你听。"

季明表情凝重地点点头，为了房子，为了乔罂，为了保单，他按捺着些许浮躁的心情听下去。

"人流非常痛苦，我身体好长时间才恢复过来，加上对孩子的愧疚，我那段时间变得非常消沉，脾气很暴躁，我经常对他发脾气，摔东西。他先是哄我，然后学着去忍受我的坏脾气，看到他一副受虐的样子，我感到得意，不想消停，我继续折磨他，想看他到底有多爱我。渐渐地，我发现他对我的折腾有些麻木了，他经常很晚才回家。渐渐地，我感到他不像以前那么爱我了，我们之间变得有些疏远。我有些不安，不再折腾，开始对他好起来，我主动要跟他做爱，他也像过去一样跟我翻云覆雨，但是我总感到他有些心不在焉。突然有一天，他对我客气起来，我们不再亲热，再后来我们分床睡，我们处在可怕的冷战中。有一天，我问他是不是不爱我了，是不是有了别的女人。他否认，他说跟我在一起感到很累，说我要的太多了。我当时不明白他说我要得太多了是什么意思。这样的日子又过了半年多，有一天，他对我说他要出国了。我感到很意外，以前他从没提过想出国的，我不知道他为什么突然要出国。我说那我跟你一起出国，他说他先去，在那边稳定下来再回来接我。我不同意，因为我离不开他，我非要跟他一块去。他很烦恼，他极力说服我，我是个懦弱的人，总是轻易被他说服。他撇下我自己去了巴塞罗那。"

爱情一旦撕裂后，就会变成残忍的魔鬼，让一个正常人变成疯子。

季明有些动容，心想一个女人愿意把自己内心的伤痛和挣扎撕开了给我看，说明她对我是信任的，可她为什么会这么信任我呢？

晏婷拭一下眼泪接着说："江若涵走后，我的心被他掏走了，我像个行尸走肉，像个空壳子，没有了灵魂。同事和朋友们都说我是个情种，为这样的男人这样自我折磨太不值。可是，他和我的距离拉得很远之后，我才发现我爱他爱得那么深，没有给自己留一点回旋的余地。我曾经试着去淡化他在我心里的位置，可我没能成功。我已经把自己全部交给了他，可他，他在巴塞罗那过得很平静逍遥，他只是到了巴塞罗那那天主动打过一次电话给我，后来总

是我主动打电话给他。我一个月光给他打电话就花去近一千元。可我发现我越热情他就越退缩，他后来竟然怕接到我的电话，有时候接了没说几句话就挂了。他这副态度让我很不安，我经常失眠，害怕他会抛弃我，我天天盼着见到他，很想去巴塞罗那找他。我向他提出我要去巴塞罗那，他不同意，说过一段时间他会回来接我，我相信他了，沉浸在一阵欢喜之中，暗暗盼着和他团聚的日子。"

晏婷难过得声音有些哽咽，她拂开额前散落的发丝，神情戚然。

她压抑着悲伤，嘶哑着说："可是，等了三个月，他没有任何动静，我打电话问他，他先是说再等等，再过一个多星期我又打电话催他，他说话支支吾吾，紧张不安，我怀疑他有事瞒着我。我坐立不安，明显消瘦了。一周后，我又打电话催问他，这一回他显得冷静从容，他对我说晏婷，我们分手吧。犹如一个晴天霹雳击打着我，我的脑子嗡的一声，以为我听错了，我希望我是听错了，我颤抖着声音问道：'你说什么？'他料到我会有这种反应，他温和地重复一次，我们分手吧。我这回听清了，我感到天旋地转，那一刹那我感到我的天塌了，我默默挂了电话。我瘫坐在沙发上，有种万念俱灰的感觉。过了几秒钟，他又打了我的手机，我挂断了。过了一会儿他又打了过来，他是怕我想不开，这一回我接了，我问他为什么要和我分手？他说我们不合适，他觉得我要得太多了，他感到很累。我说我要什么多了，他说我要的感情太多了，他经常怕无法满足我，他来巴塞罗那也是因为想躲避过于负累的情感，请我原谅他。好一个'曾因酒醉鞭名马，生怕情多累美人'！我说我要得多吗？我只不过是个对感情执著的女人，我有错吗？他说你没错，但是你找错人了，我是不能给你太多感情的男人，我的重心在事业上，所以我们不合适。我说你不会是有了别的女人了吧？他说你要这么说我也没办法。我挂上电话时已经泪流满面，我麻木得几乎感觉不到脸上的湿润，我无力地躺在沙发上，绝望像根绳索一样紧紧地捆绑着我，我睁着泪眼在沙发上躺了十多个小时，不吃不喝不睡……"

时间可以淡漠故事，却不能抹去疼痛。时隔三年多了，晏婷还是如此伤心欲绝。季明没想到外表淡然的晏婷竟然如此痴情。

晏婷抽了一张纸巾拭拭眼泪,她对季明挤出一丝微笑:"对不起,我有些控制不住自己。"

"你能这么信任我,我感到很荣幸。"

窗外的风扬起一阵沙砾,摔打在玻璃窗上,窗帘翻卷飞舞,天真的暗下来了。晏婷起身把台灯拧亮,淡蓝的微光散发着浪漫的光韵,照亮了季明和晏婷的脸,季明看到晏婷忧伤的脸上似乎有种战栗的东西在跳动。

晏婷情绪平复一点儿后,接着说:"第二天黄昏,我感到头昏脑涨,周围的一切在眼前旋转,我感到万物皆空,天真正地塌下来了。曾几何时,他就是我的整个世界,而现在我被他无情地抛弃了,我感到活不下去了。我想到了死。我拖着虚弱不堪的身躯想去买安眠药,可刚走到一楼,我就因为过度悲伤和虚弱晕倒在地。后来邻居把我送去医院,我昏迷了十多个小时后醒来。有人打电话通知我的同事和朋友,他们都来看我,没有人知道我为何如此绝望和孱弱。那几天,我一句话也不说,也不吃东西,一点胃口也没有。几天后我出院了,一回到那个所谓的家,我就会想起江若涵,我感到非常无望和痛苦。几天后,江若涵再次来电话,他先问我这几天干什么去了,我说都分手了还问这么多做什么,他说虽然分手了,但还是很关心我。我感到他很虚伪,我说我没事。他说没事就好,既然已经走到今天这一步,我们还是把手续办了吧。我没想到他真的会跟我提出离婚,而且还这么急,这对于我来说无疑是雪上加霜。不过,经历过一次生死考验,我已经变得坚强了,也淡定了许多,我也知道这一天总会到来的,只不过没想到来得这么快。我平静地对他说好吧,你回来我们办手续,我给你自由。其实我很想问他是不是身边有了别的女人,但是不知为何,那一刻我竟不能再言语。一个月后,他回来了,我们平静地办了离婚手续。他给了我五十万和这套别墅作为补偿,还给我开了一家美容美体公司,这些资产可以让我在十年内衣食无忧。但是未来,对于未来我是不敢想的,因为我深爱的男人伤我却是最深,我对男人感到恐惧,我不知道爱情为何物。三个月后,在一个偶然的机会,我听他的好朋友说,他其实当时急着离开我,是因为他在外国的确爱上了别人,而且那女子已经有了身孕,我欲哭无泪,唯有一声叹息了。离婚后我一直独身,四年过去了,你知道

我过的是什么样的日子吗？四个字，清心寡欲，直到上个月遇到你……"

晏婷说到这里突然停了下来，她深情地望着季明，眼眸明亮而忧伤。季明心中五味杂陈，百感交集，不知道该如何去安慰她那颗受伤的心灵。

女人总会在被爱撕心裂肺后，轻易将深情掩埋，她埋掉深情，埋得掉伤痛吗？时光只会摧夺美丽的容颜，却无法抹平伤痕。

墙上的时钟敲过 19:00，季明感到这个黄昏时间过得相当慢，心情沉重而焦躁。晏婷似乎看出季明的不安，她说："其实我叫你来，不光是为了签保单，还想跟你说些心里话。"

一听到"签保单"，季明感到有些宽慰，他说："那现在签吧？"

晏婷笑笑："不急，我一定会跟你买这份保险的，不用担心。"她说完指指旁边说："来这儿坐，别离我太远了。"

季明从未遇到过这样的女子，如此主动，如此……他不知道如何形容她的举动，他不得不承认自己初涉社会，对应付社会上形形色色的人还是没有太多的准备和方式，他惶恐地望着她，欲言又止。

晏婷静静地瞅着他，眼里的缠绻和慵懒让季明坐立不安，他知道他一旦坐过去，晏婷一定会得寸进尺，要求得更多。他想起了自己的女友乔器，此时正在上班忙得一塌糊涂，他可不能做对不起乔器的事。

季明紧张地想着对策，晏婷却突然坐到了季明身边，季明紧张地望着她，她突然抓起季明的手，缓缓地抬起，嘴唇在他的手背上轻轻印了一下，然后又把他的手放在自己高高耸立的胸脯上。

季明的心怦怦直跳，意乱情迷。他担心的事终于发生了。他是太想做成这份保单了，他额头上沁出了晶莹的汗珠，兴许是过于紧张了。他低声说："晏姐，你、你别这样。"他声音有些发颤，这和他平时的风格截然不同。

"做我的情人！"晏婷更重地用他的手掌压住自己丰硕的乳房，季明的手僵硬了，晏婷直视着他，眼里的情意足以摧毁一切坚固的抵御。她温柔地微笑，眼里波光粼粼："季明，姐喜欢你，你告诉姐，你喜欢姐吗？"

晏婷坦白得近乎轻佻的表白让季明惊愕不已，也几乎动了心，一种模糊的欲望在心底滋生，但他不想就此沉沦。他不是柳下惠般的男人，但也绝不是采花大盗,他知道晏婷虽然已年过三十,但是正值女人的黄金时期,处于这个阶段的女人是最有魅力的。但是他同时也知道晏婷这样的女人对爱的需索过多,这种女人就像一朵妖娆的罂粟花,美不胜收,却有毒性,一旦沾染,就一发不可收拾。

晏婷目不转睛地瞅着他,等待他的答复,季明把手抽出来,内心七上八下的。他既想做成这份保险,又不想背叛乔罂,更不想卖身。平时的敢作敢为、果断利落消失殆尽,他紧张得手心一片潮湿。

"想得怎么样了?"晏婷深情妩媚的眼眸让季明难以承受,他移开视线,硬着头皮说:"晏小姐,我只是一个保险业务员,我一无所有,我、我配不上你。"

晏婷哈哈大笑,跟刚才的沉静婉约判若两人,季明怔怔地瞅着她,不知道下一秒钟她又会有什么惊人的举动。晏婷笑毕,说:"你为什么说你自己一无所有呢?你不是有青春吗?不是有强壮的身体吗?你比我富有多了,我穷得就剩下钱了。"

晏婷这一番话让季明感到放松了一些,他拭拭额头上的汗水,说:"晏小姐,你不穷,你有美貌,有才情,还有事业。而我,除了你刚才说的那些就真是一无所有了。所以,我觉得你应该找一个更好的男人做你的情人。"

晏婷阴沉下脸,恢复了刚才的忧郁和伤感,她幽幽地说:"别的男人我都看不上,我就喜欢你这样的,表面强悍,内心却不乏柔软。是个重情义之人。"

"晏姐。"季明换了对她的称呼,他想提醒她自己比她小很多,但又不想说得太直,怕伤她自尊,他说,"我什么也不懂,再说了,我有女朋友,我们的感情一直很好。"

"呵呵,你的女朋友?"晏婷的笑带着明显的讥讽意味,季明觉得受伤了,晏婷接着说,"你的小女朋友是你同学吧?一个青涩的小女生懂什么呀?恐怕在床上都不知道怎么让你舒服和痛快吧?"

就是最后这句话彻底激怒了季明,他没想到貌似温文尔雅的晏婷竟然出口如此粗俗。他猛地站起来,郑重其事地说:"晏小姐,请你注意你的言行,我虽然只是一个保险业务员,但是我有做人的尊严。我的工作虽然是推销,

但是所有工作都没有高低贵贱之分,我是凭我的劳动吃饭,我并不求你买我的保险,如果你非要我做你的情人你才买我的保险,那你就看错人了,我的到来是想给你带来一份人身保障,而不是来卖身的。我决不会为了一份保单出卖自己的肉体,请你尊重我,同时也尊重你自己。"

说完这番话,季明有种扬眉吐气的快感,虽然心头隐隐有些怅惘。他得意地望着脸色由红变白再由白变红的晏婷,他想放声大笑。晏婷愕然得一时语塞,她站起身望着季明,季明狠狠地盯着她说"告辞",然后摔门离去。

随着门砰的一声响,晏婷从惊愕中回过神,她看着凛然不动的大门,想象着季明迈着轻快的步伐走下台阶,快步离去,不作丝毫的迟疑和停留,显得那么决绝而无情。晏婷失神地跌坐在沙发里,眼里的失望跌落在色彩斑斓的地毯上,晏婷感到自己穷得就剩下钱了。

回到宿舍已经八点多钟了,季明点燃一根四元一包的香烟,狠狠地吸上一口,心想今天真邪门了,高兴而去,失望而归。NND,这保险也忒难做了,一分钱都没赚到,还险些失身,季明心里骂道。今天得罪了晏婷,她这单生意算是玩儿完了,可惜呀,可惜什么?季明自嘲自己模棱两可的想法,又有些怅然若失;可做人不能没有原则,为了一张保单失去一个男人应有的尊严,那不是季明的风格。大丈夫要做到"富贵不能淫,贫贱不能移,威武不能屈"。没错,大丈夫不能为五斗米折腰。

这样想着,他突感饥肠辘辘,他下楼买了一包方便面。

6

一个高挑纤细的影子被季明踩在脚下，乔罂站在家门口，季明不再感到楼道的逼仄和昏暗，乔罂的美丽似乎照亮了周围的阴暗。季明微笑地望着她，乔罂粉白的脸上那双勾魂摄魄的大眼睛像一盏明灯，她颇有立体感的脸像维纳斯的脸，温润而静婉。

乔罂莞尔一笑，像往常一样投入季明的怀抱，季明紧紧地抱住她，乔罂抬起头含情脉脉地望着季明，季明先是怔了怔，然后嘴唇轻轻地落在她瑟瑟开启的唇上，季明一边吻着她一边开门。

他们很快闪进屋里，季明把乔罂抱上床，相互撕扯着对方的衣服，衣服满天飞之后，那张一米二宽的小床立即被压迫得岌岌可危。一阵热烈的激吻后，乔罂娇喘吁吁，发出饥渴的娇嗔。每次一听这声音，季明的骨头都酥了，然后就会彻底沦陷，他浑身被激情燃烧得欲望横生，下体膨胀得足以摧毁一切，他长躯直入到乔罂的身体里，乔罂痛并快乐着。随着床板吱吱咯咯的响声，她发出快乐的叫唤和喘息，季明感到非常轻松，他放肆地释放着一切情感和烦闷。

乔罂双腿向上飞舞，喘息声变成压抑的呻吟，她纤秀的指尖抚弄着季明结实的后背，季明猛一用力，欢快地运动着。乔罂拼命地抱住季明，她琥珀色的指甲嵌进季明皮下，他已经完全忽略了疼痛，他意识完全放在怀里伸长脖

颈、战栗不止的女子身上，季明心里快乐地笑了。

一阵激情过后，两人光着身子躺在床上温存片刻，难舍难分。乔罂宛若睡莲的胴体在季明面前徐徐绽放着最动人的风姿，清冽香甜，季明贪婪地舔噬着她每一寸肌肤。乔罂眼睛微闭，海藻般散乱的发丝缠绵地诉说着绵绵爱意，她额上沁出的汗珠折射出五彩斑斓的景象，她嘴角微微上扬，圈出一个动人的弧线，也许是醉了。

毕业几个月以来，季明和乔罂都发生了些变化。乔罂从以前清纯的大学女生变成了今天清丽、素雅而干练的白领一族，当然，乔罂身上的变化远远不止这些，她的热烈有时会让季明吃不消，好在自己还年轻，有的是精力。乔罂敢爱敢恨，性子有些刚烈，但也不乏美女的温柔、体贴和静婉，她动静皆宜，性感浪漫，漂亮又可爱。这些都是季明喜欢她的地方，她似乎是天使和魔鬼的结合体，经常把季明迷得神魂颠倒。

而自己，季明想，自己工作两个多月了，还是一分钱都没挣到，不知道怎么去消受乔罂的深情厚意。他相信乔罂是爱他的，他这么穷，乔罂对他不离不弃，深爱有加，他心里是感激她的。

乔罂起身勾住他的脖颈，献上自己深深的吻，然后要下床穿衣服，季明拉住她："别穿，我想再看看你。"

"讨厌，不让看。"她白了他一眼，执拗着起身，"你也起来穿衣服，我有事跟你说。"

看着乔罂略微严肃的神情，季明也慢悠悠地穿衣服，两人穿好后坐在沙发上。乔罂说："季明，你还记得比我们高两届的师兄李凡拓吗？"

季明记得那个高瘦又非常优秀的男生，他当时死皮赖脸地追过乔罂，却畏惧季明波澜不惊却凌厉如剑的目光。不知道为何乔罂突然提起他，他问："我记得，怎么了？你想他了？"

"讨厌，没个正形。"乔罂在他的脸上轻轻拧了一下，"我听说他买房了。"

"买房了"三个字像锤子一样重重地砸在季明心里，他失望地说："哦，他买房了？好事呀。"

"还有，那个比我们高一届、长得胖胖的，经常哼着那首《栀子花开》那个卢巧荟,你还记得吗？"

　　季明记得那个胖女生,他对她有印象是因为她的胸部超大,走路时胸前像揣着两只小兔子一样激烈地蹦跳着,嘴里经常哼着"栀子花开呀开,栀子花开呀开,是淡淡的青春,纯纯的爱……"她有些喜欢季明,季明一直知道。季明点点头:"记得,怎么了？"

　　"她也买房了,她找了个有钱的男朋友,买了一栋别墅,好像下个月要结婚了。"

　　又是房子！季明感到索然无味,他淡淡地哦了一声,在上衣口袋里找香烟。乔罂没有意识到季明的失落,她依然兴味盎然,说个不停。看季明不吭声,乔罂才意识到季明不开心,她问:"你今天怎么了？是不是有心事？"

　　季明点燃了烟,撅起嘴深深吸了一口,上唇上一排胡须上凝结着一些白点,那是汗珠。他眯起那双不大不小却炯炯有神的眼睛沉思着,烟雾袅袅升腾,他的脸笼罩在那片氤氲中,此时的他显得成熟而沧桑。乔罂痴迷地看着季明,季明外表略带痞相,但不乏俊朗,内心却是柔软而强大的。最吸引她的地方就是他的男性魅力,那是骨子里深藏的内涵,平时看似玩世不恭,但在关键时刻他总是能拿捏得很得体且让人折服,这让乔罂感到安全而迷恋。

　　季明眨了几下眼睛,说:"我没事儿,只是感到有些累了,我还没吃饭呢,去帮我泡包方便面吧。"

　　乔罂在季明的头上轻轻抚摸着,并在他的脸颊上亲了一下,然后去给他煮方便面。季明感到饿得发慌,手有些发抖,他颤抖着吸了一口烟,脑子里在想那份失去的保单和乔罂说的师兄和师姐买房的事,他感到焦虑而迷茫。

　　乔罂很快把一碗面条端了上来,季明端起碗一阵狼吞虎咽,乔罂坐在一旁惊讶地看着他,暗暗觉得好笑:"慢点吃,你是饿死鬼投胎呀？好像几天没吃饭了。"

　　季明一口气吃完了一大碗面,感到舒服了许多,他擦擦嘴,说:"刚才饿死我了,现在好多了,还是老婆好。"说着他用手背轻轻抚摸着乔罂那光滑粉嫩的脸蛋。

　　乔罂喜欢被男人疼惜的感觉,就像季明这样对自己,她感到自己在他心

中占有一席之地,她知道在大学时很多女孩儿暗恋着季明,可季明偏偏就喜欢上自己了。当然,在学校也同样有不少男生暗恋着乔翚,可乔翚就是看上季明了。她对他挺有感觉的,他长得也不算太帅,那时的他卓尔不群,甚至还有些清高,不过女孩儿们都觉得他气质出众,他就是那种在熙熙攘攘的人群中能够放射万丈光芒的男人;加上他说话风趣幽默,虽然不爱笑,但是眼神时常是柔和而温暖的,当然也不缺乏力量,有人说他的眼神能把少妇们一网打尽。

另外,跟他在一起不必担心会被人欺负,因为他很会打架,他不轻易出手,一旦出手会很狠,直击要害,一般男的不敢惹他。

乔翚任他的手在自己脸上游走,她感到温暖无比。季明一边抚摸着她,一边说:"亲爱的,工作还快乐吧?"

一谈起工作,乔翚顿时没了兴致,她把季明的手拿开,嘟起嘴:"唉,别提了,我一个文员,就是个跑腿儿的,能有什么快乐?整天被人支使来支使去,真没劲儿。"

"我们刚毕业是这样的,不要泄气,慢慢来,你忘了?我们辅导员说过'吃得苦中苦,方为人上人',所以我们现在要忍。对未来要有信心,我们不会永远穷下去的,相信我,亲爱的,一切有我呢。"季明开导着乔翚,其实他这么说也是为自己打气。

"这个道理我懂,可是有些不甘心。你看,比我们高一届的师哥师姐们好多都买房了,而我们毕业几个月了,还在原地踏步,一个月领着一千多元的工资。别说买房了,连生活开销都成问题。"

季明感到心情有些沉重和苦涩,他说:"这倒是个很现实的问题,这一切都怪我,我做保险两个多月了,还一分钱没挣到,委屈你了。相信我,我不会让你受太久的委屈的。"说完,他伸手把乔翚揽进怀里。

乔翚靠在季明的怀里,听着他强健的心跳声,她感到季明的强大,她心情好了许多。她说:"季明,我们也攒钱买房吧?"

季明望着一脸期待的乔翚,感到前所未有的压力,他咬咬嘴唇:"好,今年我们的目标是攒钱买房。乔翚,我们一定会有房子的,相信我,跟了我,我会让你幸福的,让你住进像皇宫一样的房子里,把你当公主一样供养起来,把你养成小猪……"

乔罂白了他一眼:"越说越离谱,你就吹吧,看你能不能吹到天上去。"

季明笑笑,捏捏她的肩膀:"吹牛的权利都被剥夺了？那我还活个什么劲呀？"

"小样儿,不是还有我吗？我不是你的整个世界吗？哦,不对,你们男人的世界并没那么小。"

"你错了,我的世界就是那么小,你真是我整个世界。"

虽然知道是甜言蜜语,但是女人天生就喜欢听,乔罂还是感到很满足。

那晚,他们相拥入眠。两颗年轻的心,向往着未来美好的生活。未来对于这对年轻的恋人来说似乎是可以把握的,只因年轻。年轻,没有什么不可以。季明和乔罂四眼相对,千言万语凝聚在无尽的凝眸中。

夜深了,窗外的星星时隐时现,装饰着南方繁华的都市夜空;月亮有时悄悄躲在云层里,半遮半掩地露出一丝笑靥。远处的灯火进入了睡眠状态,闪烁着微光照亮这黑暗的街市。

有些花儿通常会在夜里悄然绽放,翌日就会绚烂一片,醉了爱花之人。

入秋了,秋老虎不甘寂寞,抓住最后的时日发挥着炎热的淫威。南方的夏秋之交更显炎热。

城市在灿烂的阳光里安然且恢弘,炎炎烈日灼烧着高楼大厦,路面热气沸腾,像氤氲蒸汽蒸灼着路人。车辆从身边疾驰而过,却像是静态画面里被人不经意地挪移的小丑,疲惫而不屈。生活的旋律是时间的永恒和人性的孤独,当人在失意时,孤独愈加浓烈。

季明仍然每天背着包,顶着阳光四处寻找客户,为了房子,为了乔罂,为了爱情,他豁出去了。

季明今天来找一个拜访过两次的客户,这个客户是个开烟酒行的小老板。季明进到小老板的烟酒行时,他正在整理他货架上的货品。

"何老板。"季明高声而激昂地叫着。何老板回头一看是季明,连忙从板凳上下来,微笑着说:"小季,来了？坐吧。"

何老板热情地给季明沏他家乡的功夫茶，何老板是广东潮州人，喜好功夫茶，总爱用功夫茶招待客人。他从未因为季明是做保险的而爱理不理，甚至像某些人一样拒之于门外，每次都是热情相迎。

但是季明一跟他提起保险来，他总会转移话题，这让季明很头疼。同时也觉得自己很失败，他想今天一定要破一下例，于是他铁下心来，严肃地对何老板说："何老板，今天我来呢，一定要跟你介绍一下保险，不论你是否愿意。"

"打住，我不谈保险，跟你说实话，我讨厌保险。"

季明心中暗喜，他终于开口谈起保险了，季明道："为什么？"

何老板收起笑容，又缄口不语了，季明不禁又郁闷起来，季明说："保险其实是人人都需要的保障，谁也说不清楚自己的未来会怎样，谁也不敢打保票说自己这一生将会很顺利地度过。而保险平时用不上，就是当人们遇到灾祸的时候，它能帮人们把损失降到最小……"

季明准备侃侃而谈时，何老板突然把手里的茶杯咣的一声摔在地上，他铁青着脸看着季明，季明感到万分震惊，他连忙站起来，说："何老板，你这是怎么了？你就那么拒绝保险吗？"

何老板生气地指着大门，声嘶力竭地喊道："你，出去，走，走，以后我不想再见到你！"

季明惊呆了，他从未见过何老板如此生气，但他毕竟也见过世面，他马上镇定下来，说："何老板，我真没想到你会这么抗拒保险，但是即使你打我，骂我，我还是要说出以下的话。我不知道你以前遭受过什么创伤，但我想保险只会帮你，而不会害你，我三番五次地来，只是想给你送来一份保险。也许你现在还没有意识到保险的好处，但我相信总有一天你会明白保险的作用的。"

何老板头扭到一边，眼睛往天花板上瞅，季明悻悻地说："我就说这么多，如果有得罪你之处，请原谅。告辞。"

季明说完头也不回地走了，他相信以后他再也不会来这里了，这个小老板已经疯了，完全不可理喻。

季明失魂落魄地走着，刚才对何老板说的话还在脑海回放。他感到今天又失败了，原本以为何老板将会是一个优质客户，却没想到何老板对保险如此深恶痛绝。他自我安慰，这几个月来，遇到形形色色的客户，这实属正常。

　　季明彷徨在喧嚣的街道上，看着街上来来往往的人们，他想，楼里、车里、街道上，甚至厕所里，到处都是人，中国多的不就是人吗？却不知道茫茫人海中，谁才是自己的贵人。季明对天长叹，他看到来自天空的烈日像把利剑一样刺向他双眼，眼睛感到有些灼痛，他微闭着眼睛，心想是不是"天将降大任于斯人也，必先苦其心志"？上天会帮我吗？他转念又想，生命如何能与大自然抗争呢？阳光依旧灿烂，却无法照亮他阴暗的未来。他感到生存不易，在这个南方发达的城市，买一套房子简直是可笑的奢望。

　　季明对自己最初的选择产生了怀疑，听他的上司赵常青鼓吹说做保险能赚大钱，赵常青做保险四年了，已经在本市买了一套一百多平方米的房子，季明当时听了羡慕不已。在保险培训班时，讲师们给他们讲保险的前景和保险所带来的空前的赚钱机遇，他们并没意识到讲师只是在给他们洗脑，当时所有的学员都踌躇满志，摩拳擦掌，跃跃欲试，幻想着有朝一日自己签了个大单，一夜暴富。季明也不例外，他是个对未来充满着期许的人，同时也是一个自我感觉非常好的人，他认为不如自己的人都能在保险行业挣到钱，自己就更不在话下了。

　　而真正地尝试去推销保险之后，他才意识到这个行业远远没有自己想象中的那么简单，他一个刚走出校门的毕业生，没有一定的人脉，没有一定的社会关系，要想在这一行立足，那真是难上加难。强大的落差，使得季明失望到极点，他甚至怀疑起自己的能力。

　　天黑了，拖着疲惫的身躯，季明回到家，眼睛所到之处，尽显一片狼藉，更增添了他的烦躁。他拿起水杯想喝水，竟然发现杯里有一只死蟑螂，"操！"他骂道，然后咣的一声把杯子狠狠丢在地上，那个蓝色的玻璃杯掉在地上摔得粉碎。他依稀记得这个水杯是在大学时有一次他过生日，乔馨买给他的生日礼物，而现在这个他曾经视为珍贵礼物的东西已经支离破碎了。

7

　　季明呆立着看地上那一片蓝色的玻璃碎片，他感到有一种东西在心底滋生，他不明白那是一种怎样的情愫，反正他觉得不是什么好现象。他甩甩头，闷头闷脑地坐在沙发上，然后打开电视，可转了好几个台，没有一个节目能够让他心情好些，他焦躁到了极点。他想到喝酒，对了，酒，这个东西许久没碰了。

　　他记得大学毕业吃散伙饭的时候，不知是谁出的馊主意，采取淘汰喝酒大比拼。班上共十九个男生，他一个人放倒了班上其他十八个男同学。上半场每人都喝十杯啤酒，一场下来倒了七个。剩下的十二人接着喝，五杯下肚后，又倒了五个，剩下的七人，又每人喝了五杯，又倒了三个，最后，四个班上最能喝的男生，大家互相不服别人，都认为自己一定能把其他三个喝倒。在另外倒下的十五个同学醉酒后此起彼伏的鼾声伴奏下，四人推杯换盏，又喝了十杯，结果又倒下两个。剩下季明和另外一个男生时，季明感到有些恐惧了，他不是怕他会输掉，而是怕所有人都倒下了，他一个人会感到孤独。可酒过三巡，那个男生竟然倒下了。在胜利来得如此艰辛而惨烈之时，季明突然有种高处不胜寒的感觉，他不记得自己到底喝了多少杯了，在十八个同学接二连三地在他面前倒下时，他竟然没有感觉到酒精在他的体内发挥任何作用，他这才意识到他对酒精根本就没有感应。

在众多女生的崇拜和爱慕的注视之下，季明感到自己像一个英雄抑或明星，他的屹立不倒成了一段佳话。当他缓缓看向班上每个女同学时，四周一片鸦雀无声，面对那一双双清澈明亮的眼睛，季明突感莫名的恐惧，他至今都不明白自己为什么会对酒精不敏感。那次聚餐上的神奇超脱表现，让季明获得了"酒疯子"的称誉。

现在，在这静悄悄、乱糟糟的房子里突然想到了喝酒，当时热闹而喧哗的场面历历在目。经年不绝的毕业歌、女孩儿们的巧笑声、男孩儿们对女孩儿们的心猿意马，雄心壮志；一个个美丽的笑靥，一双双有力的手，握着，握着，不忍松开，眼里的泪花，大家依依惜别，互道珍重……他很想同学们，不知道他们现在过得怎么样了。毕业后大家各奔东西，许久都没有联系了。

· 季明酒兴浓烈，他匆匆下楼买了两瓶啤酒和一袋花生米，今晚这些就是他的晚餐了，这对于他来说算是奢侈的了。

他刚消灭了所有的食物，猛地听到敲门声，他开门一看，一脸落寞的乔罱站在门口。她沉着脸一声不吭地走进屋里，一屁股坐在沙发上。季明一看她神色不对，知道她一定是遇到难事了。他坐在她旁边，把她揽在怀里，问道："亲爱的，你怎么了？"

乔罱撅着嘴似乎在生闷气，还是一声不吭。季明摸了摸她的额头："是不是病了？小猪猪？小嘴撅这么高，都能挂酱油瓶儿了。"

乔罱突然挣脱他的怀抱，然后双手勾住季明的脖子，定定地盯住他说："季明，我不上班了，你养我吧？我感到好累。"

"到底怎么了？"季明感到事态的严重性。

"你先说你养不养我？"

"养，当然养，你是我老婆，我不养你养谁？你告诉我到底出什么事儿了。"

"今天，我跟我们经理吵架了。"

"为什么吵架？"

"今天有几个客户来公司洽谈业务，我当时忙得一塌胡涂，倒茶水慢了一点儿。客户走了之后，经理把我叫到办公室，狠狠地批评我，说我怠慢客

户，她说如果这单生意没谈成，我要负一定的责任。"

"她也太过分了吧？怎么能把这种帽子乱扣在你头上呢？"

"就是呢，所以我生气嘛，我马上顶撞了她，一个老女人，肯定昨晚在家受老公气了，拿我来出气。"

"就是，别理她，当她放屁。"

"我骂她说自己没谈好，却怪在我头上，人家客户才不稀罕喝你这杯水，生意谈不谈得成跟喝没喝水没有直接关系。"

"嗯，对，这种人，有毛病吧。"

"就是有毛病，她能力有限，要找个替罪羊。当时，很多人听到我顶撞她了，她感到很没有面子，我猜她可能会开除我。"

"那倒也不一定。"

"开不开除我都不想在那儿干了，特没劲儿，整天对着一个老太婆不说，这份工作我总觉得让我低人一等，一个小文员，总被人使唤，以我的性格我也干不了多久。"

"那你要先找到工作再离开吧？没班上会无聊的。"

"我不上班了，你养我吧？"

季明为难地说："我要养得起你才行啊，你没看我现在自身都难保了。"

乔罄脸沉了下来："你刚才不是答应得好好的吗？怎么就一会儿你就改变立场了？"

"我没有改变立场，我是说我现在还没挣到钱，没有钱养你呀，小祖宗，单单你整天往脸上抹的东西，一瓶就要几百块。你如此奢侈……"

乔罄生气了，她白了季明一眼，说："唉，我只有自生自灭了。我只不过是跟你开个玩笑，我知道你没有钱，算了，我走了。"她拿起她的挎包准备离开。

季明抱住她："别走呀，生气了？小样儿吧，我会想办法挣钱的，人哪能在一棵树上吊死呀？"

乔罄不快地用力挣脱，大有一不做二不休的气势，她郑重地说："季明，我对你的感情你是清楚的。但是我是个女孩儿，就是喜欢漂亮的衣服，喜欢往脸上涂脂抹粉，喜欢一切时尚的东西，我有权利追求我的幸福。"她顿了顿,似乎下定决心:"所以,我给你几个月时间,如果这几个月你挣不到钱,我可能就会从你生活里消失。"

"什么?"季明从沙发上迅速站起,狠狠地盯着她:"你只给我几个月时间?你以为我是神仙呀?你是不是想逼我去偷去抢?还是逼我去卖去赌啊?"

乔罂脸色大变,火冒三丈,说:"你自己看着办吧,本小姐可是很抢手的,你不稀罕自然有别人稀罕!"

"你是嫌我穷了?那好,你去找你的幸福吧。你走吧。"季明气昏了头,他最讨厌被人威胁,而眼下威胁他的还是自己深爱的女友。

乔罂定定地注视着季明,眼泪在眼眶里打转,一脸悲怆。季明愣住了,他也定定地望着她,心里掠过一丝疼痛,他最怕女人流泪,女人的眼泪是杀手锏,英雄铁骨铮铮终究斗不过美人泪。他还是头一回见到乔罂流泪,季明想揽她入怀,乔罂一把推开季明,她忍住即将滴落的泪珠说:"这可是你说的,好,我去找别的男人,你可别后悔。"

季明看她这副神情,有些害怕她真的会做出出格的事来,他不假思索地搂住她,哄着:"乔罂,我说的是气话,你真的听不出来吗?傻瓜,我那么爱你,怎么会把你推给别人呢?好了,别生气了,我一定会努力的,相信我,好吗?"

乔罂站着不动,泪水悄然滑落,猝不及防,也令季明猝不及防。

季明心里涌来一丝酸楚,他扳过她双肩,坚定地注视着她,习惯性地用手背轻抚她的脸:"我一定会努力的,我挣到钱后我就会娶你,让你在家当全职太太,不让你再去上班受尽委屈……"

乔罂含着泪推开他,丢下一句话:"没有房,你就别想娶我!你好好考虑吧。"然后摔门离去。

季明呆若木鸡,他望着乔罂离去的背影,心里一阵惶恐。他明白,他从此将为了一套房子彻底沦陷,甚至会万劫不复,谁让他那么爱乔罂呢?为了乔罂能回头,他决定豁出去了。

乔罂的愤而离去,给季明的心理带来很大的冲击,他一边为自己的工作没有成效苦恼不已,一边又担心就此会失去心上人,从而感到惴惴不安。今非昔比了,现在光有爱情是不行了,他知道现在的女孩儿都很现实,谁愿意

跟一个穷小子过日子呢？尤其像乔罢这么漂亮的女孩儿。如果季明一放手，追求她的男人势必前赴后继，络绎不绝。季明深知，他想最终抱得美人归，光有迷人的外表和品性已经不行了，还得有票子，有房子，甚至还要有车子。

一连几天，季明都更加努力地工作，他把推销策略进行了一些调整，不再去找陌生人。他从熟人和朋友入手，如果签订了第一份保单，那么他的自信心就会恢复的。果然，工夫不负有心人，经过近一周的努力打拼，季明终于在儿时的玩伴，一个私企老板那儿签成了一张保单，这也是他生命中的第一张保单，虽然保费才两千多元，但是对季明来说意义是非同寻常的。

这份保单只能给他带来几百元的收入，连伙食费都紧巴巴的，而对于买房的几十万元来说，那更是杯水车薪。季明明白，要想买房，他还要加倍努力。

他有时会想起晏婷，那个风情万种的女人，那个年轻的富婆。有时候还为失去她的保单而感到可惜。

有一天晚上，季明接到乔罢的电话，她对季明说："No matter what the situation is, no matter when and where you buy an apartment, I will follow you forever。我那天的情绪有些激动，心情不好，说话难听了点，请你别放心上。"

季明说："没关系，我理解你的心情，你一向是刀子嘴豆腐心，我已经习惯了。我想你了，亲爱的。"

"我也想你。"

"那你过来？"

"太晚了，我不过去了，改天吧。"

乔罢说完挂了电话，季明感到一丝安慰。前几天，他摸不准她的气消了没有，加上一直忙，心情也不太好，所以一直没跟乔罢联系。没想到她主动打来电话，这让季明有些受宠若惊。他不禁回忆起在大学时跟乔罢从相识到相爱的往事来……

季明和乔罢是同一专业但不同班，季明在一班，乔罢在二班，两个班的同学常在一起上课，混熟了也跟一个班一样了。两班一共是42人，男生19人，女生23人。

大一时,季明在班里还是默默无闻的,那是因为他话不多,相貌也不是太出众,班里比他帅的男生有好几个。季明经常坐在最后一排,因为他个子高,一米八三的个儿,在南方,这样的个头并不多见,所以他很自觉地坐在最后一排。

课间休息时,很多男生女生都会在走廊上大声喧哗,聊天逗乐。而季明总是冷眼看着他们,偶尔会看向一些长得漂亮的女生,向她们吹吹口哨。

他那高挺的鹰钩鼻、常撅起吸烟的嘴唇、深邃的眼睛和微微蹙起的眉头显得非常有气质,他的沉默和冷峻渐渐地吸引了女生们的注意,他常常给人感觉非常神秘,因而更加吸引女孩儿们的注意。他偶尔的恶作剧,例如在某些他看得不顺眼或者他喜欢的同学身后贴一些搞笑的大字报,或者经常出人意料地在讲台上恶搞大家都不喜欢的老师,非但不让大家反感,反而让所有同学都记住了他,并暗自欣赏着他。因此,他似乎是班里最有性格也是最有创造力的一个。渐渐地,他成为同学们的主心骨,男同学都喜欢围着他谈古论今,女同学都暗恋着他。他的一举一动总是很引人注目,因为同学们都不知道他下一秒钟又会做出什么举动来。虽然无法揣摩他的行踪,但是同学们却悄悄期盼着他的一切举动,他所做的一切似乎是在为大家枯燥而漫长的大学生涯添加一些新奇风趣的娱乐花絮。

季明的一切活动,在乔罂看来是可笑而不屑的,她是班里唯独不买季明账的一个。因为乔罂自身的才情和姣好的容貌,使得她清高而自负。面对季明偶尔投来含情脉脉的凝视,乔罂不屑地回他以白眼,她总觉得他像一个街上喜欢恶搞的小痞子,离他越远越好,但她心里其实是不讨厌他的。

乔罂能歌善舞,是班里的文艺委员,在班里比较活跃。她还写得一手好文章,尤其是她的诗歌和散文,经常被刊登在校刊上,还有一些杂志上,从大二开始,乔罂就开始写稿子挣零花钱了。加上乔罂是班里最漂亮、最性感的女生,又有才气,她理所当然地成为最耀眼、夺人心魄的班花。

季明常常会远远地望着乔罂,他欣赏并暗暗喜欢着她,她那婀娜多姿的身影在眼前晃来晃去,她身上那种茉莉花的清香常让季明轻微晕眩且心驰神往,甚至偶尔会有种莫名的本能欲望在心底滋生。季明虽然和众多男生一

样深深地被乔罂所吸引，可他从未想过主动去追求她。

直到大三第一学期，一场演出给他和乔罂创造了亲密接触的机会。

那是初冬季节了，学校要举办年终文艺会演，每系要出五个节目，系里要求每班出两个节目，进行初步筛选，然后选五个节目上报学校进行会演。季明班上出一个，乔罂班上出一个。

乔罂班上的节目是乔罂根据《哈姆雷特》改编的一个话剧，剧中哈姆雷特王子一角在二班没有合适的人选，于是乔罂想到一班，有人建议找一班的季明，因为他的气质跟哈姆雷特王子有些接近。乔罂这才真正地注意到季明。

乔罂注视季明那一刹那，季明刚好也向乔罂投来深情的目光，四目相对时，乔罂心头一阵轻颤，紧接着心里咚咚轻弹几下。她搞不清楚到底是什么在敲击她的心灵，只感到瞬间有种纤弱和柔软在心里蔓延，她怔怔地望着季明，季明也感到有些异样。

从此，季明的影子刻在了乔罂的心里，挥之不去。

确定了让季明来参演哈姆雷特一角后，乔罂向季明发出了邀请，季明欣然接受。对于冷峻而清高的季明能够参演主角，大家有些意外，原以为他会拒绝，却没想到他如此爽快地答应了。

本来乔罂只想导演这部话剧，但她为了能够接近季明，就决定来参演波洛涅斯的女儿欧菲莉亚。所有的演员都确定后，他们开始了排练，当演到不幸夭亡的欧菲莉亚那场悲怆的葬礼时，季明动情而投入，表现出非凡的表演才能，这是乔罂始料未及的。季明的表演让在场的人无不为之动容，也因而让乔罂对季明怦然心动，她当时还不知道这就是爱情。

他们这部话剧入选了，在校际会演上他们获得了巨大成功，在近五十个节目中荣获二等奖。

从此，季明和乔罂无法再回避相互的爱恋。演出结束当晚，正当大家在热火朝天地喝着庆功酒时，男女主角季明和乔罂却双双失踪。

原来，季明七拐八拐把乔罂带去了一个神秘的地方——学校里那座著名的废墟。那是一个狼藉却清静的地方，几乎没有人烟，像刚刚经历过一场盛大的浩劫一样惨不忍睹、满目疮痍。

8

面对这个貌似鬼电影里的场景,乔罂感到有些害怕,她很纳闷季明为何带她来这个地方。季明紧紧地抓住她微凉却冒着冷汗的双手,暗自偷笑,走到一面断壁残垣处,季明突然站住了,乔罂惊慌地望着季明,发颤地说:"你为什么要带我来这儿?这儿多可怕呀。"

季明笑而不答,故作神秘,然后抓住乔罂的双肩,深情地看着她,幽幽地说:"你还记得我们演《哈姆雷特》面见他父王的灵魂那场戏吗?"

乔罂一想起那场人鬼对话的戏,那种阴森恐怖的场景让她顿时头皮发麻、毛骨悚然,她四处张望,周围一片死寂。她不满地盯着季明:"你不是为了吓我吧?带我回去,我有些害怕。你别以为你这样做很浪漫,实际上非常可笑,就像你平时所作所为一样不可理喻。"

季明对天哈哈大笑,乔罂头一次见识了他狂笑的样子,她心想他不会是真疯了吧?她怔怔地想着,季明突然紧紧地抱住她,乔罂本能地挣扎一下,季明抱得更紧。乔罂闻到他身上淡淡的汗臭味和烟草味,她突然感到他怀抱的温暖和安全感,心里的恐惧慢慢隐退。季明双手捧起乔罂的粉脸,柔声说:"乔罂,你是班里唯一不欣赏我的人,我一直知道,所以我有种想征服你的欲望。"

乔罂感到万分惊诧,她气恼地把他的手拿开:"你什么意思?你带我来这

个鬼地方就是为了征服我？你没病吧？"

季明避开她犀利的话语，坏笑着说："乔鬙，你为什么就不能像别的女生一样对待我？"

"像别的女生？对你俯首帖耳？含情脉脉？对你崇拜得恨不得以身相许？你以为你是谁？"乔鬙不屑地说，既生气又觉得可笑，她讥讽愤懑的神情并没激怒季明。

季明突然抱紧她，她还没来得及反应，季明就迅速吻住她，令她猝不及防。她只感到一阵晕眩，季明炙热的唇深深地、紧紧地熨烫着她。他的吻来势汹汹，势如破竹，似乎电流传遍全身，她蓦然感到全身一阵酥麻，季明的无尽纠缠令她无法抗拒，她任由季明放肆而贪婪地摄取她的初吻，防御一点点遁失，她的心间变得纤柔起来……

天地间一片静寂，两颗年轻而火热的心跳声融合在一起，弹奏出一曲动人心弦的黑夜恋歌。乔鬙最终为季明这种野蛮却独特的示爱方式暗自陶醉和赞叹。吻毕，季明低头静静地瞅了乔鬙一会儿，然后说："刚才好吗？喜欢我吗？"

看着季明一副自负得意的神情，乔鬙从浅醉中蓦然醒来，眼眶有些湿润。但她不想让他太得意了，她想故意打击他，她说："我不喜欢你这种类型的。"

"呵呵。"季明放开她，讥笑着，他点燃一根烟抽了一口，"真的？"想起刚才她瘫软在自己怀里的样子，他觉得可笑而温暖，他含笑望着她说："呵呵，我是什么类型？"

"你是属于自以为是的类型。不学无术、游手好闲。"

"呵呵，我今天才知道，原来我在你心目中是如此不堪，那你喜欢什么类型？"

乔鬙白了他一眼，眼睛往上挑："我什么类型都喜欢，就是不喜欢你这种类型。"

季明吸了一口烟："可我就是喜欢你这种类型。你说不喜欢我是假的，你刚才的样子，哈哈，我还不了解你？"他嘲弄的表情让乔鬙觉得自己处于下风,她最受不了的就是季明那副总是讥讽的神情。乔嚣愤愤地说:"别以为你真的了解我。"

"当然,我观察你很久了,我一直想找机会接近你,却没想到你竟然邀请我参演《哈姆雷特》,这样一来,我不费吹灰之力就一举拿下你了,哈哈……"他对天狂笑。乔嚣感到很受伤,心想原来他那么爽快地答应参演是有预谋的,她愤愤地说:"你别得瑟,谁说你拿下我了?"

"拿不拿下你心里最清楚,是谁刚才春心荡漾了?是谁陶醉在我的怀抱里了?是谁乖乖地让我吻了?"季明戏谑地瞅着乔嚣。

"讨厌,你是不是早有预谋啊?"

"没有,你别这样想我,我多正派啊。预谋,那是阴谋家做的事。我能是那样的人吗?"他说完丢下烟头,又想抱乔嚣,乔嚣躲开了,季明笑笑:"这么快就翻脸不认人了?"

"我还没说做你女朋友呢?你别总是动手动脚的。"

"别装,我不喜欢矫揉造作,我喜欢的就是你真实的样子。"

"我不真实,我虚伪得很,你千万别喜欢我。"

"可我就是喜欢你,没办法,这辈子算是栽在你手里了。"

"啊?"乔嚣吃惊地叫起来,"你别、别吓我,我可是很胆小的,我承受不起你一辈子,千万别这么说……"

"别贫了,比我还贫,像你这样怎么嫁出去?"

乔嚣气得狠狠地给他白眼,扬手做出要打他的样子,季明哈哈大笑往外跑,乔嚣还没反应过来,季明已经跑得很远了,乔嚣望着季明远去的背影突然感到害怕,她也随他跑过去,一边跑一边喊:"季明,等等我,别丢下我,我害怕,等等我……"

季明跑到前面一棵树下躲了起来,乔嚣找不到季明,着急又害怕,她不认得回去的路,望着漆黑、荒凉而阴森的四周,乔嚣急得直跺脚,她恨起季明来,心里暗暗发誓以后不再理他了。

正当乔嚣惊惶失措之时,季明突然跳出来,把她吓得啊的一声尖叫,季明连忙抱住她。乔嚣蜷缩在季明怀里簌簌颤抖,险些哭出声来,季明意识到

自己做得有些过分了，他轻轻拍着她的后背：“不哭了，宝贝儿，我跟你开个玩笑，哪知道你真的这么胆小。”

乔罂一听气不打一处来，她用力捶着季明健硕的胸大肌骂道：“你浑蛋，你下次再这样对我，我发誓再也不理你了，呜呜……”说完她放声号哭，眼泪打湿了季明的前襟，季明得意地暗自偷笑，他清楚地知道，他已经征服这个不羁的班花了。

往事如烟，过去的那段浪漫往事经常让季明回味无穷。想想两年前，自己还是一个调皮、喜欢恶搞的少年，而现在却为了生存为了房子为了爱情苦苦打拼。艰苦卓绝的现实生活使得他过去那些单纯，却富有创造性的灵感似乎在生活的磨难中消失殆尽。他变得越来越现实，他清楚地知道，进入社会后，为了生存，很多事是由不得自己的，而自己能把握的也许只有那颗亘古不变的纯良的心灵。

季明现在一心只想着赚钱买房，只想立刻能拥有一笔钱，好快些买房，然后和乔罂幸福相守。

季明每天彷徨在大街上，看尽都市的繁华，内心却日渐惶恐，眼看又快断粮了，一个男子汉大丈夫如果就这么活活饿死在这个发达的，据说到处是黄金的都市大街上，那也太窝囊了。这样一想，季明觉得自己像一只落水狗一样，但是还有一息尚存，求生的欲望驱使他不能放弃。相信自己只要过了这个坎，未来应该是一片光明，“面包会有的，房子会有的，一切都会有的。”季明时常这样为自己打气。

季明已经积累了很多准客户了，一半以上的客户保险观念还是不错的，但是真正要签保单时，他们总能找到各种冠冕堂皇的借口拒绝签保单。季明有时候会想，一定是自己哪里做得不够好，他也请教过公司的签单高手，希望能学些促成签保单的技巧。高手们也确实给过他一些很有帮助的建议和经验。

做保险几个月以来，季明觉得自己真是历尽沧桑，却一事无成。但是为了乔罂，为了买房，为了生存，他不敢放弃，也没有停止去努力。他相信天无绝人之路，更相信工夫不负有心人。

季明今天跑到一家高档写字楼拜访几个白领,这是一家外资公司,白领们的薪水都不低。季明认为钱是投保的第一要素,那些连吃饭都没钱的人就别指望他买保险了。对这几个外企白领,季明还是有信心的。

他敲开了公司的大门,一个漂亮的女孩儿问他:"咦,你又来了?"

"美女,我来看你们了。"季明露出灿烂的笑容说,周围几个白领都向季明看过来,没有人拒绝季明的到来,他也算是这里的常客了。季明从包里拿出一些花生、糖、豆腐干、话梅等零食放在一张空桌上,对他们说:"今天带点零食给你们吃,看你们上班也很无聊的。"

气氛顿时活跃起来,大家七嘴八舌地和季明说起话来:

"帅哥,你发财了?怎么想起请我们吃东西啊?"

"不发财也可以请你们吃啊。"季明忍痛说,其实这些东西,他是用今天的午饭钱买的。

"哟,这么大方啊?哪个女孩儿嫁给你就幸福了。"

"呵呵。"季明不好意思地笑笑,开玩笑地说,"那你嫁给我嘛。"

大家哄堂大笑,那女孩儿脸红了,说:"你这么帅我怕看不住,要被别的女人抢走。"大家又是一阵大笑,季明说:"还没嫁就自卑上了,其实我是个很专一的男人哦。"

"真的?"几个女孩子异口同声地说,大家又笑成一片。季明想,这么闹下去保险就不要谈了,于是他故作严肃地说:"你们别总拿我开玩笑,我现在都快要流落街头了。"

"怎么了?帅哥破产了?"

"跟破产差不多了,我这个月一张保单还没卖出去呢。"季明苦着脸说。

大家立即沉默了,唯恐多说一句,季明就会拿着保险条款跑来向自己推销。

季明感到很苦恼,他说:"你们真不够意思,一说保险你们立刻就哑巴了。"

大家装作认真做事的样子,季明决定换种方式,他走到他们中间,说:"你们停停,听我讲讲保险的知识,不买也没关系,我不会逼任何人买我的保

险,听听增加点知识吧。"

　　有几个女孩子偷偷看他,季明开始讲起来:"我先给你们讲讲人寿保险的起源,宇宙有三界,三界是天、地、人,所有的三届生灵都将回到地界。有一天,阎王爷喝多了,就把三届生灵叫到一起,问他们有什么想法,人首先着急了,说道:'我们的生命才有三十年,太短了,我们想活得久一些。'阎王爷回过头来,对其他生灵说道:'你们谁的寿命愿意让给他一点?'话音刚落,驴说道:'我整天蒙着眼睛拉磨,早就活够了,我给他二十年吧。'阎王爷问道:'这样行了吗?'人说:'好像还是短了一点儿。'这时,狗站了起来:'我也就能帮忙看门护院,也没什么意思,我给他十年吧。'阎王爷看了看人:'这样总可以了吧?'人勉强点了点头。这也是后来传说,人活六十不死就活埋的来源,阎王爷刚想说就这样定下来吧。大猩猩揉了揉眼睛,睡意蒙眬地站了起来,说道:'我现在除了吃就是睡,真没劲;人剩下的生命我来承包吧。'最后,人真的如愿以偿:三十年前享受人间乐趣;三十到五十要像驴一样地干活;五十到六十像狗一样地看家护院,六十以后就难说了。人'寿'保险由此产生了。"

　　大家都被他的故事深深吸引住了,大家都期待他讲下去,他却没有再说什么。

　　"完了?"

　　"完了!这就是人寿保险的起源。"

　　他们哈哈大笑,有人说:"你编的吧?哪会这样啊?"

　　季明笑而不答,有人说:"看来你很会讲故事嘛,害得我都听入迷了,你说人六十岁之后会怎么样呢?"

　　季明心中暗喜,说:"聪明,终于说到点子上了。我跟各位说,人到了六十岁,就什么也不是了。你们想想,六十岁都退休了,人一旦退休了就会觉得自己没用,这时候就会想什么最能让自己有安全感。"

　　"子女。"

　　"不对。"

　　"金钱。"

　　"对了一半。"

"除了钱还有别的吗？"

"金钱怎么来呢？"

"退休金、养老金。"

"退休金、养老金能有多少？"

"不知道。"

"社保。"

"各位，社保的养老金只能保障最低生活，只能买米，买油盐酱醋。"

"那怎么办啊？"

"只有一个好办法。"

"什么好办法？"

"那就是买养老保险。"

"哦！"大家恍然大悟，说，"绕来绕去又绕到你的保险上了。"大家顿呼上当。季明笑笑说："你们没有保险观念不怕，我会慢慢灌输，只要你们知道对自己养老问题担忧就成。不管你们买不买我的保险，我都要跟你们说，你们现在还年轻，根本不会想到养老的问题，但是如果你们现在开始为养老投入一些资金，相信等到你们六十岁的时候，你们的生活质量一定会比别人好许多。"

"那养老保险多少钱一年啊？"

"你今年多大？周岁。"

"25 岁了。"

"我给你做份计划书。"季明飞快地算好了保险费，给他们讲起来："你一年交三千五百五十元，保额是十万元，你交费二十年，总共交七万一千元，你五十五岁就开始领养老金，每年领五千元，一直领到终身。到七十五岁，你就领了十万元……"

"那如果我活不了那么长呢？"

"那就给你十万元。"

"我人都死了，给这么多钱有什么用？"

"给你的家人或者后代啊。"

"那也没意思，我买保险主要是为了自己。"

"主要是为了你自己，就是为了你养老存钱啊。"

"算了，这份保险我觉得不划算，我还不知道自己能活多少岁呢。"

"保险这东西就是给你和家人提供一份保障。"

……

季明一直说到口干舌燥，都没能促成一张保单。中午他们都下去吃饭了，然后又要午休。季明无奈只有离开了。

季明饿着肚子走在街上，经过一家狗不理包子店，里面飘出的包子肉香味让他更觉得饥肠辘辘，他很想去买几个来充饥。可钱包里只有五块钱，两块钱要坐车，另外三块是晚餐的钱。他觉得自己简直还不如乞丐，一个大学生沦落到不如乞丐的地步，实在可悲，不知道是中国教育的失败还是自己的失败，也许两样都有。他还想起了电影《疯狂的石头》里最后那一幕，黄渤演的盗贼含着泪，嘴里嚼着面包，手里还抓一个狂奔在高速公路上的情景。他苦笑了一下，心想，说不定不久自己也要沦落到那种地步了。

他晚上回到家，买了一袋一元多的方便面，还没吃饱。他想这样下去是不行的，迟早有一天会饿死，并很快会无家可归，流落街头。

他把自己目前的所有客户都琢磨了一遍，觉得最有可能买自己保险的只有晏婷了。可那个风骚的女人却要自己陪她睡觉才肯买，这是什么世道啊？季明感到心里冰凉冰凉的。

9

第二天，他决定打电话给晏婷。电话通了之后她很快就接了："季明吧？什么事儿？"

"晏姐，很久没见了，最近好吗？"

"好，很好，怎么想起我来了？你好吗？"

"呵呵，我还行。"季明硬着头皮说，"我好得快揭不开锅了。"

季明似乎听到晏婷干笑了几声，不过他想她不会如此冷酷，也许是自己饿晕了产生的幻觉，他听到晏婷说："季明，你一个大男人对一个女人说自己快揭不开锅了，你不觉得丢脸吗？"

季明怔了怔，没想到她真的如此冷酷，他说："晏姐，我觉得很丢脸。我觉得我作为一个男人混到这种地步，还不如去死。"

晏婷轻叹一口气，说："我是想帮你，可你不领情啊。"

"晏姐，你能不能介绍一个客户给我？我知道你认识的有钱人多。"

"我都没有买，我介绍别人会有说服力吗？"

季明苦恼地说："这倒也是，那就算了，祝你快乐！再见。"

挂了电话后的季明突然感到陷入绝境的焦灼，他掏出口袋里最后一根烟，叼在嘴里却舍不得点燃，心想也许过了明天，自己就不会在这个世界上存在了。这时他想起了乔罄，她应该还不会见死不救，但转念一想，怎么跟她

开口要钱吃饭呀？自己都向她承诺要买房养她，现在反倒向她伸手要钱，这样她就会渐渐地瞧不起我，那么，我的爱情也会离我而去。常青借给他的一百元花得就只剩下十元了。又重回一周前的尴尬境地。在梦里，他看到自己饿得就剩下皮包骨头了，跻身于非洲众多瘦骨嶙峋的难民中间，和他们抢人肉吃。

第二天，正当他置身于大街上，踽踽向前走时，他的手机突然唱起："欢迎您拨打110免费热线，感谢您参与到全球同步推出的监狱一年游活动中来，您是前十名报名者，恭喜您获得精美手铐一副，另有豪华警车接送，并赠送两次亡命越狱套餐……"

手机屏幕上显示着"晏婷"两个字，季明呆呆地盯着那两个令他触目惊心的汉字，不知道是接还是不接。他上周挂电话后，以为和晏婷已是老死不相往来了，没想到她会主动打电话给自己，这到底暗示着什么呢？尖锐的电话铃声扰得他心神不宁，他接通电话："喂。"

"季明，最近业务做得怎么样？"晏婷略带慵懒的声音丝毫没有任何异样，季明紧张的情绪得以缓解。

"晏姐，是你呀？"季明故作轻松地说，"没什么起色，不过也饿不死。"

"那就说明不是太好。"晏婷直截了当地说。

季明一时语塞，不知如何接话，晏婷接着说："我那保险还没有买呢，你如果还想签我的保单，那就过来吧。我想还是买了吧，省得夜长梦多。"

一听说签保单，季明有些兴奋，但是他有些担心晏婷对他会有进一步的要求。他迟疑片刻，嗫嚅着说："晏姐，你除了签保单还有别的事吗？"

晏婷沉默了几秒钟，说："还怕我强奸了你不成？你来不来？不来我找别人买了。"

季明感到有些尴尬，反而觉得自己有些以小人之心度君子之腹了，他说："那好，什么时候去你那儿方便？"

"现在，就现在，我过两天要去北京出差。"

挂了电话后，季明按了按胸口，竭力平复激动的心情。"山穷水尽疑无路，柳暗花明又一村"，季明心里默念。

到了晏婷的别墅,季明站在门口迟疑了片刻。他感到幸福来得太突然了,这段时间自己经常处于迷茫之中,突如其来的好运让他一时难以适应,他感到有些晕眩,不知道这到底是何种幸福,让他无法踏踏实实地去享受这种震荡的快乐。

季明的手机再次响起,是晏婷的,季明接了过来:"喂。"

"你来了吗?"

她竟然催了,季明心想,一般都是业务员催客户买保险,还没遇到过客户催业务员去签保单的,季明说:"我到了,在楼下呢,请开门。"

晏婷开门那一刻,映入季明眼帘的是一个憔悴幽怨、落寞忧伤的苍白的脸,面前的女人像一只失魂无依的黑天鹅,季明蓦然感到有一丝疼痛在心里滋生。在很长一段时间里,他想不明白那天自己看到晏婷那一刻为何心底会疼痛。

季明迟疑了一下,迈开腿踩过那块色彩斑斓、艳丽似锦的羊毛地毯。走进客厅,在沙发上坐下后,晏婷端来两杯热咖啡,递了一杯给季明。季明接过来时,不经意间触到晏婷微凉的指尖,他心头一颤,紧张地望向晏婷,晏婷迷离湿润的双眸和他不期而遇,在她眼里,季明看到了深深的忧伤和寂寞。

四目相对片刻,季明移开视线,他本来想问她"你还好吗?"但话到嘴边他硬是咽了回去。晏婷的凝视让季明有些不自在,他沉吟了几秒钟,然后打开包,拿出投保单放在桌上。

一只雪白粉嫩的纤手伸过来握住季明的手,季明心头一颤,他抬眼望向晏婷,一脸的不解和迷惑。晏婷静静、深深地瞅着他,说:"季明,我找你来并不单是为了签保单。"

那种好不容易放下的紧张重回季明心里,他知道自己又上当了。这个寂寞的女人这回不会再放过自己了,不知道这回自己该怎么逃避她的致命诱惑。季明轻轻拿开她的手,眼睛不经意触到她雪白而诱惑的胸脯,他心里开始狂跳着。

"季明,这些天我一直在想你,你明白吗?我真的喜欢你。"晏婷说这话时声音是嘶哑而低柔的,季明依然听得一清二楚,他眼神闪烁,不敢看她,干脆

低下头。

看到季明抗拒的神情，晏婷眼神变得幽怨，她脑子里闪过放弃的念头，但是看着季明眉宇间流露出的迷人气质，她还想作最后的努力，她硬着头皮说："季明，我从未主动追求过一个男人，我知道我这样很贱，我知道你瞧不起我。但是我是真的放不下你，虽然我对你不甚了解，但是不知道为何，你的影子总出现在我的脑海里，我曾经试图去忘掉你，但是我做不到。那次你决然离去，我的心都被掏空了，你看看我现在这个样子……"

季明感到自己立即被抛进万劫不复的深渊，他感到左右为难。跟上次的情形差不多，只不过这次他有了些企图心，他并不讨厌晏婷，反而有些欣赏她，但他更喜欢她的保单。为了房子，为了乔馨，一想到乔馨，他的心又是一颤，为了乔馨，自己总在理智和欲望之间饱受煎熬。季明艰难地吐出一句话："晏姐，我、我恐怕会让你失望的。"

晏婷深情凝眸，眼里有化不开的凄迷，她喃喃地说："季明，我知道，你有了女朋友。我不会让你为难的，我只希望你能分一点感情给我。我只要一点点儿，成吗？"

季明动容地皱紧眉头，迷茫地看着她："你这话我不太理解。"

晏婷静静地瞅他一会儿，然后用低柔却令人无法抗拒的口气说："做我的情人，给我快乐。"

季明略显震惊，他知道该来的总会来的，晏婷就像一阵暴风骤雨一样冲刷着他内心所有的纯净，令他有些措手不及，他也明白一个有自尊的女人说出这一番话那需要多大的勇气啊。他明白如果不答应她，今天恐怕还是无法签成这张保单。

看到季明犹豫不决，晏婷接着说："季明，就相貌来说，你并不太出众。说实在的，我并不是找不到男人，追我的男人中不乏优秀、温情和英俊的，但是我对他们都没有感觉，唯独对你，有一种说不清的情愫，我觉得你身上有些东西非常吸引我。首先是你这人没有坏心眼，第一次你来我家时我诱惑你，其实我只是想考验你，你断然拒绝我的要求，看得出来，你做人很讲原则，不是那种用情泛滥的人；其次，你很有责任心，不会轻易言爱，但是你一旦爱了就会很专一，我想，作为你的女友或者妻子的女子一定是幸运的也是幸福的，光凭这几点，你就深深地吸引着我。"

季明还不知道自己原来有这么多优点，被如此赞美，他感到很受用，像个小女孩儿一样羞赧地笑了，说："谢谢晏姐的赞美。但是请你别在我身上浪费你高贵的情感，我恐怕会让你失望。"

"季明，我不要求你给我一个名分，我只希望当我需要你的时候，你能在我身边陪陪我。"晏婷眼里流露出一丝祈求，季明突然感觉她有些可怜，也许是寂寞太久了，想起她被丈夫抛弃了，一直独身，实属不易，女人太过于痴情只会苦了自己。女人如此这般祈求一个男人，那需要怎样的勇气啊！

季明沉思片刻，还是无法接受作她情人的要求，他说："晏姐，我感谢你的爱，但是你知道我是有女朋友的，我很爱她。我想，爱情是很自私的情感，我真的无法分给你这种感情。"

晏婷深深地看着季明，或者说审视着他。接触到她热切妩媚无比的眼神，季明心里一阵荡漾，他躲开她的注视。

晏婷唇边扬起一丝苦笑，她轻叹一口气，点燃了一根烟，轻轻吸了一口，眼睛飘忽着望向那面安然素雅的电视墙，灰黑的背投电视屏幕里映出季明和晏婷两个悸动不安的身影。

晏婷徐徐吐出一口烟，说："季明，你现在的处境我看出来了，你做了几个月保险并没有太大收获。你刚毕业出来，在这个城市没有人脉，没有后台和背景，如果没有人帮你，你也许很快被保险业淘汰。你信吗？"

晏婷的话说到季明的心坎里，这正是他的软肋。她这番话深深地触痛了他受伤的心，他的自尊瞬间险些崩塌，他可不想在一个爱慕自己的女人面前尊严全失，他内心挣扎而迷乱，他情不自禁地点点头。晏婷看出他内心颇不自在，她说："我其实是想帮你的，我希望看到我喜欢的男人体体面面、自信尊贵地活着。"

季明心想她不愧是个老板，口才一流，具有超强的说服力。他说："晏姐，谢谢你能为我着想，但是我不想伤害你。退一万步来讲，如果我们刻意地发展一段感情，明知这种感情很可能不会长久，会造成我们彼此之间的伤害，

我们又何必要这么做呢？"他迎着她投来的热切而温婉的目光，坚定地说。

"这方面的问题我已经想过了，但是作为我，这一生能遇到几个让我心动的人呢？我不想去顾及将来，我只想把握眼前，把握现在。"

她轻喘着，然后突然抓起季明的手放在自己的胸脯上。感觉到她玉峰那片丰盈和柔软，季明心头疯狂地悸动，他本能地想抽出手来，但是晏婷紧紧地拽着，季明紧张地盯着她，他的意识处于混沌状态中，无法预知她下一步的动作。

晏婷纤柔白嫩的手开始轻柔地抚摸着季明健硕的胸膛，含情脉脉地注视着季明，季明内心开始战栗，激情和理智在进行着殊死的搏斗，他咬了咬嘴唇，抓住她越来越动情的双手，颤抖着说："晏姐，你知道，我不是什么正人君子，更不是柳下惠，请你别这样，我怕我……"

季明话还没说完，晏婷已经用嘴堵住他的嘴，令他猝不及防。晏婷不停地吻着季明，季明半推半就，全身的血液在沸腾，欲望席卷着他身体每个细胞。晏婷双手勾住季明的脖子动情地亲吻他，并发出勾魂般的喘息声，她温软的胸脯紧紧地贴在他的胸脯上，那一刻，季明彻底沦陷，下身开始渐渐膨胀，逐渐清晰起来的欲望在心底疯狂地滋生，季明清楚地知道自己对女人肉体的渴望，他迷糊地抱起她往卧室走去。

季明抱住晏婷，狂吻着她的脖子和胸脯，晏婷发出饥渴和快乐的呻吟，她轻声说："要我吧，我好久没有男人疼了……"

季明感到骨头都酥了，他更加疯狂地吻着她。他们互相撕扯着对方的衣服，晏婷的长卷发全部倾泻下来，一股清新淡雅的发香充斥在这暧昧无比的空气中，晏婷半遮半露的身躯显得十分诱惑，季明毫无防御地渴望进入晏婷的身体，他把晏婷按倒在床上，他把她身上最后的遮挡物拿掉，晏婷全身羞赧而战栗着映入季明眼帘，在她越来越重的喘息声中，季明完全进入了她的身体……

床上激烈的震荡，伴随着女人快乐的喘息和扭动……

窗外，风停止了呜咽，空气凝固着，床头柜上的紫罗兰静谧地吐着芬芳，在床灯的浪漫微光下迷离地销魂。

窗外的木棉花静静地耸立于树枝上，任由微风吹拂，摇摇欲坠。夜色如此撩人，喧哗的街道上人来人往，而楼里屋内却是暗香浮动，芳香四溢。繁华落尽，一切应回归夜晚的静谧了吧？

　　回到家，已是深夜十二点钟，季明拿出晏婷那份投保单，细心地检查了一遍，看看有没有什么疏漏。他记得他填单的时候激动得手直发抖，检查完后，没有发现错误，他放心地把投保单等资料放回包里。

　　看着这份到手的投保单和转账授权书，季明却不像预期的那么高兴，反而有种沉重的感觉，因为那是他用肉体换来的，既不光彩，也不高贵。看着满地冒着轻烟、蜷缩而猥琐的烟头，他觉得自己很可悲，NND，在焦灼的心里骂着。他再次点燃一根香烟。

　　他眯起双眼，想起了晚上在晏婷家发生的一切，那风情而寂寞的女人像条蛇一样缠绕着自己，他不得不承认她床上功夫了得，他也感受到前所未有的快感和震撼。但是他从头到尾都有些惴惴不安，有种负罪感，他脑子里闪过几次乔罂的影子，心痛而身体却快乐着。

　　他心痛地感到自己已经不再干净了，自己有愧于乔罂，有愧于做一个男人的原则，也许自己将会为了今晚的失身抱憾终生。

10

季明不知道和晏婷发生关系后会给自己的生活带来些什么，他对自己在最后时刻没有坚守住感到十分懊恼。他有些恨自己，他心里暗暗发誓这是第一次也是最后一次，决不能再做对不起乔罂的事了。一想起乔罂，他心头隐隐作痛起来。

第二天，季明把晏婷的投保单等资料交到公司，几小时后，8.3万元的保费也成功划账。第三天，季明一举签下一个个人大单的消息不胫而走，季明的介绍人，也是他的直接上司赵常青组织他们的团队给季明开了一个别开生面的庆功会。在市场持续低迷的情况下，季明却签回了这半年以来这个团队最大的人寿保险单，大家都羡慕不已，围着他要同他分享成功经验。在大家羡慕的目光下，季明压抑着心神不安的心，没有人知道这张保单成功背后的辛酸和苦涩。

季明作为来保险公司才三个多月的新人，一举签下8万多元的保单，这让他迅速成为明星般的人物，因此在新华人寿保险公司走红。他的照片几乎遍布公司的任何角落。接下来的几天里，他游走于公司各个分部作巡回演讲，分享成功经验。他在讲台上的风采熠熠生辉，大家这才发现平时沉默寡语、为人低调的季明口才竟然这么好，他侃侃而谈，条理清晰、生动有趣，风头几乎和奥巴马就职演说有得一拼。

季明把自己在这三个月以来吃尽的苦头娓娓道来,感人至深。最后说到签晏婷的保单时,他略做停顿,然后扫视全场,有种高瞻远瞩的姿态,他缓慢、字正腔圆地说:"晏小姐是个成功的年轻企业家,人长得也很漂亮。我跟她一共才见过三次面,第一次我压根就没跟他说我是做保险的,我只是赞美了她几句,她听了非常开心,就把电话留给了我;后来我打电话给她,约她见面,我明确告诉她我是保险业务员,并说我刚刚大学毕业,在本市几乎没有朋友,没有任何背景,没人可以帮我,一切都要靠自己。由于种种原因导致保单非常难卖,而我对保险业却非常热爱,并希望在这个行业一直走下去。然后我说晏小姐虽然很有钱,但是也是需要保险去保障自己的人生的,我是个专业的保险从业人员,把未来的人生保障交我来为你规划,一定会让你好上加好。她听了很高兴,同意我给她做一份保险计划书。回去后我做了计划书,但是当我致电给她说计划书做好了,我想给她看看,她却改口说没有时间,我想也许她是在找借口,因为通常是这样的,真正要投保时客户总是犹豫不决,甚至会推三阻四的。这时候我很冷静,我想起了三十六计里其中一计欲擒故纵,我没有跟得太紧,我想有时候是需要冷落一下客户的。过了半个月,我打电话给她说想去看看她,她刚开始说没时间,拒绝我去拜访,我说我不是去跟她说保险,人寿保险是自愿投保的,她不买就算了,我想去跟她请教些人际交往方面的经验,她一听心情放松下来了同意我前往,于是我成功见到她。在第二次见面中,我和她促膝谈心,她由最初的抵制慢慢变得信任了,她跟我说起她的家事和工作中的烦恼,我也跟她谈起我的一些私事,她感觉到我的诚恳,于是,我们成为无话不谈的朋友。第三次再见面,我郑重其事地说作为朋友,我是很关心她的,希望她能够一直幸福快乐,而人要得到幸福,首先要先有人生的保障,如果没有保障还谈何幸福?我严肃地提醒她是很需要保险的,因为她现在单身,又是企业老板,人要居安思危,方能让自己的人生幸福长久。接下来我告诉她,现在有钱人都不会把钱放在一个篮子里了,不是买股票和基金,就是买保险,要不就是做别的投资,最好就是这几样都有一些。也就是把钱分放在多个篮子里,这样一来理财的计划才更加完美。她听我这么说觉得很有道理,她低头沉思,我看得出来她有些动心了,

我借机夸了她几句，她竟然像个小女孩儿一样害羞起来。我知道时机到了，我迅速拿出投保单让她签了名儿，她很满意。于是我成功签回了这份保单，年缴8.3万元……"

季明话音刚落，所有人都面带笑容站起来，全场传来暴风雨般的掌声，季明站在台上望着台下黑压压的人头，攒动不息的人头让季明感到仿佛身在云端，自己晕乎乎地被推上巅峰，他感到非常自豪，虚荣心得到空前的膨胀，被浮华的光炫得有短暂的晕眩，就那一刹那，他恍若梦中，感觉这一切来得是那么不真实。

季明没有把这个好消息告诉他最牵挂的人——乔罂，他有些心虚，他害怕面对乔罂，因为他害怕看到她喜悦却纯净的眼神，他担心自己在她面前会相形见绌，觉得自己像做了贼一样猥琐。

但是季明还是很想见乔罂，他打电话给乔罂说请她吃饭。乔罂兴冲冲地来了，见到乔罂那一瞬间，季明心里突然一沉，有些负疚感，他故作轻松地说："丫头，走，哥今天请你吃大餐。"

乔罂有些疑惑，问："怎么了，你发财了？"

"不发财就不能请你吃饭了？"季明挽住她纤柔的腰身，他的手轻轻发颤，想起晏婷那扭动的腰肢，他的心有些乱。

季明带乔罂去吃日本料理，这是乔罂最喜欢的菜式。季明心事重重，不像过去那样谈古论今，谈笑风生了。乔罂看出一点不对劲，她问道："你怎么了？好像不太开心呢。"

季明的意识恢复过来，连忙说："没有，最近感到有点累，力不从心。"

"怎么了？是不是我不在身边？你不好好吃饭呀？"乔罂关切的眼神让季明感到更加负累，他躲开她的注视，掏出一根香烟塞进嘴里。

"季明，要不我再搬回来吧？我想照顾你，我发现你最近都瘦了。"

"我们正式同居？你想好了？"季明感到有些不适应。

"是啊，不欢迎吗？"乔罂乜视着他，戏谑地微笑着。

"怎么会不欢迎？我只是怕苦了你，你要知道我可是很穷的。"

"我不怕吃苦，我只想跟你在一起，只要有个窝容纳我就成。"乔罂笑笑，脸上的温婉让季明感到很温暖,他握住乔謦的手,定定地、温柔地看着她说:"乔謦,你对我太好了,我很感动。相信我,我一定会让你过上幸福的生活,我要努力挣钱买房,相信我,过不了多久,我们就不用再住在出租屋里了。"

乔謦点点头,说:"我相信你,但是你也别说得这么老气横秋了吧?简直像个七零后。"她说完捂嘴笑。

"我这段时间是变得成熟了,但也不至于像你说的像七零后,折我寿。"

"小样吧,还折你寿,说你成熟你心里美得跟什么似的,还假惺惺的,我最瞧不起你这种人,装腔作势、装模作样……"

季明打断她:"你说完没有?我承认你的词儿多,我说不过你行了吧?这一大桌子美食还堵不住你的嘴吗?"

乔謦哈哈大笑。季明就喜欢乔謦这种宜动宜静的性格。虽然两人一见面就掐,或者抬扛,然而,这是他们的方式,他们对彼此的个性是欣赏的,因为他们是同一类人。

是夜,乔謦在季明宿舍过夜,这一对恋人免不了又是一阵翻云覆雨。季明游离于激情和矛盾之间,复杂的情绪让他更加亢奋,他只想通过这种方式把内心的郁闷和沉重发泄出去。

乔謦对季明的反常是有些察觉的,她感到从未有过的疼痛。但是她只当是太久没有温存了,季明蓄势过盛因而来势凶猛,所以没放在心上。她反倒更喜欢季明这种热烈和奔放,虽然他并不知道自己到底有多疼。

空中,月色旖旎,街上,车水马龙。多彩的流光在晚间的暮霭里交错,像绮丽的乐曲,像恋人的心音,欢快,绵柔,悠长,细密。

中午,快下班了,乔謦飞快地敲着键盘,她在打一份人事部的新规章制度,这份制度下午就要用。乔謦感到手指发麻,眼睛发昏,好在已经接近尾声。这时,她的手机暧昧地唱起歌来:"要嫁就嫁灰太狼,这样的男人是榜样,女人就像花经不起风浪,顶多一点刺带着玫瑰的香……"

乔謦匆匆瞥一眼手机屏幕,看到是一个陌生电话,她挂断了,然后匆忙把最后几行字打完,过了几分钟,该死的手机再次唱起:"要嫁就嫁灰太狼,

这样的男人是榜样,女人就像花经不起风……"

乔罄心想谁这么该死,专门选我最忙的时候来电话,乔罄接了过来:"喂,你谁呀? 本小姐忙得很,有话快说。"

那头传来一个娇滴滴的女声:"乔罄,你现在怎么这么践呀?"

乔罄怔了怔,她听到一个熟悉的声音,但一下子想不起是谁,她问道:"怎么听来这么熟悉? 你是?"

对方嘻嘻地笑了几声,然后说:"你真的不记得我了? 真是贵人多忘事呀,才几个月不见就忘了我了? 唉……"对方长长地叹气。

乔罄这才听出是大学同学杨昆,她小声尖叫着:"天啊,你个死杨昆,从哪儿冒出来的? 你这阴魂不散的东西。"

"呵呵,我也在深久市。吓到你了吧?"

"你、你怎么知道我的电话?"乔罄觉得不可思议。

"你一个大名人,知道你电话还不容易?"

"你别逗了,算了,没时间追究了,你现在在哪儿呢?"

"我在……中午过来我们一起吃饭吧?"杨昆说了一个地方。

"好的,我先打印一份文件,一会儿我打车去找你。"

挂了电话后,乔罄激动得一时难以平复,几个月不见的同学竟然会在深久市重逢,有朋自远方来不亦乐乎?

乔罄忙完后就打车去了杨昆说的那家湘菜馆。她到了馆子后,找了好久都没看到那个熟悉的身影,她以为走错了,刚拿出手机要打电话给杨昆,有个女子叫住了她:"乔罄。"

乔罄吓了一大跳,循声看过去,看到不远处的一张桌子前坐着一个装扮得珠光宝气的女人。面前这个女子烫着时髦的大波浪卷发,脖子上戴着一条貌似价值连城的铂金项链,低胸的上衣,雪白的胸脯被高高托起,露出深深的乳沟,她的装束使得她颈胸间春光一片,分外妖娆;浓淡相宜的妆容,亮丽艺术的耳环,妩媚间带些许风骚,像个阔太太。频频有男人的目光鬼鬼祟祟地追随着她,露出暧昧好色的神色。

乔罄觉得她不像杨昆,这、这怎么可能是清纯漂亮的杨昆呢? 乔罄怔怔地注视着她,那女人再次叫她:"乔嚣,过来呀。"

乔嚣迟疑地迈开腿走了过去,走到她面前,乔嚣细细地打量她,当看到杨昆嘴角那颗美人痣时,她才确信面前的女子确确实实就是杨昆。乔嚣大吃一惊,说:"好家伙,变化如此之大,真的快认不出来了。"

杨昆笑笑,指着旁边的椅子说:"坐下来吧,别把我看毛了,你知道我天生胆小。"

乔嚣盯着杨昆磨磨蹭蹭地坐下来,她无法把目光从杨昆身上移开,因为杨昆太惊艳了。她似乎已经脱离了应届毕业生普遍存在的青涩和单纯,摇身变成一个时髦惊艳的贵妇,这让乔嚣不得不暗叹金钱的威力。

杨昆倒了一杯茶给乔嚣,然后托着腮和乔嚣对望,眼里流露出一种娇媚气质,她似乎要等乔嚣打量完自己才开口。乔嚣平静一点之后说:"杨昆,你怎么搞的,变化这么大? 是不是结婚了? "

杨昆妩媚地笑,乔嚣一怔,她觉得杨昆现在比以前还要漂亮,只不过她这种漂亮显得太成熟和世故,让乔嚣很不适应。杨昆说:"我是不是很像结了婚呀? "

乔嚣点点头,说:"你现在到底在做什么? "

"我怕说出来会吓到你。"

"到底是什么? 别卖关子了,你总不会杀人越货? 抢银行,拐卖人口吧? "

杨昆浅笑,说:"你呀,毕业那么久了,你一点儿也没变,还是快人快语的。"

"我是没变,而你却沧桑巨变,你怎么来的深久市呀? 快快从实招来,别吊我胃口。"

"瞧你急的,我可以说,可你要有心理准备,出了事儿一切后果我概不负责任哦。"

"小样吧,你不会是……"乔嚣看着她的装扮,她脑子里闪过"小姐"这个词,但她欲言又止,没说出来,如果说出来那就太伤感情了。四年的同窗,她对杨昆还是很了解的,大学时的杨昆很清纯的,班里就数乔嚣和杨昆最漂亮,追杨昆的男生也不少,可她却没传出过绯闻。

杨昆似乎看出了乔罃的心思，她又浅笑："你是不是想问我是不是当了小姐？"

乔罃有些尴尬，她连忙说："你想到哪儿了？我怎么会这么想你呢？"

"不止你这么想，很多人见到我都以为我是做那一行的。"

"呵呵，谁让你穿成这样？还化了浓妆，你到底在做什么？"

杨昆喝了一口茶，算是清清嗓子，说："我没做事。"

乔罃再度吃惊："你没做事？那你靠什么生活？还穿得这么光鲜亮丽。"

"有人养我！"杨昆漫不经心地说，从包里拿出一盒烟。

乔罃震惊了，她嗫嚅着："什么意思？你是说你，你被人包养了？做二奶？"

杨昆轻轻点头，神情却是淡定的，这让乔罃更加吃惊，她说："你怎么这么做？你觉得这样好吗？"

"这有什么不好的？也许你会瞧不起我，但是我每天都过得很快乐，衣食无忧，非常惬意。都什么年代了，人们笑贫不笑娼。"

乔罃一副匪夷所思的神情，她叹了一口气，轻轻摇头："杨昆，我真没想到你变成现在这个样子了，我们同学中也许就数你变化最大了。"

杨昆不以为然，她耸耸肩膀，做出一副潇洒的样子说："我变化是很大，但是我现在不是挺好吗？不像你们每天去上班，累得半死，每个月领那么一点饿不死也撑不死的薪水。"

"杨昆，你要清楚你大学毕业，你不出来做事，自力更生，你父母不是白供你上大学了？再说了，你这样子，将来万一你和他的关系发生了变化，你没有一技之长，以后怎么生存？"

杨昆又浅笑，说："今天怎么能知道明天的事呢？以后的事以后再说吧。嗨，我们好不容易见一面，却听你这样对我说教。你这丫头，什么时候变得这么婆婆妈妈了？"

"别转移话题，杨昆，我是为你好，我希望你好好考虑，别过这样的生活，千万别一失足成千古恨！"

"道理我都明白，但是我不想像你们这样去上班，去打工看老板脸色。我傍上他也是为了他能给我提供资金，我将来还是想自己做老板。"

11

"他是谁？"乔罂问。

"他叫肖默，是一个房地产公司的第二大股东。"

"他对你好吗？"

"好。"

"怎么个好法儿？"

"他给我大把大把的钱，每次来看我都带好多东西。我现在住的房子是他专门买给我住的。"

一听房子，乔罂就莫名兴奋："那房产证上写你名字了吗？"

"他说过一段时间就把房子过户到我名下。对了，你们还在租房住吧？"

一说起租房，乔罂心中隐隐作痛，她无奈而伤感地点点头。杨昆一脸讥笑，说："看，看，这就是区别，最起码我不用当蚁族，经常不断地搬家，住在那种出租屋里，啧，啧……"

杨昆脸上似有些嘲弄味道，乔罂觉得她很可笑，似乎在设法转移话题，她觉得杨昆白上大学了，弱智得近乎白痴，乔罂说："杨昆，我们现在蜗居只是暂时的，我和季明已经计划今年供一套房子了。你别那么得意。他答应你过一段时间过户，不是还没过户吗？也只是空头支票，你千万别以为他这样就是对你好了。他有没有为你的将来作规划？"

"有啊，他答应给我开个美容院。"

乔罂还是觉得不妥,她说:"他有老婆吧?"

杨昆难为情地点点头,乔罂说:"那你不是成为第三者了?这样不好,他给你再多钱,你心里也会不安,这毕竟是在破坏他的家庭,是不道德的。"

"这有什么呀?他答应我跟他老婆离婚,然后娶我。"

乔罂把头摇得像拨浪鼓:"杨昆啊杨昆,他这么说你也信了?看来你真是不可救药了。"

"为啥不信他?他对我那么好。"

"他能永远对你好吗?你也不想想,你现在年轻漂亮,等你人老珠黄了,看他还在乎你不?你脑子进水了?"

乔罂犀利的话语重重地打在杨昆的心坎上,她有些不自在,但她相信乔罂是念在同学之情劝她不要误入歧途,但她已经没有办法回头了。杨昆说:"别说这么沉重的话题了,我们好不容易见面,我们好好吃顿饭吧。"

"杨昆,我这人你也了解,我一向是直来直去的。但我真的是为了你好,作为老同学,我不希望看到你走这样的路,明知道不是正道,你为何还要走下去呢?"

杨昆沉默着,似乎被乔罂的话摧毁了心中的堡垒,她也摸不准肖默到底能不能给她一个未来。但是她已经习惯这种不劳而获的生活了,现在工作这么难找,加上每天朝九晚五的,没有自由,看人脸色,与不同的人打交道,她想想就怕。

乔罂接着说:"杨昆,你知道我这人说话难听,但是我真的希望你能有一个好的人生。你这么漂亮,应该找一个自己真正喜欢、年轻有为的单身男子作男朋友,而不应该去插足别人的生活。"

沉默了一会儿,杨昆说:"道理我都懂,可你知道吗?我是有点喜欢他的,跟他在一起我觉得很有安全感。我一向喜欢成熟稳重的男人,加上他事业有成,跟他在一起我可以少奋斗十年。"

看杨昆执迷不悟,乔罂深深叹了一口气,她望向窗外。窗外一片车水马龙,发达都市的街道上来来往往、行色匆匆的人们,不知道他们的人生观又是怎样的?天变得灰蒙蒙的,灰暗的云霭沉沉地压在天地间,这更增添了乔罂心中的沉重。她把目光转向杨昆,说:“杨昆,我的话你回去好好想想,你不听我也没办法。”

“别说这些不开心的事了,对了,你跟季明怎么样了?”

“我们还是那样,饿不死也撑不死。”

“他在做什么呢?”

“他在做保险。”

“保险?听说保险很难做的,为什么要去做保险呀?”杨昆很惊讶,想起了班上那个最有个性,最有才华,最迷人的小伙子,真没想到竟然去跑保险了。

“工作不好找,我不是也只是做个小文员吗?没办法,刚毕业,又没有工作经验,能有公司接收都不错了。”乔罂苦恼地说。

杨昆更觉得自己的选择是正确的了。

几天后,乔罂搬回季明的出租屋,两人正式同居。

那张一米二宽、岌岌可危的小床终于光荣下岗了,30 元卖给一个收破烂儿的。他们买了一张一米五宽的双人床,从此,两人在上面折腾就不怕会塌掉。

两人在收拾房间时,乔罂把跟杨昆见面的事情跟季明说了,当季明听说杨昆做了别人的二奶时,他心头一颤,停止了手中的活,欲言又止,脸色阴沉,情不自禁地想起了晏婷,还有她那张保单。乔罂看他的表情有些异样,说:“你怎么了?哑了?不发表点高见?你不是挺能侃的吗?”

季明迅速躲开乔罂的注视,埋头一边干活一边说:“这种事,社会上多的是,没什么大惊小怪的。”

轮到乔罂停下了手中的活,她瞪大双眼说:“你这么说太让我失望了,作为她的同学,你难道能这样眼睁睁看着她往火坑里跳吗?”

“人各有志,你劝她也没用,如果她认准了这条路要走,别人有什么办法?”

乔罂想想也对,也就打消了继续劝杨昆的念头,但是她心里还是惴惴不安的。

半个月后，季明发工资了，晏婷那张保单他拿到了近 2.5 万元的佣金，他把钱存了起来，一心只想着买房。

季明坐在台前写着工作计划，赵常青走到他身边，拍拍季明的肩膀，说："恭喜啊，季明，这个月有一笔不菲的收入吧？"

季明抬头一看是赵常青，连忙说："赵经理。"说着正要站起来，赵常青按下他说："别这么客气，我们是朋友，以后别叫我赵经理了，这多见外啊。"

季明笑笑点点头，放下手中的笔，赵常青也在旁边的椅子上坐下，说："接下来有什么计划？"季明挠挠头："老老实实拜访客户呗，还能怎么样？"

"拜访客户是没错，但你要把目标定得更高，因为你现在已经是高级业务代表了，已经上了一定的高度，不能再像见习业务员那样了。"

"什么意思？我不明白。"

"我的意思是，你应该去找那些高端客户，找有钱人，最好能做做团单，不要再盯那些几百上千元的保单了。"

季明这才明白过来，他点了点头，赵常青接着说："你已经有了几个客户了，你可以经常跟他们吃吃饭，聊聊天，设法让他们给你介绍客户，这样你就能事半功倍。"

"这我也想到了，不过经你点拨，我更加清楚自己以后的路该怎么走了。"

"清楚了就好，对了，听说你想买房？"

"是的，我女朋友老吵着要买房。唉，为这事搞得我焦头烂额的。"

"那就赶紧挣钱，为了房子，为了爱情，再接再厉，要不惜一切代价。"

"不惜一切代价？"季明望着他一知半解。

"在现今社会，没钱是万万不能的，想挣大钱，要想在深久市买一套房子，说得难听点就是，就要舍去脸皮，尤其像我们做保险的更应这样。现代人笑贫不笑娼，明白我的意思了吗？"赵常青为自己这一套理论派上了用场颇感得意。

季明笑着点点头，他心里并不太认同，感觉赵常青满嘴大道理，实际上都是一些歪理，但不想和他争辩。虽然觉得赵常青的这番话有些可笑，甚至可说是市侩和庸俗,但他知道赵常青的观念兴许是都市里很多人的观念。要想买房,也许真的要照赵常青说的那样去做了。

取得小成功之后,季明对签保单似乎上了瘾,除了乔罂,他想得最多的就是"签单"两字。他现在对几百上千元的保单已经不屑一顾了,他野心勃勃,幻想着有一天能签一张团单,不光是为了买房子,更是为了一份荣耀和光环。

他不想再借助晏婷的力量,他想通过自己的努力闯出一片新天地,这样他才能安心。可他在深久市也没有什么朋友和熟人,要想积累一定的客户,只能通过陌生拜访。辛苦半个月下来,虽然也签到一些几百上千元的小保单,但是辛苦攒下的三万多元,离买房子要交的首期款 20 万元还差得很远。

心理压力越是大,季明对肉体的欲望越是强烈。和乔罂同居后,他们几乎夜夜欢歌,也许是年轻,也许是想通过肉体的宣泄来释放心理压力。每当匍匐在乔罂身上发泄着多余的能量时,季明脑里总会浮现出晏婷的影子。他对那个风情万种的女人的感觉是复杂而奇特的, 总有一种剪不断理还乱的情愫困扰着他。

乔罂和晏婷两人给季明的感觉是不一样的,乔罂热情似火,奔放灵敏;而晏婷却缠绵悱恻,妖娆多姿。季明分不清自己更喜欢哪一种感觉,但他清楚他更爱乔罂,更加在乎她的感受。对于晏婷,也许他只是想利用她对自己的迷恋得到金钱利益,他有时候觉得自己很卑鄙,甚至可说是阴暗;但是为了乔罂,为了房子,他豁出去了,赵常青那句话——"为了房子,为了爱情,再接再厉,要不惜一切代价"会不经意间蹦出来提醒他努力挣钱,也就是这一句话,让季明一次又一次地跌入万劫不复的深渊。

他瞒着乔罂,偷偷约会晏婷,他已然成为晏婷的地下情人。晏婷对季明越来越依恋,每次翻云覆雨季明都能让晏婷欲仙欲死,因而晏婷也对季明越来越痴迷。一边是深爱的女友乔罂,另一边是能带给他金钱利益的晏婷,季明两边都无法割舍,纠结而繁乱。

乔罂经常在季明耳边说一些和买房有关的话题,公司的同事谁谁谁又买房了,同学当中谁谁谁又买房了。乔罂对房子的渴望与日俱增,这让季明

感到压力重重,看着她期待的目光,季明决定先带她去看房子,满足一下她看房的欲望,也为将来真正买房时积累经验。

季明和乔罊来到一个叫碧波园的新楼盘转了一圈,花园里有很多看房的人。一堆人坐在售楼大厅里,分享购房经验,季明看他们说得热火朝天,他想听听他们怎么说。于是他拉着乔罊坐在离他们不远处,听他们议论。

"这个楼盘新开发的,都是期房,虽然均价是六千三,比别的楼盘便宜一些,但是不知道将来房子盖好后会怎么样。"

"说实在的,现在只有新楼盘的房子能便宜一点,那些成熟的小区,各方面设施都很完善,房价自然就高了。"

"能有现房是最好的,可以去看看,模型上什么都好,说不定收房你才发现有一根横梁从你的客厅穿过。"

"谁说不是呢,如果有前面一、二期的业主可以问问了解一下物业管理情况就好了。因为以后住进来我们都要跟物业打交道了,物业不好很麻烦的。"

"听我姐姐说,千万不要买十到十二层楼的房子,说是扬尘层,因为她就是买了十一层的,灰尘特别多。"

"是吗? 幸亏你说了,要不然我真的想买十层了。"

"还有,楼距不要太近,也不要太远,太远的有可能将来他们还会在两栋楼之间加一栋楼,那就惨了。"

"周边环境也很重要,市场、交通之类,以后起码生活和上班得方便。"

"那倒是,不知道这个小区将来能不能有超市,离市区有些远了。"

"超市应该会有的,一般小区都有的。"

"你们谁被骗过订金没有?"

"我被骗过。"

"我也被骗过。"

"那些售楼小姐很精的,她们的话一半是假话,没看好的房子千万别交订金,因为交了订金是不给退的。"

"就是,我被骗了一万元,就是那个售楼小姐打电话给我说我看中的那套房子也有两个人看中了,说如果想买就赶紧下订,她给我留着,我当时一冲动就交了钱。后来再看就发现很多毛病,我不想要了,但订金也拿不回来了,我后悔死了。"

"这种情况多了,尤其是第一次看房的人,很容易被骗。那些售楼小姐个个眼尖得很,她能一眼识别出来你是不是第一次看房,所以千万别流露出你的无知。"

季明和乔罴相视一笑,觉得这次旁听真是太值了,要不然说不定被卖了还帮人家数钱呢。季明说:"行了,了解得差不多了,我们去看房吧?"

"好,走。"乔罴兴高采烈地拉起季明的手。

样板房设在二楼。门口站着一位身穿蓝色制服的小姐指示季明和乔罴穿鞋套,然后把他们引到样板房里面。这套精装修的样板房的装修属于现代风格,较时尚,是乔罴较喜欢的那种,她眼里闪烁的热切的火花被售楼小姐尽收眼底。

"两位以前看过房吗?"

"看过。"

"这套房子喜欢吗?"

"现在还说不上,这套多大面积?"

"七十三平方米。"

"售价多少钱?"

"四十七万四千元。"

"现在还有哪些楼层的房子?"季明说。

"现在只有四层、十层和十二层了,别的都订了。"

季明马上想起刚才他们说的十层到十二层是扬尘层,而四这个数字大家都不喜欢,自己也不会选择。季明说:"行了,我们再转转吧。"

"我们这个楼盘的房是附近这几个大楼盘中最便宜的一个了,再过几天就要涨价了,现在订下来最好,其实我觉得十层跟十二层挺好的。"

乔罴心想,售楼小姐果然不说真话,她说:"我们这次还不能订,先看看再说。"乔罴拉着季明正要走,售楼小姐说:"先生能不能留个电话?到时候有

新动向我也好通知你们来看。"

"有什么新动向？"

"新动向就是我们的二期房子很快就要开售了，现在一期的快卖完了。"

"哦,那就等二期开售后再说吧。"季明甩下一句话,拉着乔罂走了。

他们今天一整天都拿来看房,转战了三个楼盘,都没有现楼,都是期房,就是因为期房比较便宜,所以才受到他们的青睐。

有一个叫金壁花园的样板房,季明和乔罂还比较喜欢,房型方方正正,每个房间大小适宜,建筑结构较合理,光线、通风都很理想,目前还有四层、九层和十二层可以选择。他们几乎动心了,进入了谈订的阶段。

售楼小姐在他们看完房子后,带他们去了售楼部大厅,安排他们坐在洽谈室里,并送来两杯水。

季明和乔罂认真地看着每种房型的平面图,对比面积和方位。他们记得半个月前在碧波园听老一辈们说的话,选房一定要慎重,不然后悔也来不及。工薪阶层几乎都是花半辈子来拼搏,好不容易买到一套房子,最终却不满意。

12

但是如果房子真好,看准了之后就得马上订下来,因为好房子永远不缺客户。房价日渐上涨,降下来的趋势几乎为零。而现在季明和乔罂还没有攒够足够的首付,所以也很着急。

售楼小姐似乎看出他们的心思,她开始煽风点火:"你们也看了好几套了,一定有满意的吧?我们这里的房子卖得很火爆,你们千万别错过这个机会哦。"

"首付最少是20%吗?"乔罂问。

"是的,不过为了你们以后还按揭轻松些,我们一般建议客户首付交百分之三十以上。"

"帮我们算一下总房价多少钱。"季明在琢磨着首付款。

售楼小姐飞快地按着计算器,很快出了一个数:"每平方6200元,面积是75平方,总价是456000元,给你们打九八折,30%的首付是135432元。"

季明皱了皱眉头:"这么多!"

"不多,这已经算少的了,有好多人首付交50%的。"

"交了订金后有没有规定多久要交首期呢?"

"当然有了,一般是七天到十天。不过折扣只有七天,如果你们过了七天才交首付,那折扣就没有了。"

"规定这么死啊？"

"所有的开发商都是这样做的。因为我们的房子资金需要回笼，所以谁的动作快就卖给谁。"

季明和乔罬交换着眼色，最后只剩下皱眉头了。季明说："这样看来，今天我们还订不了。"

"怎么订不了？交一万元就可以订了。"

"不是这一万元的事儿，我交了一万元，七天内也拿不出十三万元，况且还有别的费用，根本拿不出来。"

"你们可以跟亲朋好友借点嘛，过了这个村就没这个店儿了。跟你们说实话，我们的房子非常抢手，像你们看的这几套房型，是最受欢迎的，如果你们今天不订下来，明后天很快就有人订。"

虽然觉得很可惜，但是苦于银行里只有三万多元存款，再加上乔罬的几千元，他们现在总共只有四万元。乔罬说："那就让他们订吧，我们还没那么多钱。"

"真的很可惜，我看你们也是刚出来工作。其实很多像你们这样的，都是借钱买的房，我有个顾客他手上只有一万元，他都敢买房，他跟朋友和家人借了近十万元。"

"那是他有地方借，我们没有地方借。"说完，季明拉起乔罬的手正要离开，售楼小姐连忙说："那你们首付就交百分之二十吧？"她飞快地算着，"百分之二十才九万多一点儿。"

季明和乔罬交换着眼色，皱了皱眉头，说："算了吧，我们还是等攒够钱再说吧，别弄得紧巴巴的。"

"你们如果真喜欢五栋 E 单元，我就帮你留两天，你们回去考虑一下好吗？"售楼小姐非常执著地想把这套房子卖给季明，季明被她缠得有些厌烦了，他只好说："好吧，我们回去考虑一下，想好了给你电话。"

回去的一路上，季明和乔罬一直扼腕叹息，五栋 E 单元那套房子他们一致看好，却苦于没钱买。欢喜之后的代价就是冷漠。今天看了房后，乔罬反而倍感失落，回到家，她默默地做饭，几乎没跟季明说一句话，季明也很难过，他暗暗下决心,一定要快些挣到钱买一套像样的房子。

接下来的两天里,金壁花园的售楼小姐一直打季明的电话催他去交订金,季明一拖再拖,最后没办法了,只能说借不到钱。

有天中午,乔罂和同事杨倩倩去公司附近的真功夫快餐店用餐。

杨倩倩在人事部专管合同,今年 26 岁,她的身材较匀称,比乔罂略矮,长得虽然不漂亮,但是还算看得顺眼。杨倩倩没有男朋友,也是租房一族,来深久市打工四年,先后搬过五次家。一谈起搬家的经历,她用"苦不堪言、减肥良方"八个字来形容。她经常跟同事们说非有房一族不嫁,大家讥笑她目光短浅,太势利。乔罂略有耳闻杨倩倩跟公司某领导关系暧昧,乔罂认为这也许只是捕风捉影,没当一回事,她不相信好朋友会是这种人。

两人点好菜,拿着牌子找了地方刚坐下来,突然有个男声叫乔罂,乔罂循声望去,原来是邻桌一个年轻男子在叫她,在本市认识她的人很少,她感到很惊讶,她细细地打量着叫她的男子,那熟悉的眉宇和俊秀的五官似曾相识,却一时想不起来他是谁。

那男子腼腆地笑笑,说:"老同学,不认识我了?我是汪洋呀。"

汪洋这名字好熟悉哦,乔罂心想,她眨了眨眼睛,猛然想起汪洋是她高中同学,她差点叫出声来:"你、你是汪洋?My god,我想起来了。"

杨倩倩好奇地看着汪洋,眼里百味流转。汪洋说:"真没想到竟然在这儿遇到你,你怎么也在深久市呀?"

"你忘了?我家离这儿不远啊,你怎么也在这儿呢?"

"我在这儿上班。"

"什么单位呀?"

"市建筑设计院。你呢?"

"好单位,羡慕!我呀?别提了,在一家合资公司。"乔罂不好意思说她做文员,她总觉得文员这份工作似乎低人一等,沦落为文员也是迫不得已。

杨倩倩对汪洋产生了兴趣,她问乔罂:"这位是?介绍一下吧。"

乔罂给他们介绍道:"这位美女是我同事杨倩倩,这位帅哥是我高中同

学汪洋。"汪洋对杨倩倩礼貌性地笑笑,然后很快把目光转到乔罄身上。杨倩倩的目光一直停留在汪洋脸上,似乎被这个帅气的年轻设计师迷住了。汪洋主动过去跟乔罄她们坐在一起,他们点的三份套餐被服务员送了上来,他们一边吃一边聊着。

汪洋问乔罄:"你什么时候来深久的?"

"我四个月前,一毕业就来了。你呢?"

"我也是四个月前来的,太巧了。"汪洋高兴得脸色微红。

"你在设计院做建筑设计吗?"

"是的,你呢?做什么?"

"唉,我差点找不到工作,除了做文员还能做什么?"乔罄对自己的工作一向自卑,都不好意思说出口。

"现在工作的确不好找。"

"你是怎么找到这么好的单位的?"

"大四第一学期,市设计院就去我们学校招聘了,那次招聘会上我被录取了。一切都很顺利。"

乔罄羡慕地望着汪洋,一脸的崇拜。汪洋脸一红,他看乔罄的眼神闪烁羞赧,却不乏深情,他说:"你住哪儿呢?"

"我租房住。你呢?"

"我现在在俊楠花园供一套房子,已经住进去了。"

乔罄和杨倩倩面面相觑,羡慕得不得了,都没想到汪洋这么年轻,毕业才几个月就是有房一族了。汪洋看出她们的疑惑,他解释道:"其实首期房款是我爸妈给的,我自己哪儿有那么多钱?"

杨倩倩说:"那也比我强,买房,我压根都不敢想。"

汪洋看着乔罄:"那你呢?想没想过买房?"乔罄正在迟疑着怎么回答时,杨倩倩抢着说:"她和她男朋友已经计划要买房了。"

汪洋脸色突然阴沉下来,他没想到乔罄已经有了男朋友,他感到怅然若失。但转念一想,乔罄这么漂亮,这么迷人,有男朋友也正常,如果没有那才不正常,但是他终究还是会黯然神伤的。

感觉到汪洋神情的突然转变,乔罂用眼尾扫了杨倩倩一眼,神色不快。杨倩倩意识到自己言多了,有些窘迫,低头吃饭。刚才的欢乐气氛消失了,空气瞬间凝结了似的,三人各怀心事,默默地吃饭。

乔罂想起了季明,最近没有过问他跑保险的事,也不知道他是否赚到钱了。她通常不喜欢问一个男人的收入,一是怕他挣不到钱会伤到他的自尊,二是她相信如果季明挣到钱,一定会头一个告诉自己。虽然前段时间一起看过几套房子,但是季明已经很久没有提买房的事了,看来他是没挣到钱。那么,买房还是遥遥无期的。汪洋和季明同岁,汪洋已经开始供房了,相比之下,季明却要落后得多。想着想着,乔罂感到惆怅迷茫。

汪洋把手机号留给了乔罂和杨倩倩,吃完饭后,他们就各自回自己的公司。告别时,汪洋深切地望着乔罂,眼里那抹不舍和深情被杨倩倩尽收眼底,她有些犯酸,又有些不甘。

"欢迎您拨打110免费热线,感谢您参与到全球同步推出的监狱一年游活动中来,您是前十名报名者,恭喜您获得精美手铐一副,另有豪华警车接送,并赠送两次亡命越狱套餐……"

季明正埋头整理客户的资料,他的手机又唱起来了,他看也没看地接过手机:"喂,你好,我是季明。"

"季明,我是季雷。"传来一个浑厚的男声。

"哥,是你呀?"季明兴奋地说,"你怎么想起打电话给我了?你不是说很忙吗?"

"忙里偷闲打个电话给你,你有空吗?"

"有啊,怎么了?有事啊?"

"我有一同事要买保险,你能不能来一下我们单位?"

"哥,是真的吗?太好了。"季明很高兴,声音都有些发颤。

"你快来吧,我等你。"

"好,我马上过去。"

季明连忙收拾桌上的资料,背起包火速赶到季雷单位——深久市人事局,季雷在人事局人事科工作,是一名公务员。每月领着不菲的薪水,基本上

也不用担心失业。

　　好久不见的兄弟俩在走廊处寒暄少许。季雷五官和季明有些相似，但是比季明稍矮，比季明沉稳老实。

　　季雷拍拍弟弟的肩膀："好家伙，晒得这么黑？我都快认不出来了。"

　　季明调皮地眨眨双眼："哥，我每天在烈日底下暴晒，能不黑吗？"

　　"看起来更健康了。不过还是少暴晒，午后三点半之前最好不要出门。"

　　季明点点头，心里在苦笑，季雷作为一个安逸的公务员，是不知道一个应届生的疾苦的，工作不好找，业务不好做，如果再不拼搏，那就会饿死的："哥，你是饱汉不知饿汉饥啊。对了，哥，有女朋友没？"

　　季雷腼腆地挠挠头，说："没有，我每天就是单位、宿舍两点一线，哪有机会接触女孩儿？"

　　季雷和季明性格正好相反，他从小内向，不爱说话，见到女孩儿脸就红，所以今年都29岁了，还没有女朋友。

　　季明戏谑地看着哥哥："要不要我给你介绍一个？"

　　季雷脸红了一下，在季明头上拍了拍："以后再说吧，我不急。走，去我办公室。"

　　季明在季雷办公室等了几分钟，看到哥哥迟迟不向他引见客户，他感到奇怪，疑惑地望着季雷，季雷笑吟吟地看着他，说："那个客户就是我。"

　　季明怔了怔，也笑了起来："哥，你现在越来越会玩悬疑了，呵呵，总是给我惊喜，跟谁学的？"

　　"没跟谁学，自学成材。"引得季明哈哈大笑，季雷也跟着笑了。

　　"哥，你想买什么保险？"

　　"我也不知道该买什么，你看着帮我设计一下吧。"

　　季明审视般地看着季雷，心想哥哥是不是发财了，也不考虑钱的问题？季明问道："你一年能掏多少钱交保险费？"

　　"一年……"季雷琢磨着，"一年一万元左右吧。"

　　季明吃惊地看着季雷："哥，看来你真的发了。"

　　季雷笑笑："发什么呀？不饿死就不错了。"

季明一边查着条款、费率表，并在纸上写着，一边说："你别逗了，你们要是饿死了，那我都死了好几回了。"

季雷笑了笑，记得他从小都很照顾唯一的弟弟，小时候的季明虎头虎脑，聪明淘气，但很招人喜欢。

季明很快就做好了一份计划书，有养老的、医疗的，还有人身意外险共五个险种，保障非常全面。季雷看了很满意。马上签了投保单和转账授权书，并把银行卡给了季明，季明抄了卡号。这份保单算是做成了。

中午，哥俩下馆子吃午饭，季雷问季明："保险好不好做？"

"不好做，工作不好找，要不然我也不会做保险。"

"你以后有什么打算？"

"走一步算一步吧，今年底之前先把房子搞到手。"

"房子？"季雷似乎有些惊讶，"你今年想买房子？"

季明点点头，季雷说："你想在深久市买？"季明又点头，季雷又说："有目标是好事，但是你今年想在本市买房压力会很大，我刚毕业那几年想都不敢想买房的事。你这家伙，就是比哥有魄力，来，走一个。"

季明端起酒杯和季雷碰了一下，一饮而尽后说："哥，你不知道，我也是被逼无奈。"

"谁逼你了？"

"乔罂，她说我今牛不买房，她就和我一刀两断。"

"这样啊？那你可要好好考虑这样的女孩子值不值得你去爱了。"

季明感到有些郁闷，他轻轻摇头："哥，你没谈过恋爱，你不知道恋爱那种患得患失的滋味。当你很爱一个人时，总是想方设法地想让她快乐和幸福，生怕稍有不慎，她就像只小鸟一样飞走了。"

季雷沉思着季明这句话，他的确不理解处于热恋中的人那种心态，他不知道季明爱乔罂之深。他见过乔罂两面，只记得她很漂亮，很有气质，身材很好，性格也不错，没觉得有什么不妥。

"哥，等你真正谈恋爱时你就明白了。我有时候会想，乔罂为什么会爱我，我长得也不是特帅，穷光蛋一个。我甚至觉得配不上她……"

"别这么想，什么配不上配得上？她喜欢你一定是因为你的性格，男人不是靠外表来吸引女人，而是靠内涵，你有很多招女人喜欢的地方，只不过你没意识到罢了。"

季雷的一番话，季明听了很受用，不愧是自己的亲哥哥，就是贴心。季明说："哥，我要买房，可现在手头只有几万元，NND，我了解过了，想在碧玉华庭买一套一百多平方的房子，首期要 20 万。不知道我多久才能挣到这么多钱。"

"钱要慢慢挣，不要急，买房也不是你这种应届毕业生能承担得起的，尤其要在碧玉华庭买，那可是个大楼盘，各方面的设施都很完善，所以价格也会偏高。"

季明期待地看着季雷，他说这么多，其实是希望哥哥能够借点钱给他，可季雷不知道是不理解还是装糊涂，季明有些着急了，硬着头皮说："哥，你现在手头宽裕吗？"

季雷马上明白是想跟他借钱了，他笑笑说："我买了保险就没钱了，不瞒你说，我几个月前定了一套房子。"

季明略微有些失望和惊讶："哥，真的呀？没听你说过，在哪儿？"

"是我们单位的房子。"

"多少钱一平方？"

"五千五百元。"

"真好，比碧波园便宜一千元，比碧玉华庭便宜近两千，我能买吗？"

"不能，要本单位的，并且在此工作满三年才有资格买。"

13

"我前几天和乔罄转了几个小区,看了十几套房,看中了金壁花园的一套房,一平方才 6200 元,可惜我们的钱不够交首付。"

"首付多少?"

"首付 20% 才九万多,可惜我们都没钱交。"季明至今还耿耿于怀。

"是很可惜,我目前也没什么钱。过一段时间,我如果有钱就支援你一点儿。你别急,不要为了买房太拼命了,把身体搞垮了,不值的。"

"我知道,不过我还年轻,有的是力气,你买了我的保险,就是对我最大的支持。"

几天后,季明又接到晏婷的电话。季明心头一颤,心想她一定又感到寂寞了,看来自己又有麻烦了。他接过电话:"喂,晏姐。"

"季明,你在忙什么呢?"

"跟客户在一起。"

"你忙完后来我这儿一趟。"

"有事吗?"

"当然有事,你来了就知道了。"

一向洒脱、不拘小节的季明每次去见晏婷都有些忐忑不安,这一次也不例外。他进门后怔怔地望着晏婷,局促不安。坐定后,晏婷说:"你别那么拘

谨,我又不会吃了你。"

季明不敢凝视她投来热切而迷离的目光:"晏婷,说实在的,面对你我有些紧张。"

"有什么好紧张的? 我又不是母老虎。"

"你比母老虎还可怕。"季明说,看到晏婷诧异的目光,他赶紧说,"跟你开句玩笑,别介意。你不是说有事吗?"

晏婷看着他淡漠冷峻的脸,有些不满和委屈,她轻轻叹息,神情有些忧伤,目光幽怨地看着季明说:"没事你就不会来,是不是? 你是怎么答应我的? 你把我当什么了?"

季明苦涩地叹了一口气,然后伸手揽住晏婷的腰,晏婷躺进他怀里,并把脸贴在他的胸前,静静地听他强健的心跳声,闻着他身上特有的气味。她闭上眼睛想,我要是年轻几岁该多好,我就可以大胆地去追他爱他,要怪就怪他降生得太晚了。

沉默片刻后,晏婷托起季明的下巴,柔声说:"季明,以后不要叫我晏姐了,我喜欢你刚才那样叫我。"季明深切地凝视着她:"好,我以后就叫你晏婷。"

"你真好。"晏婷在他的唇上轻轻地啄一下,然后轻抚着他略显粗糙的脸,细细地端详着,季明被她看得心潮澎湃。她清冽的香气、轻喘的气息和妩媚的神情,撩得季明下体发生些细微的变化。晏婷感慨地说:"要是你属于我一个人该多好!"

季明感到有些惶恐,他把她放在自己脸上的手拿下来,说:"晏婷,我们不可能,你别在我身上注入太多的感情……"

"真的不可能吗?"晏婷说,"你可能还没意识到你对我也是有感觉的。"

季明轻轻摇头予以否认,有些心烦意乱,他觉得来见晏婷都已经很对不起乔馨了,何况还要对晏婷投入更多的感情。对于晏婷,他一直是保留的,他不想伤害晏婷,更不想伤害乔馨。

"季明,你为什么不能多爱我一些呢?"晏婷重新把脸贴在季明胸前,对于季明的身体,她迷恋得神魂颠倒,季明的笑于她有着倾城的致命魅力。

"可惜我没有分身术，无法做到同时爱两个女人。晏婷，我只答应做你的情人。"季明咬咬唇，"情人"一词于他依然有种不齿和残忍，"请你别给我太大压力。"

他的话似是祈求，又像是梦呓的呢喃，晏婷五味杂陈，她静静地看着让自己欲罢不能的季明，感到色易守而情难防。

她对爱情的需索是丰盈而贪婪的。此时的晏婷已然忘了自己比季明大七岁，在她的字典里，一直有一句话：年龄不是问题，身高不是距离。而处于如洪水般肆虐的情色中，她并没忌讳季明比自己小，相反，自从遇到季明以来，她反而对成熟的、年长于自己的男人失去了兴趣。

"如此爱你，我明白，是我的劫难。"她似是对季明抱怨，又似是喃喃自语。

季明怔了怔，不安地站起来，晏婷突然不舍地抱住他，并把嘴凑向他，她颤抖的唇游离在季明的嘴边，她带着悲戚的狂热让季明再也无法自持，他紧紧地搂住她，疯狂地吻着她的嘴、颈、胸……

晏婷气喘吁吁，她颤抖着解开季明的上衣和裤子纽扣，季明也按捺不住地解开她的衣服，然后抱起她往卧室里走。她完全褪去身上的衣物，紧贴着同样火热的季明。感到她胸前的温度和温柔，欲望在季明心底强盛而疯狂地滋生。

晏婷享受着一阵淋漓尽致的亲吻之后，她对季明身体的渴望达到疯狂的地步，她娇喘吁吁地说："季明，要了我，快，快，我要死在你的身下……"

处于情色诱惑之下的季明，意识处于混沌状态，他不假思索地进入她的身体，坚挺而粗野。

似乎有种电流通遍全身，晏婷浑身战栗，娇柔地轻叫，随即闭上双眼，快乐地呻吟和叫唤，紧紧地和他纠缠着，扭旋着，媚态百现，销魂蚀骨……

屋内，两具火热的身躯正在进行着灵与肉的搏击，惊涛骇浪，一阵紧跟着一阵；屋外，天地瞬间灰暗一片，细碎的雨水开始滴落，狂风骤起，暴风雨就要来了。

一阵翻江倒海后，晏婷躺在季明的怀里，笑靥如花，似乎有些醉了。季明

看呆了，他觉得滋润后的晏婷美不胜收，娇艳得有如埃及艳后。他感到不安和迷乱，隐约想起乔罄，心头微微颤动，周旋在两个绝色美人中间，纠结得他精神儿乎要崩溃了。

他推开晏婷，起身点了一支烟，坐在床头轻蹙眉头，默默地抽着。晏婷痴痴地望着他，眼波流转，千娇百媚，嘴边延续着惯有的浅笑，她最喜欢看他轻蹙眉头、眼波迷离的样子。

季明要离开时，晏婷给了他一个电话："这是环球集团许老板的电话，他要给员工买团体保险，你找他吧，说是我介绍的。这个单做下来，我相信你能买房了。"

季明记下电话后，充满感激地望着晏婷，在她额头上轻吻一下。晏婷说："真不想让你走，我会想你的。"季明轻轻拥抱了她一下，开门离去时，触碰到她微凉的指尖。季明心里一阵悸动，心想看来女人真是水做的，这么快就凉了。

季明激动不已地拨通了晏婷给他的那个尾数是六个8的手机号。

响了五次后，终于有人接了，季明心里一阵紧张，他强压着颤抖的声音："您好，是、是许总吗？"

对方先是愣了一下，然后说："你是？"

"许总，我是晏婷女士的朋友，新华人寿保险公司的季明。"季明向来不在电话里客套，更不说废话，是为了节省对方和自己的时间。

"哦，你好。"

"您今天有空吗？"

"今天没空，是不是保险的事？"

"是的。"一听说没空，签单心切的季明心里七上八下的，"许总，您，哪天有时间？"

"本周都没有时间，要不你下周再打电话给我。"他说完挂了电话，季明感到有些失落。但他是相信晏婷的，她的朋友圈子里都是有钱人，她认为季明能攻克的人一定会有希望的。他暗暗等待着幸运之神再次降临到自己身上。

　　季明和乔罂在昌盛街住了不到四个月，房子开始出现状况了。先是每个房间开始大面积地掉墙皮，然后卫生间天花板出现裂缝，开始漏水，最后是有老鼠出入。尤其是夜深人静时，老鼠准来，并躺在未知的角落里啃咬折腾，经常把乔罂吵醒。

　　季明打过几次电话给陆先生，陆先生才来。他找了楼上的住户，可他们答复说房子不是他们的，没有权利去动。陆先生联系了房东，房东却没有来处理。漏水的事就一直不了了之。掉墙皮的事，陆先生的解释是房子太旧了，是正常现象，如果真要重新粉刷，是很麻烦的事，将就着住吧。老鼠问题，陆先生也解决不了，只是说屋里没有剩余食物，老鼠自然就不会来了，这个道理季明和乔罂也知道。

　　季明和乔罂最后总结：陆先生除了说几句废话，什么问题也没有解决。

　　他们要求陆先生降房租，他不同意。季明和乔罂开始有了搬走的想法。可一想起几个月前找房子的苦涩和辛酸，他们想想都怕，实在不想再去找出租屋了，只好凑合着住，再搬就是搬到自己买的新房去。因此，乔罂更加期盼快些买房，好搬离简陋而恼人的出租屋。

　　距上次致电许加玺已经过去了一周，季明再次拨打了许加玺的手机。

　　这次，季明果然又被幸运之神一箭射中，他获得了见许加玺的机会。他诚惶诚恐地前往许加玺的公司大楼，立即被该公司楼内金碧辉煌的装修所震撼，一时他竟然觉得自己身在梦中，这一切都显得那么虚无而缥缈。

　　见到许加玺的那一刻，季明有些紧张，毕竟头一回见到这样的大老板，他微微冒汗的手湿润了许加玺的手心。许加玺温和地望着他，脸上泛着淡定亲切的笑意，季明顿时释然了，他没想到功成名就的大老板竟然如此平易近人。

　　季明放松地坐下来，许加玺竟亲自给季明倒水，季明连忙站起来，感到受宠若惊。第一次打电话给他，季明还觉得他是成功人士，可能不好打交道，却没想到……他说："许总，真没想到您这么平易近人。"

许加玺愣了一下，说："你是晏小姐的朋友嘛，她让我要关照你。"

听到晏婷两字，季明笑起来的肌肉有些僵硬，他从许加玺的脸上并没看出任何暧昧，他说："晏小姐是我的客户，她几个月前买了我的保险。"

"嗯，所以我才放心让你来做我们的团体保险啊。她说你很专业，服务很好。"

季明笑了笑："她是我的贵人，帮了我不少。我一个刚走出大学校门的人，没有任何社会关系，能够遇到你们，真是三生有幸。"季明由衷地说。

许加玺温和地笑了："不错，小伙子，好好干。你还年轻，前途无量啊。"

"谢谢许总。"

许加玺拨打了分机，说："小徐，来一下我办公室。"

一会儿来了一个二十岁出头、一脸青春痘的女孩儿，许加玺对她说："这位是季先生，他是保险公司的。我们公司的团险决定由他来做，你带他去大会议室，然后给他一份所有员工的资料，其他事项你们商量好了再定。"

小徐含笑点头，说："好的，许总。"然后对季明说："季先生跟我来吧。"

季明感激地跟许加玺握了握手，手心依然冒汗。他临走时还对许加玺深深地鞠了一躬，许加玺对他轻轻点头微笑。

季明面露喜色地提了一大袋投保单跟小徐去了会议室，小徐招呼大家排队在投保单上签名，那熙熙攘攘的热闹而宏大的情景让季明激动得有些不知所措。这情景，这待遇，这规模，估计连赵常青都没经历过，季明仿佛身在梦中。

忙乎了一天，季明连午餐都没吃，当他提着一大袋投保单走进公司的时候，突感两腿发软，差点没晕倒。

季明一举拿下一个年缴保费 95.8 万元的大团单的消息在新华公司爆了个大冷门。他这个保单成为近三年来，在经济持续低迷的情况下，新华人寿保险公司最大的一张保单。季明这次除了游走于各个分部做演讲外，还获得了一个前往巴黎半月游的机会。

季明旅游回来后，好运接踵而来。仅仅在新华公司供职八个月，季明由于惊人的业绩、出众的口才和良好的服务，他迅速跻身于新华保险公司的中层管理行列。他除了做业务之外，还兼任培训部主讲推销技巧的专员，有了一份固定收入。

季明真正成为了新华保险公司一颗熠熠闪光的明星。他在公司几乎无人不知无人不晓，万众瞩目，风头差点盖过公司的总经理。而季明只在乎这个团单 19 万元的佣金。

季明终于赚够了交首期房款的 22 万元。发佣金的当天，季明拿着银行卡去柜员机查询的时候，心情极度紧张和激动。他到现在都不相信自己真的能一把挣到 19 万元，他知道大多数打工者三年的收入都没有 19 万元。当看到柜员机屏幕上的清晰的数字时，他感到微微有些晕眩，仿佛在梦中有些虚无缥缈。

回到家，看到乔罂正在厨房里忙得不亦乐乎。这段时间，在乔罂的精心照顾之下，季明至少两餐都有了保证，他胖了一点儿，以前的胃病都没有再犯了。

季明一声不响地潜进厨房，他静悄悄地站在乔罂背后，乔罂一边炒菜一边哼着《玻璃杯》：

"你曾说我的心像玻璃杯

单纯得透明如水

就算盛满了心碎

也能轻易洒掉装着无所谓

我用手握着一只玻璃杯

心痛得无言以对

就算再洒脱笑得再美……"

随着菜香味渐浓，她的歌声渐渐收尾。她拿盘子装菜时，季明从她背后环腰抱住她，头埋在她淡香蓬松的卷发里，乔罂的歌声戛然而止。

季明轻吻着她的后颈，幸福和温馨溢满心间，家的感觉很浓厚。乔罂挣脱开："别闹了，人家在忙呢。去洗手准备吃饭。"

季明又吻了她一下，说："是，老婆。"

今天乔罂炒了四个菜，还煲了一锅汤。看着一桌菜，季明才感到肚子饿

得慌,他拿起筷子一阵狼吞虎咽,乔罂托着腮看着季明,季明突感自己的吃相有些不雅,他放慢了速度,看着乔罂说:"老婆,你怎么不吃? 我是不是像头饿狼?"

乔罂微笑点头:"像头英俊的饿狼,你今天怎么这么饿呀?"

季明拿片餐巾纸抹了抹嘴,对乔罂坏笑了一下说:"是啊,今天在我的人生当中发生了一件极其不平凡的大事。"

"什么大事?"乔罂白了他一眼,"该不会是又遇到哪个美女了吧?"

季明又坏笑,说:"不是,我还想呢,哪有那么多美女可遇呀? 给你三次机会猜猜。"

"我才不猜,哼,爱说不说。"乔罂白了他一眼,拿起碗筷吃饭。

"不猜是吧? 那算了,我也不说。"季明重新拿起碗筷埋头苦干。

这反倒勾起乔罂的好奇心来,她像往常一样施用"家法",在季明手臂上使劲拧了一把,季明啊的一声惨叫,乔罂也坏笑着说:"说不说? 不说再拧。"

季明最怕乔罂拧他,因为他从小怕疼,乔罂拧得尤其疼,他又不能打她,经常让他苦不堪言。他连忙求饶:"好,好,别拧,小祖宗,我说。"

14

　　乔罂满意地把手从他身上拿开,看着他,等待他告诉自己惊人的消息,她心想他不会有什么好消息,多数又是一些不疼不痒的笑话,要不就是公司的同事或者客户的事情,要不就是谁谁来上班又没拉裤子拉链。

　　季明把手举起来,做出欲言又止的样子,乔罂斜视着他,把手悄悄地伸过去,做出要拧的动作,季明装作惊恐的样子,大叫一声跑到客厅,乔罂没想到他会来这一手,她跟了过去,季明笑嘻嘻地绕着茶几跑,乔罂愣是追不上他,气得直跺脚:"季明,你、你再捉弄我,我就和你拜拜。"

　　"哦,我好怕怕哦,你真的要抛弃我吗?"季明站住,笑意盈然地看着乔罂,露出惯有的玩世不恭的神情。乔罂狠狠地白他一眼,气呼呼地坐在沙发上。

　　看到她生气了,季明嬉皮笑脸地走过来,坐在她身边,学她生气撅嘴的样子,他的猾稽表情惹得乔罂扑哧一声笑了,季明一下子抱住她,然后把她高高举起,乔罂怕摔下来,她又打又骂:"放下我,我有恐高症,你今天怎么了?疯疯癫癫的,中风了你?"

　　季明把她放了下来,笑嘻嘻地说:"我不是中风,而是快发疯了,哈哈……"

　　"你到底怎么了?我怎么感到你今天怪怪的?"乔罂收起了笑容,有些不安。

季明也收起了笑容,装作深沉地望着远方,掏出一根烟正要点上,乔罂更加不安了,把烟从他嘴边拿开,说:"季明,到底发生什么事了? 快说呀,别让我不得安宁。"季明凝视着乔罂,看得她有些发毛,季明严肃地说:"乔罂,你最想要什么? "

"什么意思? "

"你告诉我,你最想要什么? "季明脸上的表情吓住乔罂了,她皱紧眉头:"你到底在说什么? 你到底怎么了? 别吓我。"

"先回答我,你最想要什么? "

乔罂审视着他的眼睛,说:"房子呀,那还用问吗? "

季明两嘴角往上牵拉,露出一个迷人倾城的笑容,说:"亲爱的,你的梦想就要成为现实了。"

季明平时开玩笑开多了,乔罂已经不敢相信他了,她哼了一声,正要起身去吃饭,季明抱住她,把她放在自己的腿上:"话还没说完,你怎么要走呢? "

"到底什么? 痛快点,磨磨叽叽的,讨厌!"乔罂的耐性已到极限。

季明一阵哈哈大笑,乔罂冷眼看着他狂笑的样子,说:"你再不说,我出去了。"季明止住笑,说:"我这段时间拿下一个大团单,你知道我挣了多少钱吗? "

"多少钱? "

"说出来怕吓到你。"

"小样吧,我虽然穷,但也不是没见过钱,你别瞧不起人哦。"

"好吧,丫头,一定要有思想准备。"

乔罂点点头,季明说:"19 万! "

乔罂脸上被惊喜和诧异所笼罩,她瞪大双眼盯着季明,季明看着她惊呆的表情,感到很可笑,他伸出食指在她眼前晃动几下,她的眼珠不再旋转,失神地望向前方,季明说:"你别这样,我害怕。才 19 万,不至于吧? "

"我不信。"乔罂打断了季明,季明呵呵一笑,"为什么不信? 不信我有这个能力? "

乔罂意识慢慢回来："季明,你说的是真的吗？"

"当然,我什么时候骗过你？"季明抚弄着她的头发。

乔罂秋水般纯净的黑眼睛沉浸在一片湿雾中,她抓过季明的手,说："季明,我不会是在做梦吧？你拧我一下。"

季明觉得乔罂此时的样子可爱极了,他不忍心拧她,他说："我不拧你,我只告诉你,这一切都是真的。"他抓起她的手,放在自己手里,紧紧地握了一下,乔罂感到一阵疼痛,她终于相信这不是梦了。

那天晚上,季明和乔罂忆苦思甜,对未来充满了无限的憧憬。乔罂躺在季明的怀里,久久未能成眠,当梦想就要实现时,她有些百感交集。她想了很多,实在按捺不住内心的激荡,她不知道季明睡着了没有,她像是对季明说,又像是自言自语："季明,你会娶我吗？"

这句话让处于半梦半醒之间的季明睡意全消。对婚姻,季明还没有足够的准备,他对婚姻,跟大多数八零后一样有些恐惧,因为见多了太多婚姻在生活的磨砺中破裂消损、头破血流。

乔罂这一句话像一个当头棒,打醒了近一个月以来沉浸于巨大的成就感之中而晕晕乎乎的季明。季明坐起靠在床头上沉思,他不是一个轻易作出承诺的人,因为他深知承诺对于一个男人来说,分量太重。他认为如果不能给自己爱的人幸福,那就不要谈论结婚。而现在,虽然他能买房了,但是这些钱也仅仅够交首期房款,每个月还按揭的钱还要去挣,挣不挣得到还是个未知数,他感到压力很大。

未来,对季明来说无法随意去掌控。他的心情变得繁复焦虑起来,更要命的是,这时晏婷的影子在他脑海里一闪而过。他想,为什么女人竟是如此复杂的动物呢？

看到季明没有说话,乔罂不安地坐起来,她盯着季明道："你怎么不说话？"

季明把乔罂揽进怀里,说："我刚才一直在考虑你说结婚的问题。乔罂,我既然跟你好了,就会对你负责,但是我不能给你承诺,因为我现在对未来还没有太大的把握。我是一个男人,深知男人要有责任心,我没有向你求婚,

是因为我无法看清未来，我如果现在说要跟你结婚，那就是不负责任，没有富足的物质作基础，我拿什么跟你结婚呢？我不敢想，更不敢提。我怕你跟了我会吃苦。"

听了这一番真诚的表白，乔罂感到心里暖洋洋的，她心里更加纤弱和柔软，视线渐渐模糊了。她把头靠在季明怀里，心想只要跟季明在一起，吃再多的苦也是值得的，因为她知道季明是爱她的，一直都知道。

那晚，月亮一半躲在云层里，露出的另一半显得异常鲜亮，像个娇羞美丽的新娘，笑吟吟地俯瞰大地，照亮了季明家的小窗户。窗里有浓郁的暗香轻轻浮动，爱情的种子越来越饱满，明天是否会开出娇艳的花蕊呢？

前段时间曾去深久市最大、最好的碧玉华庭看过房子，感觉还不错，不论是环境还是房型都让他们很满意。由于钱比较充盈，季明最后还是决定去碧玉华庭楼盘再看看。

一个漂亮的售楼小姐领他们看了几套三房一厅的房子，售楼小姐说："两位是头一次来这儿看房吧？"

季明和乔罂点点头："是的。"

"能选我们碧玉华庭的房子，说明你们很有眼光，这里的设施和地段是本市数一数二的，将来的升值空间也很大。你们买房首先要考虑自己的经济承受能力，经济承受能力决定房子的大小；其次就要考虑房子是否适用，就是你家要住几个人，需要几个房间；再次就是要考虑房子的朝向。"

两人认真地听着，季明问："朝向有什么说道？"

"朝向有东、西、南、北几种。一般朝南的朝向是最好的。"

"为什么呢？"

"因为朝南的房子冬暖夏凉，潮湿季节也不会过于潮湿。"

"朝南的也贵些吧？"

"当然了，朝向好自然喜欢的人多些，不过，朝东和朝北的也不错。"

"那最不好的就是朝西的了？为什么？"

"朝西的主要是因为夏天西晒的原因，到黄昏时会比其他朝向的稍热些。"

"原来朝向还有这么多学问啊？今天真是长见识了。"

"那你们要不要订一套呢？"

季明和乔罂相视一笑，季明说："我们先商量一下。"

"那好，你们先好好商量，买房毕竟是件大事，要看准哦。那我先去忙了，你们商量好后打电话给我。"

季明和乔罂对售楼小姐笑笑，目送她离去。

"季明，我们还是别那么快买吧？多看几套，货比三家不吃亏。"

"那只能改天来了，现在都四点多钟了。"

"那就下周再来看看。"

过了一周，季明和乔罂又来碧玉华庭，上次带他们看房的售楼小姐今天休息，他们只好找了另外一个带他们看。

一周后的花园小区看来有了些改观，主要是花园修缮更加完美了。那条幽静的小径两旁种了很多槟榔树，亭榭楼阁增添了万般风情，让人浮想联翩；喷泉也开放了，开出大朵大朵的水晶般的奇葩，一派生机勃勃的景象让人流连忘返。花园的中间那个游泳池已经建好了，底部铺着天蓝色的小瓷片，给人感觉清爽而干净。乔罂最喜欢游泳了，看到游泳池她就兴奋。

乔罂呼吸着这里的新鲜空气，感觉犹如进入世外桃源，心灵也得到净化。

售楼小姐说："很高兴能带你们参观我们的楼房，我们这里每一套房子都非常好用，你们想看多大的？"

"我们看过三期一栋至三栋好几个单元的房子了。今天我们来主要是想看看四期的房子。"

"四期的还没有盖好，只盖到八层，你们要看只能看八层以下的。"

"没问题，我们本来也不想买太高的楼层，四期跟前面三期的房子有什么区别吗？"

"房型都差不多，只不过稍大些。"

"单价没变吧？"

"没变，近期我们还有九八折。"

101

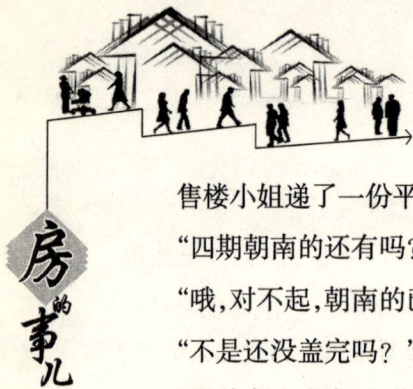

售楼小姐递了一份平面图给季明，季明和乔罂研究起来。

"四期朝南的还有吗？"季明问售楼小姐。

"哦，对不起，朝南的已经卖完了。"

"不是还没盖完吗？"

"没盖完也卖完了，期房也卖完了。"

"哦，我倒不想考虑期房，因为我们想买下来之后马上装修并入住。"

"除了朝南的，别的朝向都还有不少。"

他们随售楼小姐到四期看了几套朝东和朝北的房子。

"怎么样？看上哪一套了？"

"我们先商量一下。"

"那好，你们先商量，我刚好有点事，你们商量好后打电话给我。"

售楼小姐走之后，季明说："第二套感觉还不错，阳光、通风和光线等都很好。朝东的朝向也不错。"乔罂提醒说："朝东的均价要贵出 50 元一平方。"季明说："那没关系，多几千元罢了。"乔罂说："我也觉得那套整体还不错。只是厨房好像小了点。"

"丫头，你又不是整天待在厨房里，小点怕什么？"

"你是站着说话不腰疼，我经常要在厨房做饭，那么小的地方感到有些憋闷，不太实用。"

"将就着就习惯了，以后我们少点做饭吃，不行就到外面去吃。世上没有十全十美的东西，差不多就行了。"乔罂白了他一眼："你钱多呀？"

"丫头，我感觉我们好像已经是老夫老妻了，考虑那么远你累不累啊？"

"不累，原来你的目光那么短浅，只顾眼前？"

"行，行。"季明坏笑，"我目光短浅，可你偏偏看中了我这个目光短浅的人。"

"美得你。"乔罂白了他一眼，"直到今天我才发现你的目光竟然如此短浅，哼，早知道……"

"早知道什么？早知道就甩了我？"季明戏谑地望着乔罂，学她翻白眼。

"别贫了，逮着机会就贫，不可救药。"

"好了,不开玩笑了。我们还是订刚才说的那一套吧。"

乔罂想了想,然后说:"好吧,听你的。跟你这种大男子主义的人没法讲道理。"她喜欢极了楼下的花园和游泳池,这套房子相对较便宜,除了厨房,别的方面还是不错的。

售楼小姐接到季明的电话,很快就来到了售楼部。她笑眯眯地问道:"你们订哪一套房子?"

季明说:"五栋六楼 B 单元那一套。"

"哦,那是 602 房。好,有眼光,那是朝东的房子。光线通风都很好。"

"就是厨房小了点儿。"乔罂抱怨说。

"厨房还小吗?"售楼小姐感到有些惊讶,她微笑着转向乔罂:"你是第一个说厨房小的人,其实不小了。季先生很有眼光,乔小姐一定会是一个贤妻良母。"

季明微笑地望着乔罂,心里乐开了花。乔罂表情有些不快,她不喜欢被人说成是贤妻良母型的人。

季明和乔罂仔细地看着购房合同,他们早听说购房合同上会有很多陷阱,可看来看去不知道哪些是陷阱。他们也听说过房地产开发商很喜欢玩文字和数字游戏,还有很多霸王条款,但是自己是弱势群体,要么你不买,要么你就只能接受他们的条款。因为买房心切,也不想计较太多了。

看完了条款,乔罂没有太大把握,需要季明来作决定,她说:"我们真买呀?"

季明自信地点点头,说:"当然,你不是一直盼望我们有一套房子吗?以后就不要再租房住了,你也不用每晚都听老鼠唱大戏了。"

季明哈哈大笑,他想起了前段时间的一个夜晚,乔罂睡到凌晨两点又被老鼠吵醒,她迷迷瞪瞪地说不知道是谁在唱戏,季明以为她说梦话,她坐起来说:"听,又在唱了,还有伴奏。"季明仔细一听,原来是家里的常客——老鼠们发出欢快的啼叫声和啮咬东西的窸窣声,季明以后就经常拿这事来取笑乔罂。

乔罂在桌子底下狠狠地踩了季明一脚,季明哼哼地装惨叫。售楼小姐捂

嘴笑,季明装出一副委屈的样子,说:"她就是这么欺负我的,你千万别说她是贤妻良母。"

"看你们这么恩爱,我只有羡慕的份了。"

"你别看他满嘴好听话,平时都是他欺负我。"

售楼小姐满脸堆笑,说:"打是亲骂是爱嘛,这样不正说明你们很和谐吗?"

季明微笑地看着乔罂,乔罂哼了一声望向别处,眼睛不经意和一个帅哥撞到一起,季明看了看那个帅哥,有些犯酸,他连忙拍拍乔罂的肩膀:"往哪儿看呢?眼睛不够使了吧?"乔罂转向他不屑地说:"瞧你那小气样儿。"售楼小姐微笑着说:"你们要是没有异议,我就填合同了?"

季明点点头:"订了,填吧。"

"户口本和身份证还有单位开的收入证明等资料你们带来了吗?"

乔罂从包里取出两份资料递给售楼小姐,她开始填写合同。过了一会儿,她把面积、房子地点、房子总房款等重要的资料填写完毕,然后问:"你们谁签名?"

"我们都要签的。"

季明和乔罂按捺着激动的心情认真地在合同上签上自己的名字。两人大笔一挥,象征着这套房子属于两人共同所有。

"给你们打了九八折,房子总款是 651700 元,首期按 30%计,再加上保险、天然气和水电入户等费用,首期总共要交 205510 元。你们拿着合同去交钱吧。"

到了物业管理处,季明被告知先填一份《个人住房贷款申请审批表》,填完后工作人员对他说:"你的贷款申请要等一个月以后才能审批下来,你接到我们的通知后,带上身份证、单位开具的收入证明、你们两人的共同还款的书面承诺书,结婚的要带结婚证,还有,就是你们刚刚和开发商签的《商品房销(预)售合同》,拿这些资料去办理,一会儿你交了首付后,拿好银行存款凭条和我们开的首付收据复印件。这张复印件也要带的。明白了吗?"

"明白了,谢谢。贷款是怎么办的?"

"贷款的操作程序是这样的,你今天填好这份《个人住房贷款申请审批表》,我们会交到工商行,工商行要调查核实,然后等审批,工商行下发通知后,我们会通知你亲自去银行办理,以后的手续,工作人员会教你怎么做的。"

　　"谢谢。"

　　"不客气。"

　　办完手续,季明被带到财务部交钱,他把卡给财务,财务把卡插进柜员机,看着屏幕上二十万余元的数字,季明感觉心头一沉,咬咬牙输入密码。听到柜员机里哗哗的声音响了好几分钟,他呆呆地想,那是自己全部的家当啊,一转眼就流入别人的口袋了。

15

交了首付就意味着今后要为这套房子彻底沉沦了，从此将为这套房子倾尽所有。签合同时的幸福和满足烟消云散，季明顿感肩上架着一副沉甸甸的担子，无法再轻松了。

一个月后，开发商通知季明说银行按揭贷款的手续批下来了，让他去工商银行办购房按揭。季明和乔罃带齐上次物业人员说的资料，兴冲冲地去了。工行里来办事的人出乎意料地多，很多人也是来办理贷款的。都坐在厅里坐着等待叫号。

乔罃说："我听同事说，每月还款千万别超过我们月收入的百分之五十。"

"知道，肯定不会超过，现在还不知道我们月供要交多少钱呢。"

"他们还说房子的周围一定要有餐馆、超市和医院。"

"碧玉华庭现在已经有餐馆和超市了，就不知道将来会不会有医院。"

"最好还能有学校和幼儿园。"

"那是，亲爱的，你想得真周到。不过我们买都买了，现在后悔也来不及了。"

季明听到喊他的号了，他拉着乔罃走进专门办理购房贷款的小房间。里面坐着一个西装革履的男子，他微笑着招呼季明和乔罃坐下。

"你们好,我姓吕,请问你们的证件和资料都带齐了吗?"

"都带了。"乔罢从包里拿出所有的资料递给吕先生。吕先生一一查验后说:"都齐了,我现在给你办。"他从抽屉里拿出三份合同,"这是《借款合同》、《房子抵押合同》和《房地产抵押申请审核登记表》,请你填一下。"

季明填完交给吕先生,吕先生说:"这三份东西我们盖章后,五天之内,你要拿去市房管局办理抵押登记手续。他们那边一般是十五个工作日就能办好,你去拿的时候,他们会交一份《房屋专项权证》给你,你把这个证交回给我们。"

"好的。"

"你们想多少年内还清我们的贷款?"

"最长可以分多少年还?"季明问。

"个人住房贷款最长期限是三十年。"

"我们最多能贷多少?"

"最高为购房金额的百分之八十。"

"我们贷款四十五万元,先选十年吧。"

"好,你稍等,我算一下你每月需要还多少钱。"

"公式是怎么样的?我可以看看吗?"

"当然可以,公式是:(本金 + 本金 × 年利率 × 贷款年限) ÷ 贷款年限 × 12。"

"现在的年利率是多少?"

"现在是 6.93%,月利率 = 年利率 ÷ 12,这样算下来,你每月要还的金额是 6348.75 元。"

"这么多!"季明和乔罢同时叫了起来,季明说:"压力好大啊。"

"你也可以选二十年的,每月的压力会小些。"

"算一下二十年看看。"

吕先生算了二十年:"二十年,你每月要还 4473.75 元,少多了。"

季明叹了一口气,说:"少了快两千了,那就选二十年吧。"

"好,你记住每月要保证存折里有这么多钱,如果发生以下两种情况,我

107

们会依法处置抵押房。"季明感到紧张起来:"什么情况?"

"第一是连续六个月未还贷款本息的,第二是《借款合同》到期后,三个月内未还清贷款本息的。"

"明白了。"季明说,他看了一眼同样紧张的乔嚣,撅了撅嘴。想起每月要还四千多元的银行贷款,季明感到压力很大。

半个月后,季明收到开发商寄来的收房通知书。赵常青给他介绍了一个房产专业的律师徐先生。季明叫上徐先生一起去收房,在车上,徐先生对季明说:"最好先验房后再办理房子交接手续,因为如果你先办理交接手续再验房,验房时发现问题,再找开发商就被动了。"

徐先生还说:"记住要向开发商索要一下一表三书。"

"什么是一表三书?"

"这一表三书是指《竣工验收备案表》《房屋土地测绘技术报告书》《住宅质量保证书》和《住宅使用说明书》。"

到了碧玉华庭的物业管理处,季明说要先验房,但物业公司的工作人员说:"季先生,我们都是先办手续,交钥匙后才验房,如发现问题,你们回来反馈给我们,我们把问题集中起来,到时候会统一进行修缮。"

徐先生马上对工作人员说:"你们这样做是不对的,按法律规定,业主有权要求先验房再办理交接手续。"

"我们这里没有这种先例啊,先生,你是?"

"我是律师。"徐先生拿出他的执业资格证,"你们的房子如果经得住考验,还怕我们先验收吗?"

工作人员脸上显出少许惧色,她对季明说:"你等等。"然后进到里屋问了一个貌似领导的男人,几分钟后她出来了,对季明说:"我们平时是没有这种规定的,今天给你破个例,钥匙先给你,你们先去验房,三个小时内回来办收房手续。"

季明拿上钥匙,和乔嚣、徐先生一起上到五栋 B 单元六楼。徐先生递给季明一份房屋验收注意事项的资料,说:"你对比合同,并照着这份资料一条一条地验收。发现问题,就在旁边做个记号。"

季明拿着那份资料，和乔嚣一起一步一步地查验。

"大门没问题，无掉漆、破损和污渍。"到了大门口时，季明说。乔嚣拿出物业给的钥匙开关门，钥匙很溜，轻轻一旋转门就开了。进屋后，季明从里面把大门关上，观察了一下说："闭合还算严密，不错。"

"门的配件也齐全了，猫眼、门铃、门铃电池盖一样不少。"乔嚣说。

"OK，我们再接着看别的。"季明说，为终于看到自己的房子兴奋不已。

他们进屋后仔细检查墙面和地面，季明说："基本无裂缝，合格。"

"手电筒拿来。"乔嚣说，她也很兴奋，毕竟这是第一次看房，而且还是验房，感觉非常有意思。季明递给她手电筒，她用手电筒仔细察看屋顶阴角、卫生间和厨房以及阳台的落水管接缝处，检查完后她说："基本无渗水和裂缝。"

"那就好。"季明说，一边检查着卫生间的地面和卫生间的天花板，不光要保证自己家的卫生间无漏水，也要保证楼上的卫生间的水不漏到自己家的卫生间里。

徐律师走过来说："卫生间的防水，一般都做了闭水测试，防水一般都是做楼上的，只要不渗漏到你家就是好的。"

"明白。"季明说，从卫生间走了出来，他不知道从哪儿弄到一根木棍，拿在手上，把每一堵墙都敲了一遍，乔嚣说："轻点敲，别把墙灰敲掉了。"

"怕什么？装修的时候还要重新粉刷的。"

"敲出什么动静来没？"

季明笑了笑："听不出来，好像没有什么区别，都一个声音。"

"那就没问题。"徐律师说，"看看窗户。"

季明和乔嚣一起查看塑钢窗外观，没发现有破损现象，玻璃和扣件也完好，密封胶条严密，推拉也较顺滑。

最后来到阳台，主阳台和客厅连着，朝东，可以晾晒衣服，和厨房连着还有一个小阳台，作为生活阳台。季明发现不锈钢做成的栏杆光滑锃亮，无变形。外墙砖也完好，基本无脱落。

"你们基本都检查完了，一般验房也就这些步骤，接下来，你们要测量一

下房屋的内空尺寸,空间高度,计算套内面积。"

季明拿出一把黄色的卷尺,笑着说:"买了房,让我很多事无师自通。"

乔罄说:"这种事也不难,谁不会?快累死我了,量完房,我要罢工。"

"革命尚未成功,同志仍需努力。"季明也是满头大汗。

量完后,季明看了看资料上写着套内面积的计算公式:套内建筑面积 = 套内使用面积 + 套内墙体面积 + 阳台建筑面积,他很快算出套内面积。

"公摊面积是多少啊,徐律师?"

"这个我也不知道开发商是怎么算的,我们只能按他合同上标的。你只要把套内面积算出来就行,加上合同上的公摊面积就得出商品房销售面积。"季明又算了一下,说:"不对啊,比合同上标的销售面积小了近两平方。"

徐先生说:"这没事,面积缩水只要不超过合同上销售面积的 3% 都是正常的,这是开发商玩的数字游戏,国家法律规定,如果缩水超过 3% 就可以要求退房。"

为了保险起见,季明和乔罄又每个房间看了一遍,没有发现什么问题。他们放心地回到管理处办理收房手续,工作人员把一表三书交给季明,他们向物业了解了物业管理方面的情况之后,并签了《物业管理公约》,交了规定的费用,收房手续办完了。

房子是毛坯房,装修后才能入住。可交了首付之后,季明和乔罄的钱加起来就剩下不到两万元了。但是为了早日搬离出租屋,他们还是决定向季雷借点钱装修。这 95 平方米的房子,装修至少也要六万元。一想起又要装修,季明感到头都快炸了,他听说装修是很烦人的,搞不好夫妻会离婚。

收完房,季明和乔罄仿佛完成了人生一件大事,沉浸在巨大的幸福之中。

他们的感情比以前更深厚。他们都是影迷,周六晚上,他们经常去看电影。乔罄比以前温柔多了,她在看电影时喜欢抱着季明的手臂,一副小鸟依人的姿态。同事们都说乔罄变得比以前还漂亮,大概是得到了爱情的滋润。乔罄笑而不答。

季明每天都在楼下等乔罄下班,他倚在那个大型雕塑前面,含笑看着乔嫟款款走来。然后在浪漫美丽的黄昏时分,两人手拉着手,悠闲地走在大街上,吹着轻风,沐着明月慢慢地走回他们在昌盛街的出租屋,惬意地享受着二人世界。大街两边屹立着玉兰树,树上开满了玉兰花,花香的芬芳飘荡在空气中,沁人心脾。树下的一对情人儿如此般配,如此和谐,常常引来很高的回头率。在季明和乔嫟的记忆中,那是一段最幸福的时光,快乐得不留余地。

　　晏婷已经很久没有季明的消息了。

　　晏婷每天忙完公司的事,回到家已是晚上十点多钟,洗漱完毕,她只有靠看电视打发寂寞,本来想做做面膜都没了兴致。她常常一个人坐在空寂却浮华如梦的客厅里,静静地发呆。有朋友劝她找个人结婚,省得产生心理问题。她常常说:"不找,男人没一个好东西。"

　　"那就找个小情人。"友人戏说,她笑而不答,从她的神色中,友人猜出她是有这个打算,却不知道她已经有了中意的小情人。

　　今晚,她洗完澡,屹立在镜子前,看着镜子里自己华美却略显憔悴的容颜和丰腴诱人的体态暗自感叹。32岁,对一个女人来说是个黄金时期,是一生中最绚丽多姿的年华,而如今,这朵绚丽的鲜花即将枯萎了。寄生在躯体里的孤寂如同困兽一样日复一日地吞噬她姣好的姿容。

　　不记得多久没见到季明了,最近她忙得一塌糊涂,好不容易闲下来,突然很想念季明,思念像洪水猛兽一样来势凶猛,让她无法再从容淡定。

　　她拿出手机,犹豫着想打季明的电话,又担心会被他的女朋友觉察,从而断送了她和季明的未来。她不知道他女朋友叫什么,长什么样,对她充满了好奇之心,却无法从口风极严的季明口中得知。晏婷还是决定不打,她沮丧地把手机扔在沙发上,然后打开电视,不停地转换着频道。她感觉那些节目都俗不可耐,更让她心烦意乱,她干脆关了电视,然后上床睡觉,但是躺了很久却无法入睡。

　　墙上的时钟已指向12:45,她起身倒了杯红酒一饮而尽。一杯酒下肚后,她脸色酡红一片,眼神凄迷,浑身焦躁。她对季明的思念更加浓烈,如火如荼。

她又拿起手机，迟疑片刻，然后拨通了季明的电话，听到一声响后，她却有些忐忑不安，既希望他接又害怕他接。她琢磨着，如果再响也许他就会接了，而接了之后能说些什么呢？难道说她想他了？明知他来不了……算了，还是别让他接了，她挂断了电话。晏婷又躺回床上，望着装饰得素净淡雅的天花板，眼神却空洞失落，心里时而拥挤时而空旷，难以入眠。

对爱情的渴望，在那个凄凉的晚上，对晏婷来说显得相当刻骨铭心。她想起李清照著名的《醉花阴》："……东篱把酒黄昏后，有暗香盈袖，莫道不销魂，帘卷西风，人比黄花瘦。"她觉得李清照比自己还要寂寞，她感到释怀了一些。

第二天中午，季明正和同事下楼准备吃饭，刚出电梯门，他的手机骤然响起，他一看是晏婷的来电，骤然紧张起来，他小声地接过电话，说："喂。"

"你还好吗？"传来晏婷缱绻轻柔的声音。

"还好，你有什么事吗，晏姐？"季明和同事一起走出大楼。

"没事就不能打电话给你吗？"晏婷娇嗔地说。

"呵呵，能。"季明说，"我正要跟同事一块儿去吃饭呢。"

晏婷的来电似乎打破了这些天的平静和安然，季明有些惶然，这些天跟乔馨恩爱有加，已然快忘了晏婷了。昨晚那个响了一声就挂断的未接来电，他至今都没看，以为是六合彩的诈骗电话。

"季明，今晚我们一起吃个饭吧？好久不见了。"

"今晚？"季明紧张地看着同事，同事也正好看向他，他小声地对同事说："一个客户，你先去，我一会儿去找你。"

同事点点头，继续前行。季明对晏婷说："吃饭？"

"是啊，不愿意呀？做了个大单就忘了我这个介绍人了？"

"怎么会？"季明感到额头上冒起了冷汗，他心想她一定又是寂寞了，找他打发寂寞来了。一定要想办法避开这种事，要不然她会越陷越深，到时候自己也不好抽身。于是他说："晏姐，这样吧，今晚我请你吃饭，完了我们去看电影，怎么样？"沉默了几秒钟后，她低沉地说："那也行，你下班后打我电话。"

季明和晏婷还是头一次来外面见面，季明先到了西餐厅，过了一会儿，晏婷也翩然而至。看得出她今天是精心装扮了一番，化了淡妆，也许是想掩盖脸上的憔悴，因为昨晚没有睡好，她的眼圈有些灰暗。虽然如此，依然难掩天生丽质，她的美丽有些内敛，淡淡的忧郁，让人生疼。季明一直看着她渐渐走近，意识有些恍惚，心里跟着莫名咚咚咚地猛敲了几下。

　　晏婷是开美容美体公司的，对自己的形象非常注意。她曾经当过四年的瑜珈教练，深知保养的秘笈，虽然已经 32 岁了，身材依然保持得胖瘦适中，加上她很会穿衣服，合体而有品味的衣裳勾勒出她诱人的曲线。

16

晏婷微笑着坐在季明对面,她深情地凝视着季明,季明对她微笑,眼神闪烁。近两个月未见,在晏婷的眼里,季明似乎成熟了许多,也更有男人味了,举手投足间沉稳而潇洒。他的眼神时而狂野,时而温柔,面容冷峻英俊,这种矛盾的结合体对晏婷来说具有致命的吸引力。

"最近还好吗,晏姐?"

"好不好你都看到了。"她幽怨的口气、忧郁的眼神让季明又是一颤,他把菜谱递给晏婷,"你吃些什么?"

晏婷接过菜谱那一瞬间,指尖不经意地触碰到季明的指尖,她深切地看着季明欲言又止,季明含笑望向别处。侍者过来了,晏婷点了四个菜。

"最近忙吗?晏姐,我看你都瘦了。"晏婷意味深长地看着他说:"瘦也是你害的。"季明微笑着说:"要多保重身体啊,身体是革命的本钱。"

"以后你别再叫我晏姐了,都把我叫老了。"

"嗨,我怎么又忘了。"

"你最近怎么样?业务做得还顺利吧?"

"还行,多亏你的帮助,要不然我现在可能都露宿街头了。"

"别跟我这么假惺惺地客气。"

"真的,我真应该好好谢你。"季明由衷地说。

"你打算怎么谢我啊？"晏婷说，眼神凄迷而戏谑，季明突感骨头有些发麻，他躲开她的凝视，说："这顿算我的，然后我再请你去看电影。"

"真的要看电影呀？"晏婷是不太喜欢看电影的，她好不容易见到季明一面，她向往的是床笫之欢，听季明这么说，她感到很失望。

"嗯，看电影。我打听过了，今晚太阳城影院上映一部美国大片《阿凡达》，我们去看3D的，这可是绝大多数老百姓一辈子都碰不到的3D电影啊，怎么样？"

晏婷眼神暗淡下来，她淡淡地说："好吧，听你的。"为了能和季明在一起，也只好将就一下了。

吃完饭，季明坐进了晏婷的小车里，晏婷缓慢地开着车。夜晚的风轻柔地吹拂，她打开车窗，风吹着她脸颊两边的发丝，轻轻地摩挲着她的脸，感到很惬意。她心想，要是季明能永远这样在身边陪自己兜兜风聊聊天该多好呀。她侧过脸悄悄地看着季明，说："季明，你会开车吗？"

"目前还不会，但是想过一段时间去学车。"

"去学吧，有空我也可以教你，你先去考个驾照。"

下了车，他们来到了太阳城电影院。来这里看电影的大多数是成双结对的情侣，季明和晏婷也一样被视为情侣。晏婷风姿绰约、楚楚动人，季明潇洒、英俊、阳刚，是相当吸引人的一对。

他们进播放厅时，电影刚刚开始上映。厅里几乎已经满座了，要对号入座。电影院管理人员拿着手电筒带着他们去找座位。由于厅里光线很暗，晏婷穿着高跟鞋，岌岌可危，晏婷跟在季明身后，小心翼翼地走着。晏婷脚下突然一滑，差点摔跤，季明连忙搀扶住她，晏婷顺势紧紧地抓住季明的手，季明只好拉着她的手，终于找到了座位，他们的座位是中间偏左，位置还算不错。

电影开头并不太紧张，季明端坐着认真看起了电影。晏婷心思并没放在电影上，她时不时会望向季明，然后拉着他的手放在自己的手里，温柔地抚摸着，幸福地微笑。季明感到有些不自在，他把手抽出来，若无其事地盯着电影屏幕。

对于季明的疏离，晏婷并没放在心上，她实在是太喜欢季明了。可以说

115

恋爱中的女人智商几乎为零,她把头靠在季明的胸前,他们给人们的感觉完全是一对热恋中的情侣。

这时,有一双眼睛正紧紧地盯着季明和晏婷,她坐在季明和晏婷的后面一排,与他们几乎是成60°,他们的一举一动尽收眼底。

她是谁呢?她是乔翚的同事杨倩倩,她和她的朋友也来看电影。虽然光线较暗,但是季明那轮廓分明的脸实在太吸引人了,她一眼就认出来了,她万万没想到会在这里遇到季明,而在季明身边的女子不是乔翚,却是别的陌生女人。杨倩倩发现那女人的长相并不输给乔翚,气质也很好,婉约动人,对季明很痴迷很上心的样子。

看到他们如此亲热,杨倩倩感到非常意外,对她来说,季明和晏婷比电影更加吸引她的眼球。旁边的友人看到她一直在看季明,感到很诧异,就问道:"你在看什么呢?"

"嘘,别说话。"杨倩倩生怕让季明发现了她,"你看你的电影吧,别管我。我看到一个熟人,一会儿再跟你说。"

季明曾几次想推开晏婷挽在他胳膊上的手,这场电影让他看得很郁闷,无法专心致志地观赏电影不说,还有可能会被熟人看到他和晏婷在一起。

近三个小时的电影终于放完了,灯全都打开了,厅里亮堂一片,人们井然有序地离开放映厅,季明和晏婷却坐着不动,他不想去和别人挤,他想等大家散得差不多了才离开。这可愁坏了后面的杨倩倩,她和友人走也不是,不走也不是,友人提醒她说:"我们先走,灯这么亮,他很可能会看到你。你如果真想跟踪他,我们出去后猫在暗处,然后等他们出来,你再跟在后面。"

杨倩倩想想也对,于是她们走了出去。季明和晏婷看到人走得差不多了,起身往外走。走到晏婷停车的地方,季明对晏婷说:"我自己打车回去,你开车小心点。"

晏婷恋恋不舍地瞅着季明:"还是我送你吧,时间还早。"

"不用了,我们相反方向。"季明说,不安地四处张望,唯恐被熟人看到他和晏婷在一起。

"没关系,要不你去我家坐坐?"晏婷满脸期待地看着季明。

季明知道她的意图,他摸出一根烟塞进嘴里:"不去了,晏婷,我还是回家吧,我有些累了,想早点睡。"

晏婷感到一丝酸楚,失望深深地攫住她脆弱的心,她强忍着悲伤,打开车门,倚在门上,对季明说:"我知道你根本就没把我放在心上,我一个离过婚,遭到抛弃的女人是没有权利再追求幸福的……"她哽得说不下去了。

季明连忙打断她说:"晏婷,你千万别这么说,你年轻又漂亮,应该去追求属于你的幸福。"

晏婷黯然低头,泪水悄然滑落,令她猝不及防,更令季明猝不及防。季明心里轻颤了一下,他心间变得很纤弱,他抓起她的双手紧紧握在手里,凝视着她真诚地说:"晏婷,你别这样,我会难过的,真的。我其实并不好,我配不上你的……"季明咬了咬嘴唇,他微皱眉头,左顾右盼,总有些不踏实。

这一幕都被猫在不远处的杨倩倩看得一清二楚,那种动作和神态是情侣特有的,因此她确定季明和晏婷的关系不一般。她对季明感到失望的同时,又为蒙在鼓里的乔罂感叹,她心想乔罂真可怜,她对季明一心一意,所有心思都放在季明身上,何曾想过她的心上人在外面还有别的女人。

杨倩倩在友人的再三劝说下才依依不舍地离开,她一步一回头,想看看季明和晏婷等一会儿要去哪儿,可友人说这种事情千万别管,更不要告诉乔罂,那会出大事的。杨倩倩不置可否,心里却在暗暗盘算着。

最终,季明敌不过晏婷的眼泪,答应让她送自己回家。

此时的乔罂正在家里一边吃着薯条一边看着煽情的韩剧,她一直在等季明回来。下午临下班时,乔罂接到季明的电话,说他晚上要请一个客户吃饭,很可能会晚些才能回家,让她先睡。可乔罂现在已经养成了季明不在身边睡不着觉的习惯,季明要是很晚不回来,她就会窝在沙发上睡。季明经常回来看到电视开着,乔罂却已经沉沉睡去。他就会抱着她走进卧室。这时,乔罂往往会醒来,然后勾住季明的脖子,缠绵一番。

今晚也不例外,季明回来的时候,乔罂已经蜷缩在沙发上睡着了,季明把包放下后,把电视关掉,松松领带,脱下西装。然后蹲在沙发前端详着乔罂,五味杂陈。他今天不像往常那样立即把乔罂抱进卧室,而是坐在她身边,

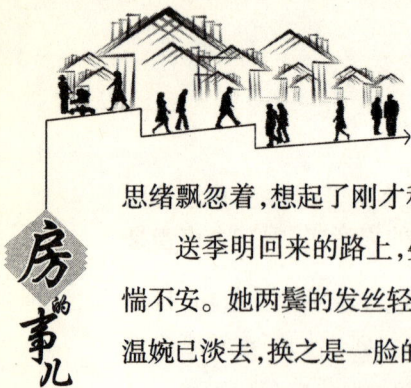

思绪飘忽着,想起了刚才和晏婷在一起的情形。

送季明回来的路上,晏婷一直默不作声,反倒是季明为伤害到她感到惴惴不安。她两鬓的发丝轻飘飘地随风拂动,微风凝固了她脸上的泪痕,脸上的温婉已淡去,换之是一脸的淡漠,目光空洞失神。季明也想着心事,没有说话。

晏婷把季明送到昌盛街,他们下了车,季明向晏婷伸出手,说:"我到家了,你早点回去吧,开车小心点。"晏婷轻轻握一下,很快放开手。

晏婷暗淡的眼色透露出一丝冷艳,季明感到她有些陌生。在四目瞬间的交织中,季明看到她眼里似有泪光,也许是为了维持那丁点可怜的自尊,她打开车门,毫不犹豫地进去,然后启动车子缓慢地开走了。

一只温暖纤秀的手伸过来,季明在被握住的那一刻,回忆完全被打断。

"你回来了?"乔罄低声问道,刚睡醒她的声音像绵羊般温柔。季明伸出右手拨弄着她额前散乱的发丝:"我刚回来,亲爱的,你醒了?"

"你怎么这么晚才回来?我好担心你,外面那么乱。"

"没事,我一个大男人怕什么?"季明站起来,"我先去冲个凉。"

他没敢太靠近乔罄,怕她闻到晏婷留在他身上的香水味儿。乔罄伸长双臂撒娇着:"抱我进去。"季明说:"我一身臭汗,你自己进去吧,乖。"

"不,我要你抱我进去。"

"那你等等,我先去冲个凉。"

"没事,我不嫌你臭,我喜欢闻你身上的气味。"

季明咬咬牙,无奈抱起她,乔罄轻叫:"你身上什么味儿啊?"

季明一惊,连忙说:"不就是臭汗味儿吗?我都说你会嫌我,果然不出我所料。"

"呵呵,没事,逗你玩的,瞧你紧张成这样。"乔罄嘻嘻地笑着,其实她什么也没发现,她经常是粗枝大叶的。

"小坏蛋,看我一会儿怎么收拾你。"季明把她丢在床上,转身走向卫生间,乔罄在床上打滚,得意地笑着。

那天晚上,季明伏在乔罄身上时一直心不在焉,总是无法集中精力,脑子里总是浮现出晏婷伤感的面容和幽怨的眼神,他觉得自己欠她太多,不知如何弥补。那是他和乔罂唯一一次失败的性爱经历。

第二天，乔罂在公司的卫生间里听到两个熟悉的声音，其中一个声音是杨倩倩的，她们好像在议论什么。乔罂仔细聆听着。

杨倩倩说："你不知道，我昨晚花了几百块去看《阿凡达》，却不知道片子演的什么，唉，我后悔极了。"

"你光看帅哥了吧？那能怨谁？"

"我的确是看帅哥了，但那帅哥却是别人的男朋友。"

"你认识呀？是谁呀？"

"季明啊。"

一听季明两个字，乔罂打起了十二分精神仔细听着。"季明？"另一个声音说，"哦，是不是乔罂的男朋友？"

"是啊，我发现一个重大秘密，昨天那几百块也算没白花。"

"什么秘密？"

"你别告诉别人哦，搞不好会出大事的。"

"到底什么事啊？这么严重？"

杨倩倩压低声音说："我在太阳城电影院看到季明和一个女的在一起。"

"啊？不会是乔罂吧？"

"不是，你傻呀？是乔罂我还能不上去打招呼？"

"那女的是谁呀？"

"我不认识，不过长得很不错的，很有气质，看起来比季明要大，她好像很喜欢季明哦，两个人像一对情侣。"

"真的？"另一个声音惊呼，杨倩倩连忙嘘的一声，然后说："别那么大声，让别人听见，传到乔罂耳里就不好了，这种不是什么好事。"

"那倒也是，这种事还是让她蒙在鼓里比较好。"

"季明这小子，竟然在外面泡妞，平时看他对乔罂那么好，没想到原来这么风流。"

"唉，人不可貌相嘛，不过我觉得男人都不会抗拒那样的女人。"

……

耳边似乎传来一个晴天霹雳,乔嫚惊呆了,那一瞬间她感觉脑子一片空白,思维短路了片刻。忍着强烈的纠结和痛苦,她悄悄走出厕所,打开水龙头小声地洗着手,希望能听到更多的事情。但是听到她们开门声后,她连忙关掉水龙头,蹑手蹑脚地走出卫生间。

乔嫚回到办公室刚坐下,杨倩倩和那个同事也进来了,她们鬼鬼祟祟地向乔嫚扫视过来,乔嫚故做镇定,可心里却是一阵阵的惊涛骇浪。凭女人的直觉,她相信杨倩倩说的是真的,她变得心神不宁。她很想打电话给季明问清楚此事,但是她忍住了,她知道季明打死都不会承认的。

心情再也无法平静了,她竟恨起杨倩倩来,她真不该把这事告诉同事,这下好了,一传十,十传百,季明有外遇的事情很快会在公司里不胫而走。自己成为一个受众人可怜的人,她不喜欢那些貌似同情却隐藏着幸灾乐祸的目光。

乔嫚坐在案前,眼睛盯着显示器屏幕发呆,她实在不愿意相信季明会背叛自己,她忐忑不安,心乱如麻。思来想去,她最终决定找杨倩倩问个清楚。

好不容易熬到中午下班,乔嫚去找杨倩倩,刚走到他们办公室,她就看到杨倩倩正跟几个同事交头接耳不知道在说些什么,她感到背上像针扎一样又麻又痒,她猜他们很可能在说季明外遇的事。她站在门口犹豫着要不要进去时,有人发现了她,那人向其他人使了眼色,大家刷地一齐望向乔嫚。

乔嫚突然感到有些惶恐,杨倩倩不自然地站了起来,由于心虚变得有些紧张,她问道:"乔嫚,你有事吗?"乔嫚说:"杨倩倩,我找你有点事,能出来一下吗?"

杨倩倩迅速地看了看其他人,她脸色变得有些煞白。公司的人都目睹了乔嫚和人事部林经理那次争吵,见识了她的泼辣,都知道乔嫚不好惹。不知道是不是找杨倩倩吵架来了,杨倩倩怯怯地说:"什么事呀?"

"你出来再说。"乔嫚阴沉着脸,杨倩倩马上说:"你等我一下。"

其他人都各自散去,杨倩倩收拾好桌上的东西,背着包走出来。她对乔嫚说:"午饭时间也到了,我们一起吃午饭吧?"

17

乔罴冷漠地说:"找个地方,我想问你点事儿。"

"什么事?这么急?"杨倩倩其实已料到乔罴要问她什么,心里开始打鼓,但仍佯装镇定。她们来到一楼电梯旁的角落里。

"你跟她们说的是真的?"乔罴直视着她,开门见山地问。

杨倩倩眼神闪烁,避开乔罴犀利的目光,说:"什么事啊?你把我搞糊涂了。"

"杨倩倩,你别装糊涂,你和左靖在卫生间里说的话我全听见了。"

杨倩倩眼里闪过一丝惊恐,她万万没想到当时乔罴也在卫生间里,她嗫嚅道:"你、你真的都、都听见了?"

乔罴冷眼看着她,有些咄咄逼人:"我都听见了,你为什么要告诉别人?你觉得这样很好玩吗?"杨倩倩沉默着,她不敢看乔罴,她感到自己像个小偷一样猥琐。

乔罴接着说:"亏我这么信任你,你竟然和季明一样出卖我……"一提起季明,乔罴声音有些哽咽,她眼圈开始发红,她咬了咬嘴唇,望向天花板,强忍着泪水。几秒钟后,她接着说:"你要是还当我是朋友,请你把昨晚你看到的都告诉我。"

杨倩倩这才敢看乔罴,她的紧张情绪得到了一些缓解,她说:"乔罴,这事你别太放在心上,都怪我多嘴,对不起你了。"

"杨倩倩,我现在只想知道事情的真相,请你别避重就轻,告诉我吧。"

杨倩倩还想能不说就不说,她犹豫着,乔罂说:"看来你真的不当我是朋友了,反正你不告诉我,我也知道个大概了,你在卫生间里跟左靖说了那事已经对我造成了伤害,已经在我心里留下了阴影。你如果想弥补错误,那就把你看到的全部告诉我。"

杨倩倩想既然到了这一步,回避也无济于事,就把昨晚她在太阳城电影院看到季明和晏婷在一起的情景全都告诉了乔罂。乔罂听完感到天旋地转,痛苦难耐,她强忍着泪水对杨倩倩说:"谢谢你告诉我,要不然,我还不知道季明是这样的人。"她咬了咬嘴唇:"这样也好,我早点认识他也不是坏事。"

杨倩倩看乔罂如此痛苦,她感到自己简直是个杀人不见血的屠夫,要不是自己多嘴,乔罂也许永远也不会知道,那么她和季明也许会一直幸福相守。杨倩倩说:"你们、你们不会分手吧?"

乔罂痛苦地闭上双眼,泪水如断线的珠子般滚落,杨倩倩有些于心不忍,她拍拍乔罂的肩膀说:"乔罂,你别太难过了,也许季明和那女的只是逢场作戏,我们都看得出来,季明是爱你的……"

乔罂抹了一把泪,打断她说:"别说了,你去吃饭吧。"

"那你? 你不吃饭吗?"

"我不想吃,没有胃口。"

看着一脸悲戚的乔罂,杨倩倩有些不放心,她说:"你别太在意这件事,我看得出来季明是被那女人缠住了,季明并不爱她的。"

乔罂泪眼汪汪地看着杨倩倩:"你去吃饭吧,我上去了。"杨倩倩难过地说:"你晚上回去跟季明好好谈一下,问清楚好一点。别太难过了。"

乔罂没再说话,她感到心烦意乱,她往电梯那边走去,杨倩倩跟了出来,看到乔罂走进电梯后,她才放心离开。

乔罂几乎一个下午都没有说话,她陷入了巨大的痛苦之中。越是痛苦脑子想得越多,过去那一幕幕温馨体恤的往事在她的脑海里一一掠过,几乎把她击溃,她感到心被掏空了似的万念俱灰。她好几次痛苦得趴在案上,强忍着泪水,表面冷若冰霜,内心却是惊涛骇浪,她飞快地打字,想通过忙碌的工作来平复她繁杂的情绪。

几个小时的煎熬终于过去了，这几个小时对乔罂来说简直比一个世纪还长，那种苦不堪言、欲罢不能的感觉让她几辈子都不会忘记。她紧盯着墙上的钟，时针终于指向 18:00，乔罂急急收拾着，像头刚从牢笼里放出的困兽，想撒腿飞奔，立刻离开这个喧嚣的、充满着鬼魅气息的地方，跑到一个没人的地方，痛痛快快地哭上一场。

乔罂冲出大楼，走到楼下却放慢了脚步，她不知道自己该往哪个方向走。天渐渐黑了，乔罂不吃不喝，也没感觉到饥饿。她失魂落魄地游逛于大街上，风吹起她绸缎般的乌黑长发，头发高高飘起，洒下一片芬芳，她的脸色苍白如雪，身着黑短裙和长筒靴的她在那个冷清阴冷的夜晚像只落寞忧伤、无家可归的黑天鹅，楚楚动人，令人不禁驻足惊诧。

心性纯净的她无论如何也接受不了爱情的背叛。她漫无目的地走走停停，一路走一路抹着眼泪，想到她一心一意爱着的季明竟然会跟别的女人有染，她感到撕心裂肺。想起自己竟然和别的女人分享季明，她的眼泪顿时泛滥成灾。她哭着哭着，哭到全身无力、头晕眼花。街上的人从她身边来来去去，大多数人都是好奇地看她一眼，然后继续赶路，也有人走了几步就回头看她，还有人在远处对她指指点点……面对都市人的冷漠，她感到自己再也触摸不到这座城市的心跳了。

这时，乔罂的手机铃声骤然唱起：

你曾说我的心像玻璃杯

单纯的透明如水／就算盛满了心碎

也能轻易洒掉装着无所谓

我用手握着一只玻璃杯

心痛得无言以对

就算再洒脱笑得再美

心碎了要用什么来赔

……

她没去理会，因为她知道这时候的来电十有八九是季明的。这首她最爱听的歌现在也让她感到厌烦，她看也不看就把手机挂掉。她只想静一静，静一静。

乔罂失神地走着，感觉从未看过城市的街道如此落寞，如此郁郁寡欢，那些光和亮于她形同虚设。她继续往前走着，却突然发现这地方怎么这么熟悉，那条街道两边的花草，人行道上的广场砖，那些路灯，那间小小咖啡屋，那个小卖部，小卖部里经常对着她五岁儿子咆哮的、脸上长满雀斑的老板娘……

她想起来了，这条街，她和季明相依偎走过无数回。乔罂站住了，她以为自己是漫无目的地走，竟然糊里糊涂地走到自己和季明租住的那条昌盛街，足足走了五公里的路！她犹豫着要不要继续前行。前面就是家了，可那个能够称为家的地方，即将支离破碎……

她的手机再次唱起歌来，她慢吞吞地拿出手机，看着上面季明两个字，她热泪盈眶，百感交集，此时，她多么想找个坚实宽厚的胸膛靠一靠啊。她曾经非常肯定地认为季明就是她今生能够依靠的胸膛，可现在，那个坚实宽厚的胸膛或许已经属于别人了。

她悲伤地想着，手机铃声戛然而止。她呆立片刻，正想往回走，手机铃声再次响起。她呆呆地看着季明两个字感慨万千，泪水再次夺眶而出。她把手机挂断，何去何从，心里很矛盾，她飞快地琢磨着。

她想这样躲着也不是办法，要分手也要回去收拾东西，反正终将要回去的，还是现在回去看看吧，看看季明怎么在自己的眼皮底下继续演他的戏。她擦干眼泪，不想让季明知道她哭过，她要装作什么事也不知道，什么事也没发生。

季明听到开门声，他把手机挂断并丢在沙发上，看到乔罂时，他走去紧紧地抱住乔罂。乔罂感到有些厌恶，心里抵御着，身体因此变得僵硬。

乔罂心如死灰，她僵直着任他搂抱和亲吻。感觉到乔罂的变化，季明感到索然无味，他把嘴从她冰凉的唇上移开，像平常那样托起她的下巴，深深地看着她："亲爱的，你怎么了？你哭过？"

乔罄把他的手轻轻拿开,然后把挎包搁在沙发上,季明紧紧地盯着她:"你怎么了?谁欺负你了?眼睛都肿了。"

乔罄没有看他,眼睛飘向别处,淡淡地说:"没人欺负我。"

"真的?"季明紧张地瞅着乔罄,乔罄点点头,季明说:"乔罄,如果有什么事,你一定要告诉我,千万不要瞒我。在这个城市里,我是你唯一的亲人。"

就因为这一句"我是你唯一的亲人"让乔罄心潮澎湃,她很想伏在他的胸前大哭一场,把今天所有的郁闷和凄惶都哭泄出去。可是,乔罄自从听杨倩倩说季明和别的女人在一起的事后,她对季明已然产生了距离。

乔罄强忍住泪水,走向卧室去拿睡衣准备洗漱。刚走进卫生间,她突然感到一阵晕眩,她及时扶住洗手台才没有摔倒,她才想起自己从中午到现在粒米未进。

从卫生间出来时,乔罄感到肚子空得难受,她强烈地渴望食物,她打开冰箱想找东西吃,可冰箱里实在没什么可以马上吃的。季明一直坐在沙发上默默抽烟,看到乔罄找东西吃,他说:"你还没吃饭?"

乔罄无力地坐在沙发上,感到饥肠辘辘。季明心疼地说:"丫头,你怎么回事?今晚到底干什么去了?饭也不吃。"

乔罄饥饿难耐,她弱弱地说:"饿死我了,快、快下去帮我买点吃的上来。"

季明连忙站起来:"你等着啊,我马上回来,给我挺住啊。"

季明很快买回了面包、牛奶和一些水果,乔罄见到面包眼睛都发绿了,她狼吞虎咽般地吃着。季明笑笑说:"丫头,慢点吃,都是你的,没人跟你抢。"

乔罄不理他,自顾自地吃着,当她把桌上的一堆食物吃完后,她长长地舒了一口气,心情略微好了些。季明说:"你今晚一定有事瞒着我,现在吃饱了也喝足了,可以说了吧?"

乔罄白了他一眼,说:"我有什么事瞒着你呀?你没事瞒着我就行了。"

"真的没事?"季明审视般地盯着乔罄,她用力摇头说:"我困了,睡了。"说完起身就往卧室走去。

季明看着她的背影说:"我养了只小猪,一只小母猪。"

乔罂站在门口，狠狠地白他说："我是小母猪，那你成什么了？小公猪？"

季明坏笑着，起身走向卧室，"小公猪来陪小母猪睡觉觉了。"

两人躺在床上，乔罂背对着季明，季明从后面环腰抱住她，她淡淡的发香和体香，像一股氤氲隐秘的毒香，燃烧了季明心底的情欲。每到夜晚，季明总是浮想联翩，夜夜笙歌已经成为这对热恋中的情人一种生活习惯。

而今晚，经历过那种痛彻心扉，乔罂无法再全身心地对季明了，她以身体不适拒绝了季明的火热的亲吻和温柔的爱抚。她害怕和季明如此亲近，她担心自己会在他的怀抱里迷失了自己，因为，未来对她来说实在是个捉摸不透的东西。爱是动情，恨亦是动情，若过于沉溺爱河，又如何掌控？

也许他们的爱情未及繁盛即将夭折，人世间越是华美的东西越是虚妄。

不知何时开始，乔罂学会把心事藏在心里了，杨倩倩跟她说的季明和晏婷的事，虽然对她有着颠覆性的打击，但是在季明面前，她不露声色，平静如水，季明没有发现任何端倪。

几天后一个夜晚，季明在卫生间里洗澡，他的手机突然来了条短信，听到动静后，他匆忙裹着浴巾跑了出来。季明和晏婷约定晚上不要打他的电话，如果一定要联系，只能以短信的方式。

乔罂此时正坐在沙发上看电视，看到季明一副慌里慌张的样子，她猜一定是那个女人发来的。她装作没有任何察觉，继续看着电视。季明一边擦着湿漉漉的头发，一边紧张地看着短信，短信上写着："今晚来吧，我等你。"

季明心虚地看向乔罂，乔罂专心致志地盯着电视屏幕，季明提起的心放了下来，他马上回短信说："好的。"然后把晏婷那条短信删了。

季明穿戴完毕，走到沙发处抱了抱乔罂，并在她的嘴上亲了一下，说："亲爱的，我有点事出去一下，很快就回来，你在家乖乖的，等我回来。"

乔罂睬视着他："你干什么去？"

"有个客户找我喝酒。"

"男的女的？"

"当然是男的，他说他今天心情不好，想找我聊聊。"

乔罂冷笑着："你现在成三陪了，陪聊、陪喝，不知道是不是还陪……"

季明知道乔罂嘴里没有好话,他赶紧打断她:"胡说什么呢? 你就这么鄙视我? "乔罂说:"哪敢鄙视你呀? 跟你开个玩笑。要不我跟你一块去吧? "

季明怔了怔,马上说:"这样不好吧? 我们大老爷们在一起喝酒,说一些大老爷们说的话,你在场我们会拘谨的。"

乔罂冷笑了一下,说:"逗你玩的,我才不去呢。"看到季明似乎在等待她的"恩准",她说:"你快去吧,快去快回,别让他等急了。"

乔罂的一语双关,季明却没听出来,他在她嘴上又亲了一下,说:"这才是我的好宝贝儿,我走了。"

乔罂站在门口目送季明离去, 季明的身影消失在楼梯拐角处的那一瞬间,乔罂心里揪了起来,心想在他心目中那个女人比自己还要重要。看他那么着急地去见她,就知道他的心已经不在自己身上了。她感叹男人撒谎的时候可以做到泰然自若,脸不红心不跳,男人的心到底是什么做的?

怀着焦灼和悲愤的心情,乔罂快速换上衣服,迅速下楼,她要跟踪季明,她想亲眼看看是什么样的女人能让季明如此神魂颠倒。

走到昌盛街上,乔罂看到季明钻进一辆出租车里,他锃亮的皮鞋在夜灯的照射下反射的光晃得乔罂眼晕,她也招呼一辆迅疾而来的出租车,迅速钻了进去,她对司机说:"司机,请您跟住前面那辆黄色的出租车。"

乔罂跟着季明坐的车七拐八拐,约莫十五分钟,季明搭乘的出租车开到一个叫枫茗华庭的高档小区大门口停下了。乔罂坐的车离那大门还有约一百多米远,乔罂叫司机停车,她付了车费后连忙下了车,然后远远地跟着季明,她不敢望向别处,生怕一不留神,季明就会从自己的视线里消失。

华灯初上,小区里灯火辉煌,四周一片静谧,高档小区如一个世外桃源。在这个宁静的花园里,屋里又是怎样的光景呢?

乔罂跟着季明走到别墅群,她躲在花园的灌木丛后,观察着季明的一举一动。只见季明走到一栋二层的别墅大门下,按着墙上的门禁系统,过了几秒钟,季明拉开大门把手,闪了进去。乔罂从灌木丛后走出来。

18

　　这是一栋非常漂亮的欧式风格的小别墅，外墙全部贴着米白和纯黑相间的花岗岩。米白色的大门，前庭顶上有个塑钢玻璃制成的大雨篷，地面贴的似乎是汉白玉，门庭下面有五级台阶，台阶两侧装着实木制成的精致扶手。估计后面还有个花园。看得出来这户人家应该很有钱，光看别墅的装修就知道主人身份显赫。

　　一楼的窗户全部拉上了窗帘，乔罢无法看到屋里的情况。她看向二楼，二楼没有窗帘遮挡。

　　几分钟后，二楼的灯突然亮了，乔罢紧张地盯着那扇落地大窗，果然不出所料，随着灯光的闪烁，那扇落地窗玻璃上赫然映出季明和一个女人的身影，乔罢的心迅速跌入了低谷，心寒到了极点，她屏住呼吸紧盯着他们。她感觉那个女人的身材很美，得体性感的衣裳恰到好处地勾勒出她诱人的曲线。只见那个貌似风情万种的女人猛地扑进季明的怀抱，季明低头看她，身体有些僵硬，似乎对她的亲密举动没有足够的准备，他下意识地后退少许，那女人却紧紧地抱着他，仰起头痴痴地瞅着季明，雪白的双臂抬起勾住季明的脖子，颤抖着嘴唇凑向季明，季明似乎有些不安，他紧张不安地盯着怀里的女人，然后伸手猛地用力把窗帘拉上……

随着窗帘呼拉一声的响动,乔罂的泪水迅速涌了出来,泪水滑落的那一瞬间,她感到一阵撕心裂肺,甚至听到自己心碎裂时的声音。

乔罂晃了晃,眼睛不由自主地再次张望那扇隔着窗帘的窗户,疼痛像只凶猛的饿狼迅速吞噬着她的神经和意志。她痛苦而无力地蹲下来,压抑着抽泣着,她的双肩簌簌颤抖,她感到自己快支撑不住了,她双手掩住脸痛苦地啜泣。

蹲了一会儿,乔罂感到脚酸麻得难以忍受,她缓缓地站起,最后再对那扇窗户行了个注目礼。那个窗户里有她爱得死去活来的男人,而那个她倾注了所有感情、所有希望的心上人却在和别的女人耳鬓厮磨,甚至翻云覆雨,就在她的眼皮底下,他们置她于不顾,干着见不得人的勾当。他们也许还不知道,他们的一切举动,已经把她的心片片地撕裂,揉碎,丢弃,践踏。

意识处于混沌中的乔罂,似乎看到季明和那个女人在她面前疯狂地大笑,自己像个小丑一样蹲在角落里,双手掩面,痛苦地摇头,哀求他们……

一切都是虚妄,华美的东西是如此不堪一击。爱情如此残忍,相濡以沫,不如相忘于江湖。

乔罂跌跌撞撞地离开小区,失魂落魄的她不知道自己是怎么上的出租车,她失神地看着前方,直到司机大吼一声:"小姐,你到底要去哪儿?"她的意识才回来,她心想爱没有了,家也就没有了,我到底能去哪儿?脑子乱成一团。她突然想起了她的同学王梅婷,她对司机说:"去市二中。"

王梅婷是乔罂的大学同学,是二中的化学老师。她住在二中的教职工宿舍,没有男朋友。

车徐徐地开了。在车上,乔罂心潮澎湃,她在想象着季明拉上窗帘后很可能会出现的情形:季明像以往抱自己一样迅速抱起那个女人,然后走进她的卧室,他把女人放在床上,两人疯狂地互相撕扯着对方的衣服,然后,两具白皙充满着欲望的躯体颤栗着抱在一起,情欲如火焰一样越烧越旺,然后就是本能的颤栗,沉沦,直至毁灭……

想起季明正在那女人润滑的身体里越陷越深,徜徉于万劫不复的深渊,乔罂的心真的碎了,她不敢再往下想,唯恐自己也会万劫不复。

当乔罂出现在王梅婷的家门口时,目光酷似精神病患者,空洞而涣散,她泪痕斑斑的脸上充满了悲戚之色。王梅婷吓了一大跳,她惊叫道:"乔罂,你见鬼了?如此失魂落魄?"

乔罂一声不吭,脸色苍白如纸,游魂般地飘进屋里。王梅婷看着她突感身上起了鸡皮疙瘩,一刹那间,她竟然以为面前这个长得像乔罂的东西是个鬼魂。她惊恐地,迟疑着握住乔罂的双手,精准地感到乔罂指尖的冰凉如水:"你到底怎么了?手这么凉?"

乔罂缓缓转向王梅婷,空洞的黑眼睛里突然闪动了一下,这才显示她还是个活人,王梅婷说:"你是不是病了?季明呢?这么晚了你一个人跑来我这儿做什么?"

乔罂扑进王梅婷怀里大声嘶嚎:"梅婷,我、我活不下去了。我、我该怎么办?呜呜呜……"

王梅婷对乔罂的举动深感意外,她轻轻地拍着她的后背,说:"乔罂,心里难受就哭吧,哭完了再告诉我发生什么事了。"

乔罂像见到亲人一样,悲伤像泄洪的江水滔滔不绝地涌出来,她的泪水打湿了王梅婷的睡衣,王梅婷感到乔罂浑身在颤抖,她明白一定发生大事了,要不然,乔罂不会哭得如此歇斯底里。了解乔罂的人都知道她一向坚强和勇敢,哪怕再大的困难,也没见她落过一滴泪,叫过一声苦。

乔罂坐在沙发上哭,一旁的王梅婷替她抽着纸筒里的卫生纸,给她擦眼泪和鼻涕。一会儿,垃圾篓里就堆满了白花花的卫生纸。

哭了一会儿,乔罂的声音都嘶哑了,她抬起红肿的双眼望着王梅婷,说:"梅婷,我觉得活着没什么意思了。"

"千万别这么说,出什么事了?"

"我和季明完了。"乔罂幽幽地说。

"不会吧?"王梅婷知道乔罂和季明感情向来很好,她不相信他们有一天会分开。

"真的,梅婷,我今晚跟踪他,他去了一个女人家里,我还看到他和那个女人抱在一起。"

王梅婷惊呆了，无论如何也不相信乔罂说的是真的，她摇摇头："不可能，你是不是看花眼了？"

乔罂苦恼地皱着眉头，说："我要是看花眼就好了，我是真的看到了。几天前，我听我的同事说，季明和一个女人在太阳城电影院看电影，他和那个女人很亲热。"

"真的呀？"王梅婷感到很不可思议，"是不是那个同事告诉你这件事，你才去跟踪季明的？"

乔罂点点头，眼泪又不经意地滴落。王梅婷陷入了沉思，她想起了大学时乔罂和季明那些恩爱幸福的一幕幕，暗叹男人的转变竟然来得如此让人措手不及。

王梅婷深叹一口气："乔罂，我觉得这事你要冷静地分析一下，你还没完全弄清楚事情的原委，不要轻易下结论。"

"还怎么弄清楚呀？我亲眼看见他们两个……"乔罂悲愤得几度凝噎。

"也许他们只是逢场作戏，我想季明不会对别的女人动心的。你和季明这么久了，应该很了解他，他如果不爱你，也不会那么拼命去挣钱买房，他买房不就是为了你吗？"

"别提房子的事了，我现在都后悔死了。"

"后悔什么？你不就是想要一套房子吗？"

"我是想要房子，但是现在，爱都没有了，房子也只是套空房子。"

王梅婷沉默了一会儿，说："那你想怎么样？"

经过一次震荡的心灵洗涤，乔罂感到自己一下子成熟了十岁，她咬了咬嘴唇说："过去的就让它过去吧，我不想卷入这种三角恋当中，我觉得特累。"顿了顿，她说："我想好了，我要和季明分手。"

王梅婷惊诧地望着乔罂半晌，王梅婷说："不要那么轻易放弃，乔罂，我觉得你有时候像个小孩子，喜欢退缩和逃避。"

"那还能怎么样？如果换了你，你能忍受和别的女人分享你爱的人吗？"

王梅婷拿起手机："我打电话问问季明，他到底在干些什么。"

乔罂制止她："别，你千万别打这个电话，你要打我现在就走。"

131

王梅婷无奈打消了打电话质问季明的念头。她叹了口气："你先冷静一下，先搞清楚季明是不是真的爱上别人了，如果他只是逢场作戏，那你就应该去争取。你要问问你自己是不是还爱他。"

"就是因为太爱了，所以无法忍受他的背叛。"

"乔罂，你真是一个心地纯净的女子，容不下一点玷污。我也不想劝你了，但是希望你能三思而后行，我希望你快乐。"

"梅婷，谢谢你，我没有白交你这个朋友。"乔罂由衷地说。

夜深了，乔罂抱着王梅婷沉沉地睡下，也许是太累了，她打起了呼噜。反而是王梅婷彻夜难眠。

晏婷双手勾住季明的时候，季明紧张得近乎惶恐。晏婷周身风情，她的烈焰红唇，她沸腾起来的身体，攀附在季明身上，点燃了他悄然升起的欲望。

但是季明的心还是在乔罂身上，怀着对乔罂深深的负疚，他感到无法全身心去应付晏婷，他压制着自己的欲念。他被晏婷疯狂地吻着，忐忑不安又欲罢不能。

对男人来说，情易守而色难防，季明最终还是抵挡不住肉体的诱惑，被饥渴难耐的晏婷弄上了床，季明焦躁不安的身体完全进入晏婷的身体时，他的心是飘忽不定的，脑子里全是乔罂的影子。

晏婷眉头微皱，表情有些痛苦，眼睛半睁半闭，发出压抑的低鸣，季明感到后背一阵疼痛，血顺着皮肉的缝隙慢慢渗出，染红了晏婷琥珀色的指甲，冶艳极致。晏婷的声音渐小转为呜咽，她一阵一阵地喘息。季明感到全身虚脱似的有种疲惫，身体的快感并没有消除他心底的不安。晏婷却满足得露出春花般的笑靥，像个含苞欲放的少女，她饱含深情地凝视着季明，季明看着她，神思恍惚。

季明光着身子坐在床上默默地抽烟，袅袅的烟雾哀愁地诉说着躁动不安的情思，晏婷意犹未尽地从背后抱住他，动情地缠绵着，依恋着，她越是痴迷陶醉，季明越是惶恐不安。

季明轻轻推开她起身穿衣服，晏婷莫名惊诧，缩回停留在他腰背上的指尖,低声说:"你要走?"季明点点头:"我该回去了。"

晏婷拿起睡袍披住自己光裸的身子,靠在床头上静静地瞅着季明。

季明穿戴完毕,晏婷突感有些不舍,依依别情溢满心间,她光着雪白的脚站在地毯上,从后面抱住季明,舔吻着他的后颈,季明拿开她的手,转过身来,握紧她的双肩,说:"晏婷,我们以后还是少来往了,我担心会伤害我女朋友。"

晏婷眼里闪过一抹凄惶,她最受不了季明这种类似分手的表白,她颤栗着说:"你是在说分手吗?"

"晏婷,无所谓分手不分手,我们只是保持着肉体关系。"

晏婷轻轻摇头,感到心寒,她颤抖着声音:"季明,你难道真的对我没有一点感觉吗?难道我还不美吗?"

季明说:"晏婷,我承认你很美,也很风情,但是,我们认识得太晚,我认识你的时候,早已经把心交给了乔罂……"

晏婷眼里闪过一丝幽怨,她缓缓地背过身去,沉默几秒钟,然后幽幽地说:"我明白了,你今生是不可能再爱我了,怪就怪我们相遇得太晚了。"

季明来不及细思她这幽怨的话语,只想着快些回到乔罂身边,他说:"你多保重,我走了。"

晏婷看着他走到门口,她突然快步走过来,从后面抱住季明,把脸紧贴在他的后背上,动情地说:"季明,我不想独守空房,好想,好想你一直陪着我……"

季明怔了怔,然后狠心掰开她的手,开门离去。

晏婷倚在门前,看着季明的背影渐渐消失在烟霭迷离的夜色中,季明的影子成了一个小点,她心乱如麻,患得患失,心间随着季明的远去越来越空洞。

季明回到家时已是深夜。

他洗漱完毕进到卧室时,却发现乔罂不在床上,他心头猛地揪了起来,他弱弱地喊道:"乔罂,乔罂。"

四周一片沉寂,乔罂竟然不在家,这么晚了不知道去了何方,他呢喃着:

"乔罂,丫头,你去哪儿了?"他下意识地摸索着口袋里的手机,却发现手机不在裤兜里,他这才想起一进门就把手机搁在茶几上了。

他走到茶几上,拿起手机正欲拨打乔罂的手机,却在茶几上发现了上个月乔罂生日时他买给她的生日礼物———一个精致昂贵的发夹子。他拿起来端详了一下,感到有些不妙,他急忙拨打乔罂的手机号,可他被告知她关机了。

季明挨个打了乔罂的朋友和同事的电话,不是关机就是说不知道乔罂的去向。季明颓丧地把手机丢在沙发上,然后点支烟吸起来,他越想越不对劲,最后得出一个可怕的结论:一定是乔罂发现了他和晏婷的事,伤透了心走了,连招呼也不打……她不会出什么事吧? 这么晚了,她能去哪儿呢?

他蓦然想起前段时间电视里报道深久市有个少女被汽车撞后喋血街头……他不寒而栗,连忙抓起外套夺门而出。

街上人迹稀少,偌大的马路上三三两两的汽车呼啸而过,卷起片片尘埃。站在街口,季明深锁着眉头,不知该往哪个方向去寻找。他看见遥远、绵长望不到尽头的道路两端在微弱的路灯下显得虚无缥缈,他的心更加焦灼和繁复。

这条熟悉得就如自己的手指一样的街道,已经是一片静寂。空气中充斥着城市特有的腐霉气味,白天太过于喧哗,夜深人静才感觉到这种味道如此清晰如此令人厌恶。季明扔掉在他手里即将灼烧他指头的烟头,果断地选了向东的道路快步前行。

走了很久,没看见任何女子的身影。季明不甘地继续前行,在这个荒芜人烟的深夜,他盼着奇迹能够发生。

随着时间无情地流逝,恐惧越来越强烈地吞噬着季明不再镇定从容的心,他感到自己快要崩溃了,烟盒里的烟已经只剩下最后一根了,他都不记得这是今天抽的第几包烟了。

他继续前行,盼着奇迹发生。要是他没记错的话,他已经走了近五公里路了,他越来越绝望了。街上行人越来越少,希望也跟着越来越渺茫。

季明沮丧地停下前行的脚步,他拿出手机再次拨打乔罂的手机,还是关机。"fuck!"他狠狠地骂了一句。骂娘后的痛快很快被不安和恐惧吞噬,他脑海里再次浮现出电视里播出的那个 15 岁少女喋血街头的画面,那少女青黄凄美的脸泡在一汪殷红的血泊当中,眼睛微睁,纯净地望向世间苍生。她的身体轻颤,像只垂死、卑微的麻雀,轻轻地贴落在冰凉的地面上,一阵风吹过,她脸上便蒙上一层沙尘,她尚未粘透的发丝轻轻飘浮,动人凄楚的微笑僵住了,生命定格在那一抹最后的笑容里,美的极致宛如就是死亡……

19

季明恐慌极了,他拼命压抑着自己的记忆。他感到自己像头随时都会闯出牢笼的困兽,吼叫着爆发出惊人的能量。

季明走累了,在路边的花基上坐下来歇息,他点燃了最后一根香烟。一边吞云吐雾,一边回忆起和乔罂恩爱的那些令人难忘的日子,对她的思念从未如此强烈过。她的音容笑貌仿佛就在眼前,这个绝色女子,如今却不知身在何方。那个可怕的电视画面像个阴魂一样再次浮现在季明的脑海,他不禁打了个寒战,情不自禁地喃喃自语:"乔罂,你在哪儿? 快回来,我、我想你了……"

绝望悄然向他袭来,猝不及防,一向有主张的季明变得茫然无措,乱了阵脚。他决定往回走,他心想,或许乔罂现在就在家里等着自己。带着些许的希望,他加快了脚步,他看了看时间,已经是凌晨 3:45。

他颤抖着手,把钥匙插在锁孔里,他缓慢地旋动着钥匙,他有些紧张,屏住呼吸,最终打开门。令他感到失望的是,门后没有出现乔罂,他茫然若失地站在门口无助地望向屋里,一股冰凉穿心而过,凛冽的绝望几乎击倒他,他呆立片刻,轻轻把门阖上。

他再次掏出手机拨打乔罂的手机,还是关机。季明无望地瘫倒在沙发上,感到身体疲惫、心力交瘁。

不知道过了多久,季明看到他回了老家西北。他身处一片森林当中,天下雪了,鹅毛般的大雪纷纷扬扬,飘飘洒洒。他孤单地在雪地里走了很久,他感到又累又饿,一不留神,他掉到一个深坑里,那坑里也被白雪覆盖着,他感到很无望,想爬出来。他站起来仰头往天空上看,天空离他非常遥远,他才知道深坑比他想象的还要深,他恐惧得大声呼救,可空旷的森林里除了他的回音之外,没有任何声响。他感到绝望了,这时,不知道从哪儿冒出来几条粗黑的蛇,他不知道这些是什么蛇,他正在想终于有伴了,可这几条蛇爬上他的身上,然后缠住他的脖子,他感到呼吸越来越困难,他恐惧地叫出来……

"啊……"季明听到自己恐怖的叫声,他猛地弹坐起,看看四周,哪有什么大雪?哪有什么深坑?哪有什么黑蛇?原来是一场噩梦。

好在是一场梦,要不然非得被蛇缠死不可,季明想。他拿出手机一看,已经早晨7:22了。他再次拨打乔罂的手机,还是关机。他懊丧地把手机丢在茶几上,望着窗外白花花的日光,已经进入隆冬季节了,可这个城市依然感觉不到寒冷。季明竟然盼望天能冷点,再冷点,这样乔罂或许就会因为要取暖而回到他的身边,也就只有他能给她最温暖的感觉了。

季明把窗帘拉开,阳光普照进来,屋里顿时亮堂堂的,可季明心里更加阴沉。从昨晚到现在,他就没有一刻安心过,更谈不上快乐。只因乔罂不告而别,至今下落不明。

他心情糟透了,也不想去公司,他发了一条短信给赵常青说有事,今天不去上班了。然后他洗了把脸,刷了牙,他无意中从镜子里看到自己的脸,他吓了一大跳,只过了不到十个小时,自己就满脸胡子拉碴,似乎一下子老了十岁。他对着镜子无奈地做了几个鬼脸,然后笑了,可他感觉自己的笑比哭还难看。

他没有心情刮胡子。唉,就这样吧,没有了乔罂,自己活着也没啥意思了,NND,外表鲜亮算个球,他这样想着,蹒跚着走出卫生间。

他在冰箱里胡乱找了一些吃的,把肚子填饱,他打算再出去找找乔罂,今天如果再找不到她,他决定登寻人启事,甚至报警。

137

他穿上外套走下楼。阳光如此灿烂，昌盛街恢复了喧嚣。街上的行人来去匆匆，赶着去挣钱吧。

那个小小咖啡屋没有客人，有个服务员坐在收银台旁发呆；那个报亭的老头歪着头在打盹，季明想，也许他昨晚又被老婆子踢下床整宿没睡吧，原来还有人比自己还倒霉，季明得意而宽慰地笑笑；小卖部的老板娘拖着臃肿的身躯，在店里忙乎着，她五岁的儿子坐在地上哭，抹着一脸的鼻涕，老板娘麻木地理着她的货架，充耳不闻孩子的哭天抢地。季明摇头叹息，心想，这一切也许再也不能作为他和乔罂发挥想象的素材了。

季明走到昨晚站的十字路口处站住了，他再次不知道该往哪个方向走，他从昨晚到现在脑子总是处于混沌状态，无法正常思维。

他买了一包烟，拿出一根叼在嘴里，毫无头绪地朝西走。走出几十米后，他突然站住了，他对自己说：不对，我为何不去她公司找她呢？还有，我为何不打王梅婷的手机问问呢？他为自己的重大突破感到得意，庆幸自己还是个正常人，他掏出手机拨打王梅婷的手机。

手机通了，响了好几声却没人接听。季明失望地挂断了。他招呼一辆出租车，出租车在他面前停下来。他上车后，司机问道："你去哪儿？"

"远洋大厦。"

二十分钟后，季明来到了乔罂上班的地方——远洋大厦。

季明上到十五楼，季明以前找乔罂一般在楼下等她，很少上到公司里，他对前台的女孩说："我找一下乔罂。"

女孩说："乔罂不在。"

"不在？"

"她好像请假了。"

"请假了？什么时候请的？"

"这我不大清楚，要不你问人事部的人吧。"

"那你帮我叫一下杨倩倩吧。"

"好的，你稍等。"

季明倚在前台的立柱处，心想乔罂请假了，说明她到目前还是平安的，只是躲着不愿意见自己。他感到宽慰了许多。

过了一会儿,杨倩倩出来了,她一看是季明,愣了愣,在距离十米开外的地方站住了。她第一感觉就是季明找她兴师问罪来了,她忐忑不安地看着季明,季明英俊的脸上胡子拉碴,满是疲惫,神情忧心忡忡。他看到她了,向她扬了扬手。

杨倩倩慢慢地踱过去,季明迎上来:"你好。"

"你好,你找我有事吗?"

"你知道乔罂去哪儿了吗?"

"她请假了,去哪儿了我不知道。"

季明感到很失望:"她什么时候请的假?"

"今天一早呀。怎么了?她没跟你在一起吗?"

季明摇摇头:"她昨晚就离开家了,手机一直关着。"

杨倩倩一脸愕然:"真的呀?怎么会这样呢?昨天上班的时候还好好的。"

"你帮我想想她会去哪儿了?"

"这我也不知道,她一直没跟你联系吗?"

"没有。"

"你们怎么会闹成这样?"杨倩倩明知故问,她也是为了试探季明是否知道是她告的密。季明并不知道是她告的密,他沉默着,眉头紧锁望向远方,一脸忧郁,杨倩倩感到有些难堪,她连忙说:"那、那要不要我跟你一起去找她?"

"不用了,你回去上班吧。谢谢。"说完,季明走了出去。

杨倩倩呆立着,懊悔不已,她想要不是自己多嘴,乔罂和季明也不会走到这一步,但愿乔罂能够平安地回来上班。

季明再次拨打王梅婷的手机,手机响了几声,依然没人接听,季明发了一条短信给王梅婷,就是希望她如果知道乔罂的下落就速回电。

季明接着又拨打了乔罂的手机,还是关机,他也发了一条短信:乔罂,我想你!看到短信请速回电,有什么事我们可以心平气和地谈谈,千万别再躲起来了,好吗?请速回电。想你,爱你的季明。

139

季明彷徨在喧哗的大街上，迷茫而怅惘。他到现在才知道，乔罌在他心中的分量如此厚重，简直根深蒂固了。可他却做了对不起她的事，他为自己的行为感到万分悔恨。

一直到下午，季明都没收到乔罌和王梅婷的回信，他感到这一次对乔罌的伤害一定是太深了，他突然想起"昔年种柳，依依汉南。今看摇落，凄怆江潭。树犹如此，人何以堪"的诗句来，他在心里笑了笑，纳闷自己怎么也变得这么酸了。

像乔罌这种刚烈女子，天性纯良心里容不得一点玷污，她何以忍受这种背叛？季明能想象得出来乔罌知道他和晏婷的事时那份绝望。烟雾缭绕下，他默默地独饮着自己酿造的苦果。可他所做的一切都是为了乔罌，乔罌也许永远都不会明白他心中的酸楚。

晚上，季明一边喝着冰镇啤酒，一边看着无聊的电视。季明的手机突然响起，他一看上面显示着王梅婷三个字，他兴奋地接过来。

"喂，王梅婷。"

"季明啊？我今天上班忘了带手机了，回到家才看到你打来的电话和短信。"

"你知道乔罌在哪儿吗？"

"你们呀，怎么会搞成这样？"

"是我错了，乔罌在哪儿？"

"乔罌昨晚是在我这儿睡的，但今天她就走了，我不知道她去哪儿了。"

"什么？她又走了？"季明像重新被投入深谷，心都凉透了，看来这丫头真是存心躲着自己。

"嗯，我刚才打她手机，关机了。"

季明沉思着，王梅婷说："你这一次伤她不浅，昨天晚上她在我这儿哭了好久，像个泪人似的。"

"我知道我对不起她，她都跟你说什么了？"

"她说她看见你和一个女人抱在一起。"

季明一惊，原来乔罌竟然跟踪自己！他感到很惊愕，陷入尴尬当中，王梅婷似乎听到季明压抑的叹息。"你在听吗？季明。"

"我在听，她还说什么了？"

"你别管她说什么，你老实告诉我，你和那个女人是怎么回事呀？"

季明掐灭烟头，握着手机不知道该如何回答这个问题，他唯有一声叹息，王梅婷着急地说："这么说你和那女人的事是真的？你真的爱上别人了？"

季明无法再回避这个尖锐的问题了，他硬着头皮说："我没有爱上别人，我自始至终只爱乔罂一个，这一点请你告诉她。另外，她所看到的只是表面现象，她误会我了……"

王梅婷深深地叹息着："季明，我知道你不是这种人，可你总要对你的行为解释一下吧？任何人看到你和一个女人抱在一起都会这么想，乔罂这么在乎你，她更会这么想，你要理解她。"

"王梅婷，我知道自己错了，我行为不慎，以后我会慢慢跟乔罂解释昨天晚上的事情。你如果见到她，或者联系上她，请你一定要帮帮我，让她回来找我，我一定当面向她解释清楚。"

王梅婷又叹了一口气："目前看来，只能这样了。我见到她一定会劝她的，你放心吧。"

"谢谢。"

"老同学了，不用这么客气。"

挂了电话后，季明心想乔罂平安比什么都重要，他长长舒了一口气，突然感到饥饿难耐，他搜刮完了冰箱，消灭了所有的食物，还感到饿，他下楼买了些面包和牛奶。

吃饱喝足后，他走进卫生间，想好好收拾一下自己，他照了照镜子，再次被自己吓了一大跳。镜中的男人一脸憔悴，眼里布满血丝，胡子倔犟地竖起，高挺的鼻梁倨傲地屹立着。他对着镜子笑笑，跟早晨不同的是，这副笑容已经像笑了，起码看来没那么恐怖。

他把胡子刮掉，感觉自己年轻些了，他再次对着镜子笑笑，吐了吐舌头，竭力做出快乐的表情，可他感觉镜子里的人皮笑肉不笑。他冲了个热水澡，柔柔的水拂过全身，他感到有些酥痒，他想起了乔罂纤柔的双手抚摸他时就

是这种感觉,乔罂那曼妙雪白的肌肤,宛若莲花的胴体,丰硕翘挺的乳房,光滑修长的脖颈,粉嫩粗细均匀的大腿……

季明感到自己的身体发生了一些微妙的变化。

夜里,季明梦见乔罂回来了,季明扑过去要抱她,她快速闪开,季明跌倒在地。季明爬起来,乔罂已不知去向,季明喊着:"乔罂,乔罂!"

他被自己的声音吵醒,一阵怅然若失之后,他失眠了。

对季明来说,在这个冬季,所有的记忆都是潮湿的,他看到的景物都是灰暗的。他有时候想放声大哭,但是哭之后一切如旧,反而更加悲伤,在近乎死寂的内心里失声呐喊。

已经七天没见到乔罂了,她的影子却越来越清晰。

季明坐在办公室里发呆时,右眼总是莫名地跳动,左眼跳财,右眼跳灾。他感到有些不妙,不知道又会发生些什么事,他隐约感到可能跟乔罂有关。

喉咙感到一丝干苦,季明端起水杯时瞥见墙上的时钟指向 20:04,他还未来得及喝口水,猛地听到三声急促的敲门声。臆想的画面迅速在脑海里几乎要把他逼疯:几个警察站在门口,严肃地问他乔罂你认识吗?季明点点头,警察说她死了,我们要跟你了解些情况……

再次传来三声急促的敲门声,打断了季明的臆想。他怔了怔,然后去开门。

门口站着的不是警察,而是他日思夜想的乔罂。

在四目瞬间的交织中,注定会百味流转。乔罂冷漠地盯着他,季明从未见过乔罂用这种眼神看自己,眼里盛满了凉薄和绝望。季明神思恍惚,恍若隔世,他不敢相信面前站的真是乔罂,他原以为她不会再回来找自己了,这突如其来的幸福让他的思维有些短路。他看着乔罂发着呆,直到乔罂凛然地说了一句:"不让我进屋?是不是不方便?"

季明如梦初醒,说:"进来吧。"

几天不见的乔罂,消瘦得形骸殆失,神情落寞,像朵枯萎的蔷薇。季明紧紧地盯着她,伤感的眼里流露出浓浓爱意。乔罂和他对视几秒钟,移开视线那一瞬间,泪水盈满眼眶,季明感到自己的心碎成千万片,他嘶哑着说:"乔罍,你这些天去哪儿了？我想你都快想疯了。"

乔罍沉默着，冷冷地望着他，她在他的瞳孔里看到自己憔损欲枯的容颜，失神的大眼睛盛满了忧伤，倔犟的嘴唇紧闭着。她垂下眼帘，和着泪水沉思:爱情如此折磨人，相濡以沫不如相忘于江湖，不去爱就不会受伤，我已经遍体鳞伤了，就此惜别吧！过去的恩爱也许只是我的幻影或者他的演戏，这一切或许只是我的错觉，我现在醒来了……

"你怎么不说话？"季明感到莫名的窒息。

乔罍再也抑制不住地掩面啜泣，季明刚要把她抱在怀里，她用力推开他，声嘶力竭地喊道:"你别碰我,别碰我！"

季明吃惊地缩回双臂，茫然而痛心，他忧伤地看着乔罍:"乔罍,你、你怎么了？我真的让你感到如此恶心吗？"

乔罍泪如雨下，她轻轻地摇头:"我们的缘分尽了，你去寻找你的幸福吧。"

季明惶恐地看着她:"你什么意思？"

20

乔罄抹干眼泪，下定决心似的说："我们分手吧。"

"不，不，乔罄，你为何要跟我分手？你难道忘了我们曾有过的海誓山盟？"

"海誓山盟都是骗人的谎言，我不会再信了。"

"乔罄，到底出什么事了？你为何要这么对我？"

"你别装了，你自己做过什么你自己不清楚吗？"

季明连忙抓住她的手："乔罄，你是不是知道些什么？"

"我就是知道得太多了，所以我心寒到了极点。"

"乔罄，你那天晚上跟踪了我吗？"季明紧张得手心冒着汗。

乔罄实在不想回忆那天晚上的事，她感到往事不堪回首，她低下头，忍住眼泪，沉默着。

"你看到什么了？告诉我。"

乔罄泪眼汪汪地说："不重要了，一切都过去了，你也别再提了，我累了。"

乔罄开口说了这事，给季明带来一线希望，他抓住她的双肩："乔罄，这很重要，你告诉我，你是不是看到我和一个女人在一起？"

乔罄痛彻心扉，她捂住耳朵大声说："别说了，别说了，求你别再说了，我恨你,恨你们。"

季明放开她,心如刀绞,他说:"好,我不说,但是请你冷静想想,你所看到的不是事实真相。"

乔嫛怒视着他:"不是真相？你是说我看到的只是幻影？"

季明无奈地摆摆手,说:"乔嫛,如果你一定认为我做了对不起你的事,那我向你道歉,但请你不要说分手……"

乔嫛打断他说:"不可能了,你知道我的个性,我的心是糅不进沙子的,我们到此为止吧！"

一种绝望迅速攫住季明,他感到有些恐慌和疼痛,他失神地坐在沙发里,他感到从未有过的无助和痛心。

乔嫛流着泪默默地收拾自己的东西,季明徒劳地看着她在房间里晃来晃去,她白皙苍白的脸上满是泪水,季明开始撕心裂肺了。

乔嫛红色的高跟鞋咯咯咯地踩在地上,像锤子一样敲在季明的心坎上,每敲一次他的心就跟着揪一次,他的心情和她的脚步声一样沉重。季明呆呆地看着乔嫛,那张"梨花一枝春带雨"的脸显得楚楚动人,季明感到实在难以舍弃对乔嫛的感情,他猛地站起来,抱住乔嫛,亲吻着她的嘴和脖子,乔嫛挣扎着,季明不顾一切地吻她,边吻边动情地说:"亲爱的,别离开我,好吗？别对我这么狠心,我知道错了。"

乔嫛怔了怔,伤感地望向墙上的时钟,已指向 22:42,她毅然推开他,然后收拾好行囊,准备离去。

季明抓住她的手,紧紧地握在手上,深情地说:"乔嫛,我是个男人,我不会对你下跪,但是我会求你留下,我爱你,我只爱你一个。真的,请你一定要相信我。"

乔嫛潸然泪下,心想这个让我爱恨交加的男人在自己心里已经死去了,我不会再回头了, 她喃喃地说:"季明,自从那天晚上我看到你抱着别的女人,我的心已经死了,你说,死去的心还能复活吗？"

"乔嫛,别这么说,她只是我的客户,她喜欢我,可我不喜欢她。我也是被逼无奈,我做这一切都是为了你,为了买房和你幸福相守,你知道吗？"

乔罂心里一颤，随即一阵心寒，心想他终于承认了。她幽幽地说："别说什么都是为了我，我承受不起你这份爱，对不起，放开我，我要走了。"

"乔罂，你心肠怎么这么硬？你真忍心就这么丢下我自己走？你能去哪儿？这才是你的家呀。"

乔罂心乱如麻，心如刀绞，她说："别说了，我累了，放开吧。季明，我们有缘再见了，祝你幸福。"

乔罂抽身的时候，季明的手触到她的指尖，她指尖的微凉给他留下很深刻的印象，他想原来女人都是冷血动物。季明呆立着，望着乔罂离去的背影，那婀娜多姿的身影，也许以后只能留在他的梦中了。听到门砰地关上那一刹那，季明感到天旋地转，他仿佛看到自己喋血街头的惨景……

季明醒来，天已放亮，他身边堆满了十多个啤酒瓶，他揉揉双眼坐起来，已经想不起来他昨晚什么时候去买了这么多啤酒，怎么灌进肚子里的。他茫然地坐了一会儿，想站起来，但觉得头重脚轻，他重新坐回沙发上。

他看到墙上的时钟指向9:58，他想不起昨晚发生了些什么，望着空荡荡的房间，仿佛劫后重生一样，乔罂拿走了她的东西后，屋里也就空了至少一半了。季明感到自己的五脏六腑被掏空了，没有了精神寄托。乔罂的决绝离去，带走了他所有的希望。

窗外的天空变灰了，阳光也变得昏黄。现在是中午，阳光本应是明媚灿烂的，但这一切在季明眼里都是灰蒙蒙的，没有生气，像华丽锦绣的青春落拓在季明二十五岁的眼睛里，背离了上帝的指引，滑向黑暗的深渊，在苍茫的大地上流离失所，自我放逐。

我有着支离破碎的过去，却不知未来将伸向何方。季明想着，痛苦又重回心里，慢慢扎根，就像乔罂离去时抽走了他的魂魄一样疼痛难忍。

季明每天上班、下班，除了偶尔上台演讲，做些管理工作，他好多天都没去拜访他的客户了。他整整一个月都没有业绩，吃老本在所难免，但是还要供房子，每月要还银行四千多元，他总觉得银行像只老虎一样对他虎视眈眈，随时会张开血红大嘴把他整个吞掉。

季明甚至想过，女朋友都没有了，房子形同虚设，成了空中楼阁。他产生过把房子卖掉的念头，可转念一想，如果，如果乔罂有一天回心转意了，房子还是他们爱情的见证和保障。但他想，乔罂回心转意也许只是他的痴心妄想。

季明就是怀着这个痴心妄想踯躅前行。爱情的决绝离去，他觉得自己的快乐也决绝离开了。他浑浑噩噩地过了一天又一天。命运总是在适当的时候在你的生活里安排一个人，带给你温情和伤害，然后突然抽身，将你投进无爱空洞的恐慌中无法自拔，悲伤、嘶嚎、咆哮、绝望都没有用，绝大多数的时候，我们还是要一个人走下去，不知道要走多久才到达幸福的彼岸。许多人、许多事都已经成为记忆的倒影。

生活里，烟、酒成为季明最亲密的朋友，但他总也喝不醉。他感觉不醉比醉更痛苦，他不知道胃里到底储藏了多少酒精，如果说酒精浸泡着他的肝脏，腐蚀着他的健康，而失恋的痛苦简直是在迫使他慢性自杀。

每天夜晚，季明就会对着无聊的电视，一边喝酒一边抽烟，喝到伤心处，他就会凌迟酒瓶，蹂躏香烟，酒瓶粉身碎骨没有知觉，而烟却在地上冒着青烟苟延残喘。他常常对着地上的烟头发呆，他感到烟比人还要寂寞。

他会在半夜醒来，拿起枕边的手机拨打乔罂的手机，但是他始终没有勇气按下那个通往希望的绿键。他的伤痛被时间文上古老的图腾蹒跚在黑暗的国度里，黑暗里阴魂不散的不明物体向他伸出苍白枯瘦的双手，他彷徨在生和死的边缘。

生活像水一样平静地淌过季明尚且坚忍的躯体。他几乎想不起来自己的生活当中还有另外一个女人的存在。

有一天，晏婷打了季明的手机，季明一看晏婷两字，他先是一颤，然后思索了好久没有接，电话铃声戛然而止。季明深深地吸了一口气，把手机丢在沙发上，还没来得及喘一口气，他的手机再次响起，还是晏婷的。季明实在不想接她的电话了，要不是她，他现在也不至于这么惨，他挂断了。晏婷没有再打来。

季明醉眼蒙胧地扫过墙上的时钟，指针指向20:25，季明感到无聊透顶，他想还是继续喝酒吧。

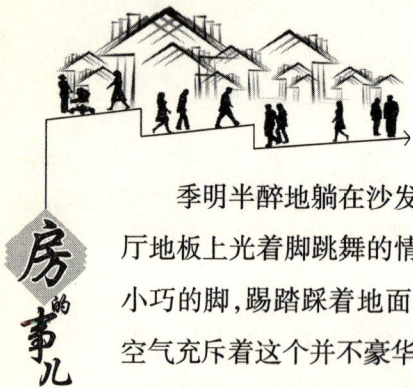

季明半醉地躺在沙发上,眼睛盯着发黄的天花板,想象着他和乔罂在客厅地板上光着脚跳舞的情形,乔罂轻脆的笑声响彻空洞得有如苍穹的空间,小巧的脚,踢踏踩着地面,轻快的拉丁舞步,婀娜的身姿,笑靥如花,幸福的空气充斥着这个并不豪华的房子。

季明在半梦半醒中听到敲门声,他先是一阵欢喜,心想是否上帝可怜我,不让我就此消亡,把乔罂送回来了? 他连忙起身,走去开门。

门外站着的女子令季明感到有些惊悚。虽然她楚楚动人,妩媚风情,但季明却有种"死神来了"的感觉。他在很长的时间里都想不通那天晚上他见到门口的晏婷时为何会有那种恐惧的心理。

"怎么?不请我进屋?"晏婷说,她的脸上有种若隐若现的伤感,她黑色的长风衣以下光裸的雪白小腿让季明想起了第一次去她家时,她那双诱人精致的光裸小腿曾让季明心头微颤,但他不愿意承认当时的他对晏婷曾经动过心。这么冷的天,她居然不穿丝袜! 这个女人真是太爱美了,季明心想。呆呆地看着这位不速之客。

晏婷和他四目相对时,眼里的充满着诱惑的柔情,像水波一样迷离。季明感到上天跟他开了一个大大的玩笑,该来的不来,不该来的却来了,而且让他如此猝不及防。

"你怎么了?季明,不认识我了?"晏婷怜惜地轻轻触摸着他的肩膀,在昏昏然的情况下,季明侧了下身子,说:"请进。"

晏婷进屋后打量了一下房间,季明知道她也许心有疑虑,她是想确定女主人是否在家。季明请她坐在沙发上,一屋的狼藉,满屋的酒味和烟味,晏婷情不自禁地皱了皱眉头。

季明收拾着地上的酒瓶和茶几上的烟灰。晏婷说:"看来你的生活一塌糊涂啊,没有女人的男人是可悲的。"季明苦笑一下,说:"晏姐怎么找到这里了? "

"怎么找到不重要。"她往屋里瞅了瞅说,"你的女朋友不在吧? "

"出去了。"季明故作轻松地说,眼里掠过的伤痛却逃不过晏婷的眼睛。晏婷笑笑,说:"我坐坐就走。"

季明沉默着，不知道在痛失女友的情况下，自己该如何再和事件的始作俑者相处，他感到烦躁，酒精还在他的体内发挥着淫威，他感到无法正常思维。

晏婷深深地，带着审视性注视着季明，晏婷似乎在他颓废的脸上看出些蛛丝马迹。她说："季明，你是不是心情不好？到底怎么了？"

季明弹了弹烟灰，他现在经常烟不离手了，像个瘾君子一样沉迷在烟草的世界里，在那里才能让他的痛苦少一些。他说："我没事，最近心情不是太好。"

"是不是跟女朋友吵架了？"晏婷似乎想打破沙锅问到底。

季明默默地抽烟，他憔悴的脸笼罩在袅娜的烟雾当中，显得他有些神秘莫测。季明的沉默让晏婷确定了自己的猜测，她脸上露出一丝不易察觉的喜色，她说："我打你电话为何不接？"

"我心里烦着呢。"季明狠狠地抽着烟。晏婷把烟从他手里拿开并在烟灰缸里掐灭："悠着点，抽太多了伤身体。"

季明靠进沙发里："晏姐，你来这儿有事吗？"

"没事就不能来吗？我是不是很让你不待见呀？"

季明眼瞅向天花板，说："那倒也不是，我只是心情不好，怕对你招待不周，让你不开心。"

"你真的在乎我开不开心吗？"

季明望向她，在她黝黑深情的眸子里看到自己疲惫不堪的愁容，他感到自己现在已经不是个正常人了，他说："晏姐，我当然在乎你是不是开心了，但是我最近状态很不好，怕伤到你。"

晏婷似乎有些感动，她含情脉脉地笑了，伸手抚摸着季明胡子拉碴的下巴，她温柔的指尖让季明心头一颤，他迷糊地望着她，脑子处于混沌中。

看到季明并没有拒绝自己的温情，晏婷开始抚摸着他略显粗糙的脸，他那雄性阳刚的气息让晏婷如痴如醉。在晏婷光滑细嫩的轻抚之下，季明感到自己的身体发生了变化，这种变化让他感到惶恐。他总是被晏婷迷惑，他明知她又在勾引自己，但他却无法从这种暗香浮动的温柔乡里揭竿而起，与自

149

己旺盛的欲望斗争,与如魔女般媚惑的晏婷抗争,他知道自己决非柳下惠,无法做到坐怀不乱。

但季明内心还是在焦灼着,抗拒着。他把晏婷的手拿开,站了起来,晏婷突然起身从背后抱住他,季明像在激情和理性中挣扎的困兽一样,竟无缚鸡之力。

晏婷吻着他的后颈,轻柔地呢喃着:"季明,姐想你了,所以来看看你。"

季明有些惊惶失措,酒精像个妖魔一样氤氲凌架于他的理性之上,他木然地望向前方发黄发灰的墙壁,乔罂在眼前轻舞的情景时隐时现,他感到心乱如麻。

晏婷抱他更紧,他感到她颤抖的嘴里散发出的热气,烧灼并迷惑着他,他感到自己的下身越来越强劲,酒精继续发挥着淫威,他的脑海里闪过乔罂宛若莲花般清凉却唯美的身体,他心里有种强烈的渴望,对男人来说,那是爱情的最终目的,占有并据为己有。

季明感到身体越来越不受自己的思维控制了,晏婷在自己身后的身体越来越诱惑,他心底的欲望越来越清晰,越来越强烈,他猛地回头,抱紧了晏婷,灼热的嘴唇迅猛地压在她同样灼热的唇上,季明听到晏婷的轻喘,像夜里悄悄开放的夜来香,妖娆地吐露芬芳。

来不及细思斟酌,季明猛地抱起晏婷走进卧室。

季明感到异常兴奋,他像只雄性动物急于征服雌性动物一样,他的动作一反往日的温存,在酒精的激发之下他有种为所欲为的冲动。只见他粗鲁地撕下晏婷的衣服,晏婷黑色的文胸托起的双乳雪白丰硕,乳沟深不见底。季明喘着粗气,一把扯下那个昂贵的文胸,晏婷的全身赤裸了。

季明在她粉嫩的身上舔咬着,吸吮着,她的乳头被季明吮得肿痛,她情不自禁地叫唤着,她雪白的脖颈、胸脯、腹部和大腿留下淡红的吻痕。她感到惶惑而新奇,身体像脱胎换骨一样轻松舒畅,暗暗期待着。

季明突然压上来,并迅速进入了她的身体,疯狂地在她的体内横冲直撞,她痛苦并快乐地浅叫,指甲陷进他背上的肌肉里,留下深红的抓痕,过了一会儿,她感到快乐无比,情不自禁地抱紧他,闭上双眼,意识渐渐模糊。

季明低头看着身下的晏婷,晏婷和他四目相对,他眼里闪耀着野性的火花令她感到些许的惊悸。她的身体令他发狂而沉溺,在最后的阶段,他大汗淋漓,动作却更加恣意,她的呻吟变成本能的叫唤,她痛苦地扭曲着身体,轻轻推搡着季明,哭喊着:"不要,季明,疼,啊……"她脑袋左右摇摆着,表情痛楚,浑身颤栗。

"你不就喜欢我这样儿吗?女人,女人不就喜欢这样吗?"季明边说边用力冲撞着晏婷,直到她无力再反抗,她浑身是汗,面色潮红,头发乱得像海藻,她虚弱地看着他,娇喘吁吁,嘴唇瑟瑟发抖,眼角似有泪痕。

21

季明继续说："你来不就是想我要你吗？你对我满意吧？"他喘着粗气，肆意地看她，在他眼里她像条饥渴的母狼，怎么也无法满足。

晏婷虚弱地说："季明，够了，我、我快受不了了。"

"满足了？真的？"季明狞笑着，晏婷似在求饶："嗯，满足了，不要了。下去！"

"你，你还有满足的时候啊？哈哈……"他狂笑着，加大力度，晏婷在他身下似乎饱受折磨，不堪忍受，她紧咬着下唇，眼里满是哀求，季明突然喜欢她这副表情，他尝到了征服的快感。

不知道过了多久，季明从晏婷身上翻下来，他累得快要虚脱了。晏婷惊喜而温柔地看着季明，季明倚在床头上对晏婷微笑。晏婷感到心神荡漾，她把头靠在他的怀里，手轻轻地抚摸着他的胸大肌，说："季明，你真棒，姐喜欢你这样。"

"你还好吗？"他抱住她裸露的后背，轻轻按摸着，"刚才疼了吧？"

"有点儿，但是很有感觉，你今天有些粗暴，但是姐喜欢。"

季明一怔，心想这个女人太旺盛了，自己拼了命才能满足她，看来她真是头母狼啊，难道人真是饱暖思淫欲？

"季明。"晏婷挺了挺腰背，她的长卷发倾泄下来披散在背后和胸前，显得异常妩媚、性感和动人,她的魅力和妖娆相信任何男人都无法抵挡。

季明快速扫视她赤裸湿润的身体,她丰硕的、像两只超大桃子的双乳由于太过于沉重,略微有些下垂,她轻轻一动,它们就会上下颤动,更显销魂和诱惑,她的皮肤雪白细嫩,小腹平坦,可以说以她的年纪,保养得相当不错了。季明心想,要不是因为有乔罂,也许我真会爱上她,她太有女人味了。

看到季明停留在自己身上的目光,晏婷显出几分羞涩,她先低头看了看自己引以为傲的双乳,然后含笑着缓缓抬起双臂勾住季明的脖子。晏婷在季明的嘴上轻轻吻了一下,然后注视着季明,深情地说:"季明,姐真的很喜欢你,姐需要你,要不你跟姐一起吧?姐有钱,姐可以帮你成就一番事业。"

季明深切地看着她,她柔情似水的双眼差点让季明几乎把持不住自己的情感,但他心里始终只装着乔罂一人,任何女人都无法取代乔罂,他想,再说了,我根本就不会接受女人的恩赐,一个男子汉大丈夫怎么能吃软饭呢?这太伤我自尊了。

季明把晏婷双手拿开,说:"晏姐,我明白你的心意,但是我不是你想象中的那种人,我不想吃软饭,我们还是做朋友吧。"

"哈哈,朋友?我们都这样了还能做朋友吗?你太天真了,季明,你也许根本就没意识到,你是爱我的,不是吗?"

"为什么这么说?"季明感到诧异。

晏婷浅笑着:"凭你刚才在床上的表现,我觉得你很投入。"

季明避开她的目光,望向床头对面,对面乔罂的挂像对着他微笑着,季明心头一颤,心想我是不是又做错了?想起乔罂,他心里一阵钻心的痛。顺着季明的目光,晏婷望向那张照片,照片上的女子漂亮而性感,大大的黑眼睛,妩媚且有种野性美,她轻轻叹了一口气,充满醋意地说:"她就是你的女朋友?"

季明点点头,晏婷细细地端详着乔罂的照片,说:"她很漂亮,难怪你那么爱她,她去哪儿了?"

"不知道。"季明说,有种濒临虚脱的感觉,头昏眼花,浓重的睡意压倒了他,他躺了下来,很快便听不见晏婷的话了,他就沉沉地睡去。晏婷却没有睡

意,她抚摸着季明健硕的胸肌,吻着他的耳垂,微笑着,幸福、酸楚、缱绻。

深夜,晏婷似乎听到季明轻声叫唤了几声乔罂,她立刻警醒了,季明哭喊着:"乔罂,回来！乔罂,回来！"季明被自己的哭喊声惊醒,晏婷坐了起来,她感到心碎,季明如此痛苦都是为了另外一个女人,看到季明如此伤感,晏婷还是很心疼,她抱住他,说:"季明,你怎么了？别哭,有什么伤心事跟姐说说行吗？"

季明压抑地嘶号着,脆弱地把头埋在她温柔的怀里,晏婷紧紧地抱着他像抱个孩子,手在他的背后轻拍着,安抚着他受伤的心。季明迷迷糊糊地说:"不要离开我,我不能没有你,乔罂。呜呜……"

晏婷明白男人有泪不轻弹,只因未到伤心处。她柔声地说:"是不是你女朋友走了？别怕,还有姐,如果你愿意,姐愿意永远守在你身边。"

季明低声啜泣,晏婷像安慰着他说:"别哭,你是个男子汉,要坚强。记住,有姐在,不怕。"

"睡吧,你醉了,睡一觉就好了。"晏婷柔声地说,季明在晏婷的怀里慢慢睡着了。听着怀里呼吸时急时缓的季明像个孩子一样睡了,晏婷却黯然销魂,柔肠百转。她明白自己无论如何都无法得到季明的心,有些爱断情伤的感觉,她失眠了。

第二天清晨,季明醒来,看到自己光着身子,他感到奇怪,头晕脑涨的什么也想不起来。他只隐约记得他昨晚喝了很多酒,其他的事实在记不起来了。

他穿上睡衣走出卧室,他走向卫生间的时候,突然在厨房里看到一个长卷发、穿着很时尚的女人的背影,他刚开始以为是乔罂,他怔住了。但是越看越觉得那女人的背影不像是乔罂,而像是晏婷。

他呆立着,看着晏婷在厨房里忙乎着做早餐,他感到迷惑不解。这时晏婷转过身来,看到季明她笑着说:"季明,起来了？"

季明感到吃惊,他实在想不明白晏婷怎么会在他家里,他似乎在自言自语,喃喃地说:"我不是在做梦吧？"

晏婷也感到很吃惊,她端着一瓶豆浆的手僵住了,她说:"你怎么了？还没睡醒吗？"

"你、你怎么在我家？你什么时候来的？"

"你、你是真的忘了还是装的？"晏婷感到不解，"我们昨晚还睡在一张床上……"

"什么？你昨晚在我家睡的？"季明更加吃惊。

晏婷端着豆浆和馒头走到餐厅。季明环顾自家的客厅，惊奇地发现家变样儿了，一切井井有条，整洁舒适，季明简直不敢相信这竟然会是他的家——他租住的出租屋。

晏婷把早餐放在餐桌上，然后坐在椅子上看着季明，季明无法接受晏婷像个女主人一样待在这个家里。晏婷微笑着："去刷牙洗脸呀，该吃早餐了。"

季明烦躁地看一眼晏婷，默默地在沙发上坐下来，他好不容易在茶几上找到一根烟，他点燃香烟，眯着眼睛默默地抽起来。晏婷默默地看着他一会儿，然后走过来坐在他身旁。昨晚睡得太少，晏婷双眼泛起了黑圈，脸色略显苍白，神思恍惚。

"季明，我知道你因为乔罂的离去，痛苦得不可自拔，但你还有我，我会一直陪在你身边，只要你愿意。"

季明深深叹气，轻轻摇头，猛地吸了一口烟，然后把烟头揉碎在烟灰缸里，正襟危坐，说："晏姐，你的心意我领了，但是我的心已死，我不想让你跟我在一起受委屈。我不能给你你所想要的。"

"你认为我想要什么呢？"

季明看了看她，感到她今天看来有些憔悴，他咬了咬牙："你想要的是我全身心来爱你，但是我真的做不到。我心里一直有着乔罂，就算她已经离开我了，但是我想，我今生也无法忘掉她，我无法接受别的女人。"

晏婷低垂双眸，神情有些悲怆，但她仍未死心，她说："季明，我知道我追求你显得我很贱，我也知道你心里从未装过我，但是我只是希望能和你待在一起就够了，你可以想别的女人……"

"晏姐，我觉得这样对你不公平，你应该找个比我好的男人结婚。"

"不找，我只喜欢你，即使你不要我，我也会一个人慢慢老去。"晏婷声音

155

有些哽咽,她哀伤地望向窗外,窗外明媚的阳光也无法抵消她内心的阴霾。她已料到在时光的摧夺之下,对爱情执著的她将慢慢老去,直至入土为安。

季明既怕伤害到她,又不想接受她。他慢慢想起了昨晚的事来,意识到昨晚自己粗暴的行为可能对她造成了伤害,他说:"晏姐,昨晚我……我喝多了,神志有些不清,我对不起你。"

晏婷端坐着,眉宇间首次流露出洞穿人世的散淡之情,这让季明感到惊异。她幽幽地说:"季明,你我之间别说对不起之类的话,我们是一个愿打,一个愿挨。"

季明紧张地考虑着措词:"晏姐,我会让你失望的,所以我想,我们以后还是别再这样了。"

晏婷面无表情地看向前方,她大概是料到会有这种情形出现,她沉思着,眼神越来越散淡,季明默默观察着她。几分钟后,晏婷说:"季明,你又想跟我分手了吗?"

"差不多是这个意思,本来我们也没有正式交往。我也没有向你做过什么承诺……"

"你这么说就没意思了,是我一直在投怀送抱了?"晏婷在委曲求全之后,突然激动起来,声音变得有些尖锐了。

"不是你投怀送抱,而是我们的交往已经导致我和女友的分手,我们到此为止好吗?"晏婷吃惊地望着他:"你们分手了?是我害了你们分手?你为什么不早说?"

她一连几个质问让季明感到不知如何回答,他只好选择沉默,这时候他如果不冷静,矛盾势必会被激化。沉默片刻,晏婷失望地轻轻颔首:"我知道你觉得我很贱,一直是我在主动追求你,是吧?"

季明还是没有说话,晏婷觉得他的态度就是默认了她的说法,她感到有些愤怒,爱之深恨之切,她盯着季明说:"你怎么不说话了?装聋作哑?你是男人就痛痛快快地说出心里话。"

季明抬起眼睛注视着她,说:"晏姐,别这么激动,我们好聚好散吧。"

晏婷冷笑了一声,说:"好,好一个好聚好散,我今天算是看清了你,原来你一直只是在利用我。"她难过得眼泪在眼里打转,她闭上双眼强忍住泪水,几秒钟后,她睁开双眼,哽咽着说:"好,我不会再缠着你了,我爱错了你。过去的事情就让它过去吧。但是,季明,请你记住,你永远欠着我,你要明白,情债是最难还的,也许你这一辈子也还不上了,但愿下辈子你还是一个男人,也但愿下辈子我们还能再相遇。"

说完这番话,晏婷已经泪流满面了,季明惊讶地看着她,被她数落了一番,他反而觉得舒坦了许多。看她伤心欲绝的样子,他却无能为力,他感到自己的脆弱。他递了一张卫生纸给她,她没接,穿起她的风衣,背起包正准备开门出去。

季明追到门口,伸手拉住她,他感到她的手冰凉如水,季明一勾手,就把她抱进怀里,季明也不知道那一刻自己为何会这么做,他心情很矛盾,却又不得不这么说:"晏婷,你别怪我,我对不起你,如果有来生,我一定给你最完整的爱,你千万别太伤心⋯⋯"

晏婷的身体似乎轻颤着,她推开季明,说:"你放心,我不会去死,我这一生注定会被男人伤害,第一次我已经挺过来了,这一次⋯⋯"她难过得拼命地压抑着眼泪,感到心里彻底空了,"这一次也不例外。"她说这话的时候嘴角带着无奈和凄楚。

季明双手扶住她的肩膀,深深地凝视着她:"你这么说我就放心了,你多保重,我会祝福你的。"

晏婷闭了一下双眼,似乎在与痛苦做殊死的斗争,泪水从眼角涌出,她仍对季明强颜欢笑,说:"好吧,再见,祝你幸福!"

说完她夺门而出,她捂着嘴,脸颊一片湿润,冰冷的脸如落入深潭之上的桃花。季明怕她想不开,追到门外,只看到拐弯处她的风衣衣角随风在他的视线里稍做停留,她噔噔噔的脚步声和她风衣窸窸窣窣响声越来越远。

她一定是撕心裂肺了,季明悲伤地想,觉得自己里外不是人,我很可能成为乔罂和晏婷恐怖记忆的根源。历经了悲欢之后,总是有些什么会留下来吧?季明突然感到惶恐,他总觉得未来有什么事情在等着他,他明白世上什么都可以负,就是不要负女人,他欠了太多情债,会遭到报应的。

乔罡的决然离去，晏婷的悲伤流离，让季明再也无法安心，他深受心灵和情感的双重折磨，他变得颓废而散漫，他已经近三个月没有业绩了。保险公司可不是养闲人的地方，没有业绩就等于自取灭亡。

季明在给学员上课时，有些心不在焉，有时甚至有喃喃自语的迹象，他在台上的表情有些悲戚，再也无法鼓励士气了，所以他被暂时调离了专员的工作。没多久，季明想到了离开。季明的表现被赵常青看在眼里，有一天下午，赵常青找季明谈话了。

"季明，你最近不在状态，你到底怎么回事？"

"我最近的确不在状态。"

"你还年轻，不要陷入儿女情长当中，拔不出来。"赵常青说完突然暧昧地笑笑，季明不知道他到底在笑什么，他没吭声，赵常青接着说："你最近业绩一落千丈，你到底怎么想的？"

季明嘴角泛起若有若无的笑意，说："我也不知道，对未来没有太大的把握，也许我在这行走不远了。"

赵常青感到惊讶和惶恐，他不想失去一个干将，他作为一名业务经理，很需要像季明这样年轻有为的部下，季明除了能壮大门面，还能给他带来些金钱利益。赵常青激动地说："季明，你怎么能这么说呢？你一直做得很好，你是有实力的，只是暂时不在状态，调整一下就好了，千万不要产生离开的念头，这是很可怕的。"

22

对赵常青这番前言不搭后语的话,季明感到啼笑皆非,他笑笑,说:"赵经理,我恐怕要让你失望了。"

"季明,你真不想干了?"

"我现在根本没有心思去见客户。"

"你不做保险真是可惜了,光那个团单都有那么多客户了,让他们给你转介绍,你轻轻松松就能做回来很多保单。你这个时候放弃了实在太傻了。"

"你可以接呀,我两个月没见一个客户,见到客户都不知道该说些什么了。"

"那你的房子还要供呀?你没钱还按揭,银行该来收回你的房子了。"

"我知道。"

"那房子不是比女人还重要吗?"

季明以为他听错了,他盯着赵常青问:"你说什么?房子比女人重要?这是什么逻辑啊?"

"季明,你还年轻,等你到了我这个岁数,你就会理解我为什么会说房子比女人重要了。"赵常青丝毫不为自己的谬论感到脸红。

季明盯着他看了一会儿,在他的眼里看到薄情和寡义,季明常听说赵常青很风流,背着他老婆搞过很多女人,所以他会说房子比女人重要,原来他

就是那种把女人当衣服来穿的男人。季明把目光从赵常青脸上移开,然后摸出两根烟,递了一根给赵常青。赵常青推了推,说:"我不抽,戒了。"

季明怔了怔,笑笑说:"烟好戒吗?"

"好戒,你没看到我都戒了。"

季明把烟放回口袋里,抽了一口,徐徐地吐着烟,乜视着赵常青说:"呵呵,烟好戒,女人不好戒吧?"

赵常青愣了一下,然后笑着说:"你小子,拿我寻开心,别转移话题,现在在说你的问题,别扯到我身上。"

季明暧昧地笑了笑,继续吞云吐雾,"我的问题,我的问题你也解决不了,连我自己都解决不了。"

赵常青站了起来,拍了拍季明的肩膀说:"年轻人啊,不听老人言是要吃亏的。"说完他叹了一口气,走出季明办公室。

季明无奈地看着赵常青的背影,心想做男人真累啊,要顾房子还要顾女人。房子和女人,孰轻孰重?季明也感到糊涂了。

季明在和乔罂分手后两个半月,他渐渐适应了没有乔罂的生活。但是他的家依旧是狼藉一片,烟味、酒味和臭袜子味掺和在一起形成一股浓重的气味,严重时他自己都觉得难以忍受。

时间能够治愈一切,包括失恋的痛苦。随着时间的推移,一切伤痛已逐渐淡去,季明想到自己不能再这样下去了,这样对得起谁?

他回家看望父母后,看着才五十八岁的父亲,两鬓已开始斑白,岁月在他的脸上刻着沧海桑田,父母已经老了,季明突然感到该是自己尽孝的时候了。他振作起来,继续打拼,不是为了别人,而是为了自己。但是他对做保险再也提不起劲儿来,他有时候会觉得保险这一行有些不干净,连自己也玩起了潜规则,他想到了转行。

不久,他找到一家叫圆方的中英合资的培训机构,职位是培训讲师。半个月后,季明办了离职手续,正式离开了新华人寿保险公司。

季明离职那天晚上,他请了同部门的同事吃了一顿饭。

餐桌上,气氛很凝重,再也没有过去聚餐时的嘻嘻哈哈了,大家都为了季明的离去感到沉痛。季明曾被认为是本部门里最有前途的人,现在却要放弃光明的前程,大家都为他的选择感到惋惜不已。

季明挨个和每人喝酒之后,他作了一番告别发言:"朋友们,同事们,在不到一年的时间里,我跟大家在一起很快乐,我对咱们这个集体还是满怀深情的。老师说过,我们做人,尤其我们做保险的人,要怀有一颗感恩的心。是的,在我即将离别之际,我首先要感谢我的引路人赵经理,是他带我进的公司,是他教会我挣钱的理念。我因为他的引路和不断的鼓励,也算是小有成就,混了一套房子就是最好的证明;其次,我要感谢在座的其他同事们,我的进步和成果跟你们不断的鼓励和帮助是分不开的,今天吃一顿饭只是一点小小的表示。日后,如果,我是说如果我发达了,我一定不会忘了各位,只要我能办得到的,我一定会尽力去帮助各位,你们都是我的好朋友;再次,我要感谢我的客户,虽然我的客户不在这里,但是我还是要感谢他们,他们都是我的衣食父母。"季明想到了晏婷,他顿了顿,接着说:"如果没有他们的信任,我也不会取得今天的成绩。但是,这一切光辉都已经成为历史了,我以后将会改行做一名讲师。我为何要离开保险业,也许大家只知其一,不知其二,其二是我认为做保险是需要激情、动力和冲劲的,而这段时间,我经历了很多,这些事情打击了我的激情,我努力过了,但是我没有成功,所以我想到暂时离开,换个环境也许会带来意想不到的效果。所以,亲爱的朋友们,我选择了离开,希望你们在这一行再接再厉,再创佳绩,财源滚滚来,我会为你们祝福,为你们喝彩的。再次谢谢大家。"

季明话音刚落,大家都站起来为他鼓掌。他的口才是一流的,说出来的话总是那么中听,那么舒服,同时还有一定的激励效果。

赵常青笑着说:"季明不愧是一名优秀讲师的料,侃侃而谈,而且出口成章,听了很舒服,大家说是不是?"

"是!"大家异口同声,再次鼓掌,季明说:"说实在的,在保险公司我学到很多,学会了推销技艺,学会了待人接物,学会了做人,我要感谢新华保险公司给我这个锻炼的平台,要不然我还不知道自己适合做哪一行呢。本来,我一个应届毕业生找工作很难,公司却不嫌弃我没有工作经验,对我伸出热

情而温暖的双手……"季明说着说着眼圈有些发红,他是由衷地感谢公司能够在当初他找工作举步维艰时接受了他。

大家再次鼓掌,季明硬是把快溢出的热泪给憋了回去。他笑了笑,说:"今天我们要高兴,不要悲伤,世上没有不散的筵席,因为有了分离才会有重逢。所以,我想也许以后,我还会回来和大家并肩作战,我只是暂时离开,其实我是舍不得大家的……"

有些女孩儿已经热泪盈眶了,有个一向感性的女孩子呜呜地哭了起来,打断了季明的话。季明凝噎着说不下去了,他沉重地坐了下来,看着每个同事,大家越说越沉重。

季明说:"欧阳修的诗句:世路风波险,十年一别须臾。人生聚散长如此,相见且欢娱。你们别都哭丧着脸,开心点,这样吧,我给你们讲个笑话。"

大家笑着点点头,充满期待地看着他。

季明说:"有一位领导有事,叫司机把奖金送回家,并叮嘱不要让他妈妈知道。司机小心将钱放在内裤贴身口袋里,到了领导家,司机悄悄问夫人:你婆婆在家吗?夫人说:串门去了。司机说:那就好!然后开始解裤带。夫人说:你要干吗,别乱来!司机说:我给你钱。夫人说:给钱也不行,我可没背着老公干过这事。司机说:领导叫我来的。夫人稍加犹豫后,边脱衣服边说:王八蛋,这事也安排别人干。"

一阵哄堂大笑后,气氛顿时轻松了许多。大家又开始推杯换盏,说说笑笑。觥筹交错之间,友谊在无形中更加笃实,离别的酸楚也渐渐淡去。

最后免不了互道珍重,惺惺相惜一番,这让季明想起了他大学毕业时那次散伙饭,他深深地感叹,人这一生要经历过无数次的生离死别。

人生苦短,世事无常,对酒当歌,人生几何?

乔罛从季明处搬走后,暂时住在王梅婷家。她每天就是下班回家两条线,周末偶尔会跟王梅婷一起去逛商店,买东西。生活过得平静如水。

周末晚上,乔罛、王梅婷和杨昆三个昔日同窗终于在一家咖啡馆见面了。这是毕业以来乔罛第二次见到杨昆,而王梅婷则八个月没见杨昆了。平常大家都各忙各的,好不容易聚在一起,那还不聊个天昏地暗。

事先乔罂已经给王梅婷打了预防针,所以王梅婷见到杨昆的时候并没有太吃惊。杨昆娉婷而来,腰肢挺得笔直,并呈现小幅度的风吹柳枝般的摆动,有许多鬼鬼祟祟的目光跟随着她,她似乎视而不见,嘴角泛起妖媚的微笑。这次杨昆显得比上一次更加成熟、风骚。

王梅婷说:"杨昆,真是越来越有女人味了,走在大街上我肯定认不出你了。"

"别取笑我了,你这妮子,什么时候都不对我好好说话,看来今天我们两个又要掐上了。"

杨昆这话没错,在学校时,乔罂、王梅婷和杨昆三人关系最好,三个人性格各异,却经常在一起玩,人称"三人帮"。乔罂在众人的眼里,性格有些中性、叛逆,又有些义气,所以深受80后——无论是男是女都喜欢她,她是三人帮中的轴心。王梅婷是个非常理性的女子,她向来接人待物稳重内敛,而杨昆恰恰相反,她喜欢张扬,爱出风头,快言快语,但是不乏善良和爱心。时间久了,王梅婷和杨昆两人渐渐彼此看不顺眼。她们有时会唇枪舌剑,互不相让,乔罂在中间做和事佬,但是她们越吵架,感情似乎越深,谁有什么事,另外两人一定会挺身而出。这也许是俗语说的不是冤家不聚首吧。

王梅婷的变化不是太大,还跟在学校时一样纯朴沉稳,跟她们一比,她就像个亲切的大姐。倒是乔罂让杨昆大吃一惊,杨昆说:"乔罂,你怎么瘦成这样啊?是不是季明欺负你了?"

乔罂和王梅婷迅速交换一下眼色,乔罂一脸冷漠地望向别处,王梅婷拼命向杨昆挤眉弄眼,示意她别再追问了,杨昆着实聪明,她立刻明白了,转移了话题:"姐们,说说看,你们都过得怎么样啊?"

"肯定没有你滋润了,有人养着,有人哄着,不像我们还要自己挣钱养自己。又没人疼……"王梅婷说。

"唉,你们真够累的。对了,梅婷,有男朋友没?"杨昆说。

"没有,我没人要了,老了。"王梅婷揶揄道,乔罂看着王梅婷笑笑,然后

对杨昆说:"杨昆,你认识那么多大老板,给梅婷介绍一个呗。"

"那也要她看得上呀,她的眼光那么高。"杨昆白了王梅婷一眼。

"杨昆,你错了,我哪有什么眼光呀,我从不挑人,而是被人家挑剩的。"

"哈哈,你也成剩女了?"杨昆用揶揄回敬王梅婷,"做剩女的滋味不好受吧?"

"剩女就剩女吧,一个人过得逍遥自在,好受得很。哪像你,没有一点自由。"

看到昔日两个不怎么好对付的同学,见了面又掐起来,乔罂连忙打圆场:"你们都别说了,我们点东西吃吧,再不点东西,人家该认为我们有借地儿闲聊的嫌疑了。"

她们不说话了。乔罂向远处的侍者招手,侍者拿了菜谱走过来,乔罂示意把菜谱给王梅婷,王梅婷接过来看菜谱,乔罂说:"今天这顿我请了。"

杨昆美美地端详着自己涂着浅紫色指甲油的手指,说:"乔罂,你现在薪水多少呀?"

乔罂白了她一眼,说:"不管多少,请你们吃顿饭菜还是绰绰有余的。别瞧不起人。"

王梅婷点了一份咖喱鸡饭,杨昆接过菜谱,说:"不是瞧不起你,而是体贴你,体贴你懂吗?"

王梅婷说:"杨昆,你现在过得这么滋润,是有瞧不起我们的本钱。"

"王梅婷,多日不见,说话带刺儿了,哦,我差点忘了,我们俩以前总是见面就掐,现在还这样,真是天生注定啊。"

"嗨,你们两个,我算是服了你们了,好不容易见个面,别白白浪费了这个培养感情的黄金时间。"乔罂竭力劝说她们。

"乔罂,你别劝我们,我们就这样,改不了。"王梅婷说。

"行,你们爱吵就吵,我不管了,我只管填饱我的肚子。你们俩,呵呵,继续,我当没听见。"乔罂耸耸肩膀说。

"你这样说我反而不想跟她吵了。"杨昆把她的套餐挪了挪,"不跟你们贫嘴了,饿死我了。"她说完拿起刀叉就开始吃起来。

"哟，还变成我们贫嘴了。"乔罂笑笑，"杨昆啊杨昆，让我说你什么好呢？"

杨昆对乔罂做了个鬼脸："没得说就不说，OK？我们吃饭。"说完她白了王梅婷一眼。王梅婷也拿起刀叉。

三人正在埋头苦干，突然听到有人喊乔罂，乔罂循声寻找叫她的人。

"乔罂。"那人又叫了一声，乔罂终于在她后面那一桌的隔壁看到了一个熟人——季明的哥哥季雷。乔罂怔怔地看着他，还不知道怎么跟他打招呼，季雷就走了过来。

王梅婷和杨昆都看着这位不速之客，长得很像季明，却少了痞相多了谦和的男人。乔罂抬头看着他："季哥，你怎么也来了？"

"我刚来，没想到在这儿碰到你，这两位是？"季雷看了看王梅婷和杨昆。

"她们是我同学，王梅婷，杨昆。"乔罂指着她们介绍道，她又转向王梅婷和杨昆说："季明的哥哥季雷。"

王梅婷和杨昆微笑着向季雷点头表示问候，季雷目光在王梅婷的脸上停留片刻，若有若无地笑了笑，这表情像极了季明，王梅婷看着他愣了一下，心里微微颤动，感觉变得纤弱而柔软。她在季雷含笑的目光注视之下移开了视线。

"要是不嫌弃的话，我过来跟你们一起吧，我埋单。"季雷说，乔罂和王梅婷她们交换了一下眼色，王梅婷没有说话，杨昆说："过来吧，你是季明的哥哥，季明是我们同学，大家都是朋友，没关系的。"

乔罂本来不想季雷过来的，毕竟她和季明已经分手了，她觉得这样很尴尬，但毫不知情的杨昆既然开口了，那只能顺其自然了。

乔罂冲季雷笑笑，"季哥哥，那你们就过来吧。"她向季雷的同伴看过去，季雷向他的同伴招招手，那个矮胖的、一脸青春痘的小伙子屁颠屁颠地走了过来，大概是看到三个大美女，他乐得找不着北了。

季雷和胖小子坐定后，季雷向三位女孩子介绍说："这是我同事小林。"

小林腼腆地向三个女孩笑笑，在三个女孩的注视之下，他感到很不自然，季雷对他说："小林，她们都是我弟弟的同学。"

小林艰难地挤出一句话："你们好。"然后挠挠头，季雷笑了，说："小林去年才毕业，考公务员进了我们单位。"

王梅婷说："厉害，我去年也考了，没考上。"

乔罂说："我连考都不敢想。"

杨昆不以为然地看着这些没有她富有的工薪阶层，嘴角往上一牵，露出一丝鄙夷。季雷说："乔罂，你这两个同学有男朋友没有？"

23

　　乔罂狡黠地看着他:"怎么了,你们单位有帅哥推销不出去啊?"

　　"唉,你们这些 80 后啊,怎么说话不挑好听点的说呢?"季雷笑笑说,"我们单位的帅哥可多了,包括我们的小林,别看他有些腼腆,但为人可好了,保证将来是个好老公。"

　　杨昆和乔罂不约而同地笑了,乔罂说:"真的? 那我们的梅婷小姐可是没有男朋友哦。"王梅婷脸上浮起一丝红晕,她向季雷投来含糊、深情的一瞥,说:"乔罂,你别把我推出去,我是独身主义者。"

　　杨昆睨视着她,讥嘲着说:"你算了吧,你独身? 骗小狗吧你?"

　　季雷含笑地望着王梅婷,王梅婷避开他的注视,白了杨昆一眼没理她,杨昆自讨没趣,又逗起小林:"小林,我们三人呀,你只有一个选择机会,那就是这位王梅婷小姐。她现在还是单身,我和乔罂,都名花有主了。"

　　乔罂说:"看得出来小林比我们还小,该不会和梅婷来个姐弟恋吧?"杨昆立即叫喊着:"支持姐弟恋。"

　　王梅婷在乔罂腋下咯吱几下,乔罂痒得受不了,拼命躲闪着,杨昆说:"这一定是疼老公的料。"

　　小林嘿嘿地傻笑两声,脸就红了,他嗫嚅地说:"季、季大哥也没有女朋友呢,他比我大,还、还是他优先吧。"

三个女孩把目光刷地对准季雷，季雷笑笑说："我老了，没人要了。"

"大龄剩男。"杨昆和乔罢异口同声地说，话音刚落，五人都哈哈大笑。

季雷突然问乔罢："季明怎么不跟你们一起呢？"

乔罢的表情变得不自然，杨昆满脸狐疑地看看乔罢又看看王梅婷，她总觉得她们有事瞒着她。王梅婷连忙说："季明最近工作忙。你是他哥你都不知道他啊？"

"这小子，最近行踪有些诡秘，不知道在忙些什么。"季雷笑笑说。

乔罢不觉得季雷这是句玩笑话，想起季明和那个女人，她心里又纠结上了。

吃完饭，几人互留了电话号码之后，季雷和小林就离开了。

三人大眼瞪小眼地坐着，杨昆还是没有忘记乔罢和季明的事，她对乔罢说："乔罢，这里没有外人，说吧，你和季明到底怎么回事？"

杨昆这么刨根问底，无疑是想揭乔罢的伤疤，乔罢气呼呼地说："没怎么回事。"

"没怎么回事？那他今天怎么没来？"

"行了，杨昆，别打破砂锅问到底了，乔罢不愿意说就别再问了。"

"你们怎么变得这么虚伪了？你们还当不当我是朋友了？"

王梅婷正欲发作，乔罢在她的手上拍了拍，她觉得和季明分手的事迟早会公开的，没必要藏着掖着了，她平静地对杨昆说："我和季明已经分手了。"

杨昆睁大双眼，难以置信地看着乔罢，说："真的呀？真没想到，你们怎么分的手？"杨昆记得在学校时乔罢和季明总是成双入对，甜蜜得像泡在蜜罐里的红樱桃，真没想到他们竟然也会分手。

"他背叛了我。"

"男人真该死。那女人是谁？"

"唉，别说了，都过去了，我不想再提他们。"

"乔罢，告诉我那个女人是谁，姐们替你出气去。"

王梅婷心想杨昆自己都是个第三者，还说要替乔罢出气，真亏她想得出，她乜视着杨昆说："杨昆，我理解你对乔罢的一番苦心，但是请恕我直言，你自己都是第三者，你去给乔骉出气，你的腰杆子能直吗？"

杨昆没想到王梅婷竟然说出这一番话来，她感到愤懑的同时有些无地自容，但她很快反唇相讥："王梅婷，我知道你向来对我不满，人各有志，你可以说我是第三者，也可以骂我是破烂货。但我告诉你，我过得比你们要好，我衣食无忧，我没有压力，不像你，做个破教书的，什么也没捞着，还被学生家长骂，被校长管着，却在这儿打肿脸充胖子……"

乔骉打断杨昆说："杨昆，你这话有些过分了，王梅婷这么说也是为了你好，你真的听不出来吗？"

"为了我好？哼，她能为了我好？她今天尽对我冷嘲热讽来了。"

"杨昆，念你我是同学，我不想跟你计较太多，我的话是难听了点，但你知道我向来说话不拐弯抹角，尤其是对好朋友，我向来有一说一，有二说二。如果你不是我同学，我真的懒得劝你。杨昆，我最后再劝你一句，做第三者真的不是什么光彩的事，我希望你赶紧离开那个男人，自己找份工作自力更生去。"

乔骉真诚地望着杨昆鼓励般地点点头，杨昆说："说乔骉的事，怎么转到我身上来了？"

"杨昆，我的事说完了，就是我和季明分手了，就这么简单，我们现在就是要说说你，我们要帮你，我们不想看你越陷越深。"

"乔骉，你们就别劝我了，我现在找工作谁要我啊？我什么也不会，没有一点儿工作经验。"

"杨昆，我们刚上班的时候也没有工作经验，没有人生下来就有工作经验的，都是要一点一点积累的，只要你想去找工作上班，我和乔骉一定会帮助你的。"

乔骉对杨昆点头表示赞同，她说："杨昆，虽然我们上班的薪水不高，没有你现在这样过得滋润，但是我们花的钱是自己挣来的，花得心安理得，而你呢？你能做到心安理得吗？"

杨昆心里承认自己有时候也会感到不安和别扭，但她太爱面子，她不愿意说出来，她说："我花我爱的男人的钱，没什么不心安理得的，我爱他，他也

169

爱我，就这么简单，你们别把事情想复杂了。"

王梅婷摇摇头，她感到杨昆无可救药了，她已经失去劝说杨昆的耐心了。

乔罂也很郁闷，她轻蹙眉头，耐下性子再次劝说杨昆："我知道你们相爱，但那个男人毕竟是有老婆的，你这么做不仅害了你自己，也害了那个无辜的女人。话又说回来，如果那个男人真爱你，他应该跟他老婆离婚，然后娶你，你明白了吗？"

"他是说要离婚跟我结婚的，真的。"

"唉，你别以为他真的那么好离婚，好多男人都是外面彩旗飘飘，家里红旗不倒的，你千万不要轻易相信男人的承诺……"乔罂欲言又止，因为她想起了季明，想起了他几个月前对自己的承诺，她心里袭来一阵痛楚，她最痛恨的是第三者，而自己的同学、好朋友却做了第三者，这让她感到无法释怀。

"好了，别说了，乔罂，我知道你的意思。季明对你的伤害太深了，所以你对男人怀有成见，我可以理解。"

"杨昆啊，要我说你什么好呢？"王梅婷深深叹息着，"我们作为你的同学，在本市最好的朋友，我们劝你都是为了你好，如果你真的执迷不悟，我们也没办法。"

杨昆瞄了一眼乔罂，见乔罂低眸沉思着，显得静婉而动人，她惊奇地发现乔罂的变化是从内到外的。她不仅具备了白领的气质和素养，还学会了隐藏以前的毕露锋芒，变得成熟多了。她还学会了思考，学会了冷静，学会了隐忍，也许人失恋后都会变得成熟。

杨昆对两个昔日同窗对自己的劝说是有些动心的，但她还没有作好找工作的准备，她说："梅婷，乔罂，我知道你们是为了我好，我也感谢你们对我的关心，你们的建议我会好好考虑的。"

王梅婷和乔罂相视一笑，以为杨昆被她们说服了，心里感到宽慰。乔罂说："杨昆，这就对了，你这么漂亮，也很聪明，上学的时候你的功课也不错的。凭你的条件，完全可以找到一份不错的工作，所以，我们希望你好好把握自己的人生,做一个自尊自爱自立的白领丽人。"

王梅婷今天第一次对杨昆投去笑容,眼里满是鼓励之情。杨昆感动了,她也笑了,说:"你们不愧是我最好的朋友。"

她们一直聊到餐厅即将打烊才离开,三人依依不舍地拥抱,那种感伤又甜蜜的情愫让她们想起了毕业后告别时的凄凉和忧伤。杨昆是最先离开学校的,乔罂和王梅婷去火车站送她,三人还抱头痛哭,然后王梅婷和乔罂一边追着火车跑,一边向杨昆挥手道别,杨昆哭成泪人。

王梅婷和乔罂毕业后一直有联系,她们双双来了深久市。毕业没多久,杨昆就搬家了,她的手机也换了号,所以乔罂她们没能联系上她。却没想到她也来了深久市,三个好朋友又相聚在一起。但如今,杨昆对人生道路的选择让乔罂和王梅婷深感痛心。

季明换了工作之后,也搬到了公司的员工宿舍住了。他在收拾行李的时候,无意间看到了乔罂毕业时写给他的诗,他本身不喜欢诗歌,他向来认为诗歌是那些玩弄文字的诗人们的无病呻吟,吃饱了撑着没事干,发发梦呓而已。只因为是乔罂写给他的,他才会看,这一次是第二次看了,心境却完全不同。

那本已经稍发黄并有霉斑的小本子上,乔罂那纤柔却不乏苍劲的笔迹整洁地排列的汉字像蚂蚁一样钻进季明的心里,让他感到丝丝的伤感,深深的思念。

太阳照耀着大地,河流和森林
春天的味道近了,脚步也近了
瞧,花儿露出笑靥
清风飘过,醉了树梢,迷了行人
我闻到了,闻到了一片芬芳

几片落叶,两个黑影

房的事儿

近了,抱了,亲了,醉了

我多想擦亮热情似火的双眼

直钻你的心灵深处

偷取你阳光的清泉

洗尽我心中的阴霾和忧伤

我多想抱着阳光入睡

夜晚就不再害怕寒冷

我多想带着阳光旅行

从此就不再害怕黑暗

我静静地站着,看你将温暖洒向世界

仿佛在风雨飘摇中

那一只坚定之手,扶住那摇摆的身躯

那一团热情之火,蒸干那潮湿的心田

晨光,带来生活的五彩斑斓

在白云间飘游,在微风中穿梭,在空气中挥洒,在大地上欢呼

我们天各一方

你在那遥远的天际

让风带来你的呼吸,让云带来你的思念,让光带来你的温暖

那明亮的光,照亮了每个黑暗的角落

我常想——

奔走在薄云中的明月是不是你的化身

陪伴我度过黑夜,直到晨曦那一缕阳光洒在我脸上

闪烁在天边的明星是不是你的眼睛

看着我进入梦乡

等我翌日醒来

我早已看到阳光洒向全世界

洒在我身上

（完）

与文字纠缠的灵魂注定是忧伤的。季明心酸地合上本子，闭上双眼回想刚毕业那段时间和乔罂同甘共苦的日子。往事如烟，如沉淀于心，此生都无法忘怀。那一段刻骨铭心的时光，日子虽然艰苦，乔罂却从未有离开的念头，而现在日子好过了，房子也买了，为何乔罂反而离开了？难道真像人们所说的那样，只能共苦不能同甘？

季明搬到了圆方的员工宿舍去住了，也正好把省下的房租贴到房子的月供里。圆方承诺季明的年薪是 10 万元，这对季明来说已经很不错了，至少比在保险公司没有固定收入要好，而且压力也没那么大。

但是圆方公司对讲师的要求也很高，首先要口才好、形象好，语言风趣幽默；其次演讲要有很强的感染力，能说服人；再次要有较深的文化底蕴和学识，最好能博古通今，引经据典。季明前两条都没有问题，主要是第三条，是他要加强的。季明学会了用看书学习来打发时光了。几个月后，季明的进步突飞猛进，知识的积累逐渐丰富，他的玩世不恭的秉性也慢慢淡化，成为一名高级白领、优秀的讲师——圆方公司最年轻的讲师。他培训的学员都尊称他为"季大师"，当然，他总觉得别扭，因为他知道自己远远没达到大师级别，能称为"大师"至少还需要经过十年的磨砺。

自从和乔罂分手后，他对男女之事淡漠了好多，他把主要精力都用在工作和学习上。当然，空闲下来他还是会想乔罂和晏婷，几个月前那段风花雪月、感情纠葛是他最大的隐痛。

乔罂和季明分手后，她就再也没跟杨倩倩说过一句话。杨倩倩有好几次想找她谈话，都被乔罂的冷面孔给唬了回去，因此，杨倩倩从最初对乔罂的愧疚慢慢转为仇视。加上她喜欢乔罂的同学汪洋，而汪洋的心又在乔罂身上，乔罂自然而然成为她的情敌。她和乔罂见面连招呼都不打了，一副老死不相往来的样子，她暗地里却铆足劲，她要瞅准时机报复乔罂。

173

也许杨倩倩是上帝派来专门磨砺乔嚣的。

有一天早上,乔嚣的台面上多了一叠待打的资料,她翻看着,发现大多数是别的部门的资料。她感到很惊讶,因为每个部门都有自己的文员,不明白为何都堆到她这里,这些不是她的分内工作,人事部已经有好多文件等着她打了,根本没有时间做别的。

她正纳闷时,人事部经理走过来对她说:"乔嚣,这几天你辛苦一点,把这桌上的文件全都打出来。"

面对曾经关系搞得很僵的人事部经理,乔嚣有种不祥的预感,她强迫自己冷静,说:"林经理,我们部门的文件还有好多呢,我根本忙不过来。"

"忙不过来就加班打。"

"这么多,好家伙,加班也打不出来呀。"

"这是你的工作,无论如何要想办法打出来,明白吗?公司里不光是你一个人忙,大家都很忙。"

"各个部门都有文员,为什么她们不打呢?"

林经理生气地说:"乔嚣,你这种工作态度是不对的,领导交过来的工作无论多难,都要毫无条件地完成,别找理由来推辞。"

乔嚣马上意识到自己被人算计了,她深深吸了一口气,竭力让自己冷静,适当作些让步也无妨,她说:"林经理,这活我可以做,但我不敢保证能按期完成。"

林经理怒视着乔嚣,声色俱厉地说:"你必须按期完成,我告诉你,完不成你就给我走人。"

林经理的话让所有在场的人都惊讶地抬起头,乔嚣不甘示弱地盯着她,她向来不知道什么叫胆怯和退缩,她说:"我也告诉你,我只做我分内事,如果你想利用这件事让我走人,那你就太卑劣了。你是在滥用职权,公报私仇,不过这是你一贯的做法,大家心知肚明。"

林经理气得浑身颤抖,人事部敢顶撞她的人只有乔嚣,乔嚣一直是她的眼中钉,她一直想拔掉这颗钉子。她冷笑几声,说:"好,你要记住你今天说的话,你等着,我不信这一次治不了你。"

大家都惊讶地看着这一幕,感觉暴风雨就要来了。听到吵架声,相邻部门来了几个人,大家都惊讶地看着这一幕,有些人敬佩乔罂的勇敢,暗自同情她的遭遇,却没人站出来说句公道话。

　　乔罂感到有些无助,她在想要是季明在这里一定会站出来为自己说话的,一想到季明,她感到有些凄惶。

24

　　乔罟扫视周围,在人群中她看到了杨倩倩,杨倩倩也盯着乔罟,嘴角带着若有若无的微笑,神情捉摸不透。可乔罟看懂了,那应该是幸灾乐祸之情。她似乎听到杨倩倩发出轻蔑的干笑,不断地击敲着她的耳膜。她向来相信自己的第六感官,直觉告诉她,今天这事跟杨倩倩脱不了干系。

　　乔罟一不做二不休,她心想既然已经撕破脸了,就让她破到底吧,她的天性容不得别人的威胁,于是她说:"我知道你一直找机会要治我,来吧,反正我又没少被你穿小鞋。来呀,多穿几双,充分满足你强烈的报复心理,你知道,我向来不怕你,也许我这次真的会被你踢出局。但我相信,你也得瑟不了几天了,不信我们也等着瞧。"

　　林经理冷笑着点点头:"乔罟,好,你准备走人吧。"她的声音听起来有些疲惫和无奈,她说完走了出去。

　　乔罟感到很委屈,她冷漠地看着周围鬼鬼祟祟看她的人,她真正感到世态炎凉,她料到林经理一定是去找总经理了,过不了多久,乔罟就会接到辞退的通知。

　　一个上午乔罟都没做什么事,她感到自己似乎像被丢进深谷的小动物一样孤独无依,四周不断有冰凉的空气向她袭来,她感到很寒冷。她忽略了杨倩倩在她背后注视着她的阴毒和得意忘形的目光,她今天才意识到自己在公司根本没有朋友,公司里人与人之间原来如此虚伪。

几天过去了,乔罂并没有接到辞退通知,林经理也很少来人事部了,正当乔罂百思不得其解时,她听到一个惊人的消息,林经理生病住院了。乔罂想,林经理的生病住院也许跟那次和她吵架有关,没想到她是只纸老虎。乔罂正在发呆,有人通知她去总经办,她脑袋嗡地一声响,心想终于来了,不过自己已作好了一切准备。

面对着于总经理审视的目光,乔罂面无表情地坐着,于总盯了她一会儿,说:"乔罂,你知道我为何要找你谈话吗?"乔罂点点头,有些忐忑不安。

"你知道就好,本来我还是很看好你的,但是你跟林经理吵架这事造成的影响太恶劣。不过,我个人还是……"

"于总,您想开除我请直说,别拐弯抹角。"乔罂打断了于总的话。

于总惊讶地看着她:"开除?不,不,你想哪去了?公司不是不明事理,情况我也了解过了,林经理也有不对的地方,我们公司不会轻易开除一名员工的,要给他们机会改正错误嘛。"

乔罂比于总更加惊讶,说:"你不开除我?那……"

"我找你是要跟你谈谈,你愿不愿意去业务部?"

"业务部?我去那里做什么?"

"也做文员呀。"

所有人知道业务部的文员最累了,活最多,工资却不比别人高,很多人都想离开。现在让我去业务部明显是在处罚我嘛,也就是变相地劝退我。她沉思着,这种公司没什么发展空间了,人际关系还如此复杂,还是离开吧,自己也落个清静。她摇了摇头,说:"于总,我还是不去了,如果你觉得我不适合在公司做,那我还是离开吧,也省得你们难办。"

"乔罂,我还是看好你的,你很能干,你的性格很像我年轻时的性格,我不希望你离开。但是基于你在人事部已经跟同事们关系闹僵了,所以还是暂时调到别的部门。"

乔罂站了起来,说:"于总,算了,我明白你的意思了,我还是离开吧。的确像你所说,我跟同事们关系闹僵了,以后也不好共事了,所以我正式向你

提出辞职。"

于总故作留恋地看着她,轻轻摇头叹息。乔罢觉得他真虚伪,有些鄙视他。她往门口走的时候,听到于总在后面喊:"别忘了写份辞职报告。"乔罢顿感背后冒起一股寒气。

乔罢交了辞职报告后,还要等半个月才能离开,因为要找到一个顶替她的人。这一段时间,乔罢再也没有加班了,不像以前为了保住工作,经常加班加点地做事。

有一天,人事部有个同事金巧钰找她聊天,从金巧钰口里她听到了令她震惊的消息。那天晚上,她们相约在一家咖啡厅。

闲聊几句后,金巧钰说:"乔罢,其实你人不错,没有花花肠子,心地很善良。就是你为人太直,得罪了不少人,才会被人暗算。"

乔罢惊讶地看着她:"你也知道我被人暗算了?"

金巧钰点点头:"其实人事部的人都知道是怎么回事,你知道林经理为何要为难你吗?"

"不知道,但是我能感觉到有人给她煽风了。"

"算你聪明,你应该知道是谁这么做吧?"

乔罢点点头,金巧钰附在她耳边说:"那个人在林经理办公室里说的话刚好被我听到了。"

"她说了什么?"

"她对林经理说,你说了林经理的坏话,还在背后骂林经理是老女人、老变态。"

乔罢感到无比震惊:"真的?"

"当然是真的,我都听见了,她还说你经常在上班时间给男朋友打电话,晚上加班还带男朋友来公司,还说你和男朋友当着众人的面亲热。"

"什么?"乔罢刷地站起来,气愤地说,"这纯粹是污蔑和诽谤。"

金巧钰拉她的衣角:"别激动,冷静,小点声,别让人听见了。"

"我没法冷静,我要去找她理论,要走也要让她向我道歉我才走。"

"别、别,你都要走了,就别跟她一般见识了。我跟你说,年轻人在这个社会里,要近君子,远小人。"

"近君子,远小人,也对。"乔罄说,"杨倩倩这人太阴了,真没想到,我以前还把她当朋友,没想到在背后捅我一刀。"

"呵呵,你算好的了,她害过的人很多,比你惨的人一大把,她有一个名号叫'笑面虎',你可能不知道,刚来的人都被她拉拢,如果能利用就利用,利用不上就成敌人。"

乔罄感到有些震怒,气愤道:"这种人怎么能待这公司这么久?没人把她撸掉?"

"你不知道?"金巧钰环视一下周围,然后附在乔罄的耳边说,"她跟于总有一腿。"乔罄惊讶得目瞪口呆,她嗫嚅道:"真的?真的呀?太可怕了。"

金巧钰点点头:"这已经快成为公开的秘密了,你没看出来她在公司那么嚣张?以前你跟她好,我们都没有告诉你。"乔罄彻底没了脾气:"唉,只能怪我交友不慎。"

"她27岁了,没有交男朋友,也没听过她想结婚,你不觉得奇怪吗?"

乔罄恍然大悟,她想起了那次和杨倩倩与汪洋吃饭时,杨倩倩看汪洋的眼神,以为她真的喜欢汪洋,好险,幸亏汪洋不喜欢她,要不然……乔罄不敢往下想了。

半个月时间终于在漫长而淡漠中滑过了,乔罄清理完她的东西,跟一些关系较好的同事一一道别,然后离开了她并不留恋,却让她首次品尝到职场的酸甜苦辣的公司。一样的高楼,一样的广场,一样的浮华,一样的繁扰,却是物是人非了,乔罄深深地叹息。她依稀记得几个月前季明倚在楼下那尊雕塑前面等她的情景,他含笑温暖的明眸、潇洒的风度每次都能让她怦然心动……

她呆呆地看着那尊雕塑,恍若隔世,思绪如潮水般翻涌。一些繁复,一些故事,随着岁月沉淀,堆着堆着就成了厚重的历史。繁华落尽,情何以堪?

接下来的日子,乔罄想花一周时间彻底地放松,然后就要开始找工作了。一想起刚毕业时和季明那段相濡以沫的日子,她暗叹人生无常,现在自

己又成了无业青年了,面临着再次找工作的窘迫。

天无绝人之处。不久,乔罄去了一家叫环球家居安保的公司应聘董事长秘书,她因为有了一定的工作经验,加上精通英语,形象气质俱佳,文秘工作做得有条不紊,在二十多个应聘者中脱颖而出,当上了环球公司老板江汉林的秘书。这次的工资比上一家公司高了许多,环球公司承诺她的月薪是4500元,乔罄感到很满意。

上班第一天,乔罄就认识了董事长江汉林。

江汉林今年46岁,仪表堂堂,谈吐优雅,平易近人,很精干的样子。听说是个留美博士。乔罄颇感意外,因为在她的印象中,老板大都是大腹便便、一身贵气、高高在上,很难接近的。

更令乔罄感到意外的是,江汉林一见她就用流利的英语跟她交流起来,乔罄明白他也许是想试探一下自己的英语水平。

"Qiaoying? How are you!"

"How are you! Nice to meet you,Mr. Jiang."

"Very good,I wish we can cooperate happily."

"I hope so,too."

"Your spoken English is superb."

"Thank you."

"Today's work is to get to know the company's environment."

"Okay."

"Here's your working place.Find me when you need help."

"Thank you."

江汉林对乔罄露出一个赞许的笑容,乔罄在她的桌子前坐下,所有的紧张和局促都消失了。她感到庆幸,因为江汉林目前看来起码还不让人讨厌,乔罄坐在她的位置上,开始看桌上为她准备的公司情况资料。

第二天,乔罄就开始忙起来了,打不完的文件,前任遗留了非常多棘手问题也有待她来解决,还有江汉林的出差日程安排,客户的联络,订机票,订酒店……一堆事忙得她焦头烂额。

几天后,江汉林出差回来,他竟然带了件礼物给乔嫘,乔嫘颇感意外,不敢接,她说:"江总为何要送我礼物?"

"送礼物还用问为什么吗?"

"无功不受禄嘛,我可从未随便收过男人的礼物哦。"

"没关系,我们是上下级关系,我喜欢送礼物给小女孩儿,公司里几乎每个女孩子我都送过礼物,不信你可以去问问她们。"

乔嫘只好收下:"那恭敬不如从命了,谢谢江总。"

"不用谢,我发现你有些郁郁寡欢,是不是遇到什么事了?"

乔嫘一愣,感到有些别扭,她连忙说:"没有,可能这几天没睡好。"

"是不是太辛苦了?我知道你工作很多,你的前任也留下很多事。"

"没关系,我可以应付的。"

"那就好,要注意休息。"

乔嫘偷偷打开礼物一看,是一支兰蔻牌的口红,乔嫘一怔,她听说送口红代表暗恋,她朝江汉林看了一眼,江汉林也凑巧望向她,两人眼睛不经意地撞在一起,江汉林眼里有些让乔嫘感到不安的东西。乔嫘收起那支口红放进抽屉里,直到很久以后,那支意义非比寻常的口红一直安睡在抽屉里,从未被用过。

乔嫘忙得忘了很多人,连汪洋她也经常想不起来。要不是汪洋打电话约她吃饭,她还真的忘了这个老同学了。他们相约于一家湘菜馆。幽雅的环境,可口的佳肴似乎在为爱情布下陷阱。汪洋明显比以前成熟了,他蓄起了小胡子,显得有点艺术家的气质。四目相对,两人会意地笑了。

"乔嫘,你瘦了。"汪洋眼里满是疼惜,乔嫘浅笑。现在的乔嫘少了些张扬,多了些阴柔和温婉,汪洋看在眼里,喜在心上。

"是不是上班太累了?"

"还行吧,换了份工作,活太多,压得我喘不过气来。"

"换工作了?现在在哪儿做?做什么?"

"在一家合资公司做,做董事长秘书。"

"哦,不错啊,一人之下万人之上啊。还适应吧?"

"什么一人之下万人之上啊，还不是一样被人支使？压力很大的。"她想起了江汉林看她的眼神就会发怵。

"以前在那儿不是干得好好的吗？"

"不好，那公司太复杂了，不是我这种人待的地方，经常被小人暗算。"

"不会吧？"汪洋感到很吃惊，"你这么善良这么可爱，还有人会害你？"

"就是因为我太善良太单纯了吧。"

汪洋沉思着她这句话，乔罂说："汪洋，你能想象一个人被一个自己一直引为知己的人害后的感觉吗？"

"我能感觉出来，你被谁害了？"

"我真不屑说出她的名字，唉，这个人让我知道什么叫做小人。"

"是你们同事吗？"

"这人你认识的。"

"我认识？"汪洋想了会儿，硬是想不出来。

"是杨倩倩。"

汪洋显得万般吃惊："是她？你跟她不是很好的吗？"

"哼，好什么呀？她原来对我都是虚情假意，到最后捅我一刀。"

"真没想到呀，她前几天还打电话给我呢。"

"她一直追你吧？"

汪洋微笑着点头："但是我从没约过她，我接她电话只因为她是你的朋友。"

"汪洋，幸亏你没有和她好，要不然我都要后悔死了。"

"不幸中的万幸。"汪洋深情地看着乔罂，"都过去了，别再想了，这种人早认识也好，免去更大的损失。对了，你跟你男朋友怎么样了？"

乔罂就怕别人提到季明，那是她永远抹不去的伤痕，她沉默着，黯然神伤。汪洋突然感到她很不快乐，他问："你好像不快乐，出什么事了吗？"

"没有，最近有些累吧。"乔罂似乎在压抑着内心的悲戚，一脸落寞。

"骗我吧？是不是跟男朋友吵架了？"

乔罂痛苦地闭了一下双眼，伤感地望向窗外，徐徐地说："汪洋，你说爱情是什么？"

"爱情是什么？你怎么突然问我这么奇怪的问题？"

"我觉得爱情都是骗人的，这世上根本没有什么真正的爱情。"

"乔罂，你是不是有什么事？怎么发出这样的感慨？"

"我和季明分手了。"乔罂望着窗外幽幽地说，像在自言自语。汪洋吃惊地看着她，一半欢喜一半忧，"怎么分手了？"

"唉，过去了，不想提了。"乔罂轻描淡写，但她从未释怀过，她经常会在半夜梦到季明和那个女人抱在一起的情景，就会从梦中惊醒，然后会有种撕心裂肺的感觉。

"不提了，忘了吧，可你不快乐。过去的你是那么快乐，记得高中时你多么活跃啊，快乐得像只小鸟。我希望你再快乐起来。"

"谢谢，我知道你一直关心我。"

"乔罂，我发现你变了，变得细心了，温柔了，更有女人味了。"

"我过去是不是特没有女人味？"

"呵呵，不是，过去可能还没长大。"

乔罂扑哧地笑了，汪洋有些成就感，他一直盯着乔罂，在他的眼里，乔罂简直就是一个天使，美不胜收，温柔可爱，身材高挑丰满，衣着得体大方，简直无可挑剔。

汪洋看着她灿烂的笑容，很开心，他动情地握住乔罂双手，说："乔罂，我们好吧？"乔罂有些惊慌，她试图把手抽出来，可汪洋握得很紧，她只好任他握着，怔怔地凝视着汪洋，说："汪洋，别这样，我们是好同学。"

"不，乔罂，我想和你，和你做男女朋友。"

乔罂怔怔然不知如何作答，汪洋深情地说："乔罂，我一直都喜欢着你，从高二开始我心里就一直有你，我不敢向你表白。现在，你跟他分手了，给我个机会吧？"

25

乔罂就怕他提出这种要求，她用力把手抽出来，"汪洋，我们不合适的，你也知道我的脾气不是一般人能忍受得了的。"

"我就喜欢你这种性格，你放心，以后我什么都听你的。"

乔罂感到为难，她又不想伤他的自尊心，她只好说："算了，我现在不想谈恋爱，没意思。"

"为什么？你对我真的没有一点感觉吗？"

乔罂摇摇头："汪洋，我谈过一次恋爱，失败了，我对爱情这玩意已经失去信心了，我感到很受伤，暂时不想再去面对。"

汪洋眼里慢慢拢来的失望之情，让乔罂感到很不是滋味，汪洋说："我明白了，你心里还有他，要不然你不会被他伤得那么深，我说得对吗？"

乔罂沉默着，她也搞不清楚自己到底是不是心里还有季明。反正就是经常会想起他来，然后心里一阵阵地疼痛，百味流转，不知道这是不是叫做失恋后遗症。

"汪洋，我们还是做好同学好吗？你应该去找比我好的女孩儿做女朋友，我现在不适合谈恋爱，我的心态不太好，会伤害到你。"

"乔罂，只要你愿意，我可以等你，一直等到你能够接受我。"

"汪洋，我想，我恐怕会让你失望的。还是别把精力放我身上了。"

汪洋抬起忧伤的双眼静静地看着乔罂,乔罂匆匆看了他一眼,心想汪洋和季明真不一样,季明属于侵略性的,有些痞有些野蛮有些叛逆,而汪洋却斯文、安静、彬彬有礼,还有些阴柔。乔罂更加喜欢季明那种类型的男子,所以只要季明还在,她也许永远不会接受汪洋。

乔罂和汪洋分开时,她坐进出租车里,向汪洋挥手告别。汪洋伤感的眼神、悲凄的面容让乔罂不忍多看,当车徐徐开动时,从车后镜里,乔罂看到风中的汪洋目送着自己离开,脸色苍白,表情落寞,身形单薄瘦削。那是一个太敏感,且容易受伤的男子。

赵常青终于玩火自焚了。

赵常青在某酒店密会情人小琴时,传来一阵急促的敲门声。赵常青伏在小琴身上的微胖身躯恐慌得痉挛起来,他和小琴紧张地对望,都捏着一把汗。砰砰砰又传来三声敲门声。小琴慌张地推开赵常青坐起来,赵常青也下床披上睡衣,示意小琴别出声。

赵常青犹豫着要不要去开门,门外突然传来一个熟悉的声音:"赵常青,开门,我知道你在里面。"赵常青吓得脸色煞白,他小声地对小琴说:"是我老婆。"

小琴也吓得捂住嘴,惊恐不安地盯着赵常青:"怎么办?"

赵常青示意她小声,然后让她躲在衣柜里。小琴忐忑不安地猫在衣柜里,大冷天,额头上却冒起了豆大的汗珠。

赵常青把睡衣整理好后,把小琴的东西都藏了起来,确定没有破绽后他去开门。门外站着赵常青的老婆王敏,她怒目圆睁,一脸愠怒地盯着赵常青,然后二话不说就推开赵常青进了屋。王敏像只灵敏的猎犬,侦察着屋里的情况,试图找出与女人有关的迹象。可她在屋里转了一圈,没发现什么异常。

她大模大样地坐在椅子上,盯着压抑内心不安和慌乱的赵常青:"你没事跑来酒店住干什么?钱多烧手啊?"

"不是,中午太累了,开个房休息一下。"

"哈哈,太累了?"王敏大笑几声,然后突然沉下脸来,说,"骗鬼呢?那小

185

妖精哪儿去了？"

"你想哪儿去了？什么小妖精，屋里就我一人。"

"你别以为你做的那些鸡零狗碎的事我不知道，把小妖精交出来，不然有你好看的。"

赵常青是出了名的"妻管严"，在家总被老婆欺负。他认为老婆是个母夜叉，一点也不温柔，一点女人味都没有，也不知道自己当初怎么瞎了眼娶了她。他无奈地说："老婆，你这人，唉，让我怎么说你好呢？"

"你妈的别给我装蒜，把小妖精交出来，我对你从轻处理，要不然……"

"老婆，没什么小妖精，你想要，我到街上抓一个给你？"

王敏火了，眼睛在屋里四处扫描，像有重大发现似的，冷笑一声，然后刷地站起来，直奔衣柜去。赵常青深感不妙，连忙挡住王敏，王敏更加确信衣柜里有人，她一把推开赵常青打开衣柜门。

衣柜门被王敏呼地拉开了，她一看，里面果然蹲着一个女人，披头散发，衣不蔽体，惊惶失措地望着王敏。王敏惊呆了，她本来只是怀疑，原来这一切都是真的，果然藏着一个小妖精，王敏怒喝道："小狐狸精，给我出来。"

小琴吓得直打哆嗦，蜷缩着不敢出来。赵常青连忙说："老婆，你误会了，她是……"

他的话还没说完，只听到啪地一声脆响，赵常青被王敏狠狠地扇了一个耳光，赵常青感到有些晕眩，窘迫得脸都红了。王敏把小琴拉出来，二话不说给了她一个耳光："臭婊子，勾引我老公，我今天打死你这小妖精。"

王敏发疯地撕打着小琴，小琴的脸上留了几个红指印，她被打急了眼，不假思索地开始还手，两个个头不相上下的女人扭打成一团。王敏使劲地揪住小琴的长发，小琴痛得叫起来，便使劲踢王敏的大腿。赵常青一看她们打得太凶了，搞不好会出事，他把她们拉开："你们别打了，有话好好说，别打架嘛。"

"好好说个屁！"王敏凶巴巴地吼着，又要打小琴，赵常青想护住小琴，躲避不及，被王敏一拳打在脸上，他感到眼冒金星。小琴跑进厕所里，王敏追过去踢门，骂道："小骚货，你给我出来，你妈的勾引我老公，给我出来，今天打死你丫的。"

赵常青看不过眼了,冲过去拉王敏:"你别闹了,这事我以后跟你解释,你先回家。"

王敏甩开他,气呼呼地说:"解释个屁,我不听,你今天如果不当我的面发誓以后不跟小狐狸精来往,我就把你们扭到派出所去,你在嫖,她在卖。"

赵常青乱了方寸,连忙说:"好,好,我发誓,以后不跟小琴来往,行了吧?"

"这样不算数,叫她出来。"

"算了吧,小姑娘一个,得饶人处且饶人吧。"

"你妈的总为她说话,到底我是你老婆还是她是你老婆?"

"好,好,我叫她出来,你别再为难她了,好吗?"

王敏白了他一眼不说话,站在门边气得直喘气。赵常青对小琴说:"小琴,出来吧,别怕。"

小琴走了出来,脸色苍白,表情惊慌。王敏说:"今天先饶了你这个狐狸精,如果下次再让我看到你和我老公在一起,我就撕烂你丫的。"

小琴沉默着,然后白了赵常青一眼,王敏说:"她出来了,你快说吧。"

赵常青怯怯地对小琴说:"小琴,我们以后不要来往了。"

小琴似乎很惊讶,她盯着赵常青看了一会儿,然后尖声说道:"不来往了?我是块破布吗?你想用就用,不想用就扔吗?"看到小琴来劲了,王敏火了,喊道:"你还想怎么样?"

"怎么样?"小琴一想到事已至此,赵常青也不要她了,她豁出去了,她再也不怕王敏了。她一改刚才的怯懦,变成一副盛气凌人的姿态,勇敢地往王敏面前凑,幽幽地对王敏说:"让你老公白白玩我吗?想得太美了你们。世上没那么便宜的事。"

王敏对小琴的转变感到不安和害怕,她是个色厉内荏之人,看到小琴厉害了,她就收敛了,不再凶巴巴的了,她口气软了下来,说:"你想要什么?"

小琴冷笑几声,说:"想要什么?哼,你老公你不舍得给我,那只有钱了。钱,你懂吗?"小琴仰起头,做出高傲的姿态。

王敏意识到遇到难缠之人了，她是个铁公鸡，最怕别人跟她要钱，只好拿赵常青撒气："你个死鬼，这事你摆平吧，瞧你搞了什么人？搞出问题来了吧？人家敲诈你了。"

赵常青冒起了冷汗，他只好对小琴说："小琴，这事以后再说，有话好好商量，别动不动就提钱，太俗。"

"太俗？哈哈，你们夫妻演起了双簧，就是为了把我打发走，不想给钱是吧？我告诉你们，没门儿。"

王敏气得直跺脚，指着赵常青的鼻子骂道："你看看，你交的什么人，这个烂摊子你自己收拾吧，我走了。"王敏拿起包气呼呼地开门出去了。

赵常青感到轻松了一些，只要王敏一走，事情就会好办一些。他把小琴拉起来坐在床上，说："小琴，我们之间提钱不是太俗了？"

小琴猛地站起来，也指着他的鼻子骂道："你现在知道俗了？想玩我的时候你怎么不觉得俗？现在你当着你老婆的面说跟我分手，你、你还是男人吗？"小琴越说越伤心，眼圈都红了。

赵常青见不得女人的眼泪，他拍拍小琴的后背说："好了，不哭了，我也没办法，你也看到我老婆是什么样的人啦，她不好惹。"

小琴抹着眼泪，装出一副可怜兮兮的样子，说："那你就抛弃我啊？我来深久市人生地不熟的，我投靠了你，跟你好了几个月了，什么也没得到，却被你老婆打了一顿，呜呜、呜呜，我、我不想活了……"

赵常青坐在一旁叹息，他真正意识到自己玩火自焚了。接下来的两年里，赵常青夹在老婆和情人小琴之间，欲罢不能。

春节放假一周，乔罃回家过年。

乔罃的家在离深久市约一百公里的郊区，她父亲乔明亮和母亲徐樱都是电池厂的工人。近些年工厂效益不佳，年年亏损，厂子面临倒闭，已经在慢慢遣散人员，徐樱也面临下岗。乔明亮几年前因身患骨质增生动手术时，发生了医疗事故，导致左肢瘫痪，丧失部分劳动能力，当时医院赔了十二万元。他没有再回厂里上班，厂里每月补贴900元，但因厂效益不好，补贴发放不及时。徐樱面临下岗,工资发放也不及时,乔明亮每月医药费都要三百多元,家里还是有些困难的。

乔罂家人还住在厂子的职工宿舍楼里,这样的楼房有很多栋,都是二十年前的老房子了。外墙的瓷砖好多已经脱落,总体显得破旧不堪,周围的绿化也日渐荒芜。厂子的效益一年不如一年,因此也不计划给职工盖新房了。乔罂家在三层,是一套50多平方米的两室一厅的小型公寓房。

乔罂的哥哥乔恩比乔罂大5岁,今年29岁了,早到了谈婚论嫁的年龄。乔恩虽然长相不错,但是自小得了小儿麻痹症,腿有些毛病,但是并不妨碍工作。他在一家效益相对不错的电路板厂做某个流水线的组长,收入相对还过得去。家里的开销多数都由乔恩承担。因为家里经济情况不太乐观,乔恩上到高中就没有考大学了,而是进入电路板厂当起了工人。乔恩对唯一的妹妹很好,乔罂上学的费用几乎都是乔恩在提供。

乔恩因为腿有毛病,性格一直比较内向,加上家里有个瘫痪的父亲,所以一直找不到合适的对象。前不久经人介绍认识了一个叫张静的女子,两人互有好感,但张静家人嫌乔恩腿有毛病,不太同意,他们的婚事一直没有进展。

乔罂的归来给家里带来了些希望和快乐。他们把生活得以改善一直寄希望于乔罂身上,毕竟她是家里唯一一个大学生。乔罂能顺利读完大学,乔恩的功劳很大,乔明亮有些重男轻女,两个孩子中他更喜欢乔恩,他认为儿子能传宗接代。乔罂父母认为乔罂现在大学毕业了,也参加工作了,是报答哥哥的时候了。

高高兴兴吃完年夜饭,然后一家人坐在一起对着电视看春晚。

乔罂坐在乔明亮身边给他按摩腿部,这是乔罂表达孝心的一种方式,她在家待的时间少,每次回家都会给父亲按摩。徐樱做完了家务,坐在乔罂身边一起看电视。

看着爸爸妈妈头发已经斑白,脸上的皱纹也多了起来,乔罂感到有些伤感。她一心想报答家人,她在大学时最大的梦想就是毕业后在深久市买一套房子,把父母接过去享清福,如今严酷的现实却让她感到心有余而力不足。

乔恩的手机响了起来,他看了看屏幕,面露喜色,走到外面去接电话了。

乔明亮开口跟乔罂聊了起来:"乔罂,现在工作还顺利吧?"

乔罂一边捶着乔明亮的膝盖一边说:"还行。"

徐樱往门外的乔恩看了一眼,说:"没准是张静打来的。"

"妈,我哥跟张静还有来往啊?"

"还来往,她家人不大同意她和你哥的婚事,嫌咱们家穷,又没有房产。"

"这么势利啊?那就算了呗。"乔明亮不快地说:"怎么能算?我看张静那女孩儿不错,她的家人也是怕她吃亏。"

"嫁给我哥能吃什么亏啊?我哥那人多好啊。"乔罂不满地说,"再说了,喜欢我哥的女孩儿也不少。"

"但你哥就是喜欢张静,那姑娘我看也不错。"

徐樱点点头说:"张静是很不错的,她经常来咱家帮我做做家务,嘴还会说话。她也是个孝顺的孩子,不敢违抗父母。"

"那她和我哥的事怎么办啊?"乔罂叹了口气,"总不能这么拖着吧。"

"这是个问题,乔罂,爸爸跟你提个要求。"

"什么要求?爸,您有话就说吧。"

"你哥人内向,不愿求人,有委屈都自己咽,我看他也很苦。要不这么着,我跟你妈也商量过,你看看你能不能想办法给你哥搞套房子,好让他们早日成婚?"

乔罂停住手中的活,惊讶地看着乔明亮,又看看徐樱,从他们的脸上丝毫没看出开玩笑的迹象,她有些忧愁。

"乔罂,这事我知道也难为你了,但是咱家也指望不上谁了。你是家里唯一一个大学生,我们对你还是抱较大希望的。"乔明亮说。

"爸,您也知道我大学刚毕业,收入也不高,手上也没什么钱,您让我到哪儿去给我哥整套房子啊?"

"你不行就跟朋友借点钱,咱家也有一点积蓄,凑够首期先在深久市买一套房子给你哥结婚。"

乔罂苦恼地说:"爸,您是太久没见世面了吧?现在的人,自我防范意识可强了,哪那么容易借到钱的? 您把事情想得太简单了。"

乔明亮沉默着,眼睛盯着电视屏幕,一脸沧桑和无奈。徐樱向乔罂使了个眼色,乔罂明白父亲心里很苦恼和无助。

乔罂只好安慰道:"爸,您别着急,我也不是说不帮,我得考虑怎么帮,是吧? "

这时乔恩走了进来,他似乎看到大家脸色不对,他说:"你们在说什么呢? "

乔罂抬眼看他:"哥,我们正在讨论帮你买房结婚的事呢。"乔恩感到有些意外,他在徐樱旁边的椅子上坐下:"这事你们别管了,你们也管不了。"

"哥,你现在手头有多少积蓄? "

26

　　"不多，七万多元。"乔恩笑笑，"怎么了？你真的想给我买房啊？"

　　"乔恩，你妹妹答应给你想办法在深久市买一套房子。"乔明亮说，他一看到乔恩就喜笑颜开的。乔恩虽然从小受到父母的宠爱，但是他有志气，有孝心，虽然身有残缺，却自觉自愿地照顾起父母和妹妹，他的人品和孝心是有目共睹的。

　　乔恩看着乔罂，调皮地眨眼："乔罂，你发财了？要给哥哥买房？哥哥是个男人，怎么能依赖你呢？"

　　"哥，你也老大不小的了，也该结婚了。有合适的对象就结吧，别再拖了。"

　　"婚最终是会结的，但是张静想等有了房子后才结婚。"一说起房子，乔恩心里也烦闷。

　　"那我们凑点钱给你搞定首期，过完年后，我回去上班后看看能不能借点钱凑一下。现在深久市的房价越来越高了，我几个月前去看，一平方都六七千了。"

　　乔恩想了想："那也行，不过凡事不要强求，借不到就算了。对了，你和季明怎么样了？"

　　一说起季明，乔罂心里隐隐作痛，她害怕别人提起季明，那是她很难愈合的伤口。她没回答乔恩,脸色暗淡下来,然后站起来走进卫生间。

乔明亮三人面面相觑,非常不解。过了一会儿,乔罂出来了,家人都仔细地看着她,可没看出任何破绽。徐樱拉着乔罂的手走进卧室。

母女俩坐在床上,徐樱说:"你和季明怎么了?跟妈妈说说。"

"还是那样。"乔罂闪烁其词。

"很久没听你提起他了,他回老家过年了?"乔罂也不知道季明现在在哪儿,她只好点头说:"回家过年了。"

徐樱目不转睛地盯住乔罂:"乔罂,妈是过来人,你这次回来,妈就感觉你有些不对劲,你不快乐。跟妈说实话,是不是跟季明出什么事了?"

乔罂低着头,为的是不让妈妈看出她眼里的忧伤,她拨弄着手指头:"妈,没有,您别多想了。我没事。"

徐樱审视地望着她:"真的?"乔罂抬起头,挤出一个笑容说:"真的。"徐樱还是有些困惑,但是她想到儿大不由娘,既然乔罂不想说,她也不便再多追问。

乔罂答应父母替哥哥借钱买房,但是她心里其实是没底的。她不知道该管谁借,也没有把握能借到,她感到压力很大,心情因此变得更加沉郁。

初三,张静来乔家拜年了,乔罂这是第二次见到张静了,张静比乔罂大两岁。两人都是80后,还算有些共同语言。张静虽然只有高中学历,但在乔家人眼里,她通情达理,贤淑娴静,没有那么多花花肠子。乔罂对未来的嫂子很热情,也是为了她将来能够对乔恩好些。

初四晚上,乔恩厂组织放烟花,乔恩、张静和乔罂一起去看了。美丽绚烂的烟花腾空而起,五彩斑斓、光彩夺目,在黑暗静谧的夜空中熠熠生辉,带来无尽的喜庆和人们对生活的期许。瞬间消匿的烟花,总会让人有些伤感,这种感伤对乔罂来说更加浓烈,她深深地感受到什么叫"烟花易冷"。

春节过后,乔罂回公司上班了。

初八那天,每人都领到了200元的开门利市。乔罂万万没想到,江汉林另外还给她一个一千元的红包。乔罂把红包退回给江汉林,江汉林不解地问:"乔罂,为什么不收下?"

"江总,我早说过无功不受禄,这一千元我认为是不义之财,您的好意我

193

领了，但是我真的不能收。"江汉林笑了笑，说："没想到你这么认真。"

江汉林怪怪的笑令乔罂感到莫名惶恐，江汉林脸上的笑容还未隐去，乔罂就已逃回她的座位，即便相隔在几米开外，乔罂仍感到江汉林那可恶、暧昧的笑容在她身边打滚纠缠。

季明许久没有乔罂的消息了，他打过乔罂的手机，但是他被告知那号码已停机，他在年前还去远洋大厦找过乔罂，但前台小姐说乔罂已经离职了，去向不明。彷徨在街上，季明突然感到有些惶恐，失去乔罂的消息，他感到自己更加孤寂，心被掏了出来丢在苍茫的野外，从此不再有快乐和希望。

但他还未死心，他想到王梅婷，她一定知道乔罂现在身在何处。他拨通了王梅婷的手机，这次王梅婷很快就接了。

"季明，还好吗？"

"还行，你呢？"季明感到有一线希望了。

"我还是老样子。"

季明明显地感到这一次王梅婷热情多了，他心想也许她被爱情滋润了，心情一片大好。他说："你知道乔罂在哪儿吗？"

"乔罂啊？"王梅婷顿了顿，说，"她现在已经不在我这儿住了。"

"她在哪儿住啊？"

"她换了一家公司，在公司附近租了套房子。"

季明感到惊喜："是吗？把她电话给我。"

"你等等啊。别挂，我在手机里找找。"王梅婷很快翻到乔罂的新手机号，然后报给季明。季明鼓足勇气终于问了一个他一直担心的问题："她现在还是一个人吧？"

"嗯嗯。"王梅婷嘻嘻笑，"我一猜你准问这个事。放心吧，她还是一个人，虽然你们分手了，但我知道她心里一直都有你。"

季明感到非常欣慰，挂了电话后，他激动地握着手机，有种打电话给乔罂的冲动，但又不知道跟她说些什么。他内心苦苦地挣扎着，最终勇气战胜了怯懦，他拨通了乔罂的手机。

此时，乔罂正在卫生间里冲凉，听到手机铃声，头发还来不及擦干，她匆忙跑出来接,一看上面的号码,她感到似曾相识,又想不起来是谁的,她接了过来,"您好,哪位?"

季明又惊又喜,额头上冒起了汗珠,他说:"乔罂,你还好吗?"

乔罂怔了怔,听出季明的声音,那个略带磁性、柔中带刚的声音她永生不会忘记。刹那间,百味流转,五味杂陈,泪水立即盈满眼眶,她哽得失了语。

季明也是百感交集,他感到乔罂哭了,他说:"乔罂,怎么不说话?你一定哭了。"乔罂抹了一把泪,冷冷地说:"你有什么事吗?"

"我、我想见见你。可以吗?"

一滴泪水落到她扶在冰箱的左手肘上,乔罂感到心头堵得慌,过去的疼痛和爱恨重新被勾起,她发现自己对季明的背叛还是无法释怀,她哽咽着说:"我不想见你。"

"乔罂,我知道我对不起你,但是我希望你能给我一次机会,让我们重新开始好吗?"乔罂啜泣着,不可抑制地哭出声来,她说:"不,你应该知道,你犯了不可饶恕的错误,你知道覆水难收什么意思吗?"

季明感到几丝苦涩和羞愧不断地吞噬着他的坚定,他深深地叹息,然后说:"你还是不原谅我,我早应该想到,好吧,不打扰你了,照顾好自己!祝你快乐,再见。"季明一口气说完以上的话,感到轻松少许,毕竟自己尝试过了,事在人为,成事在天,和乔罂的缘分如何就看造化了。

乔罂跌坐在沙发上,大声嘶号,痛彻心扉。

乔罂哭得天昏地暗之时,她的手机骤然响起。乔罂止住哭泣,拿起来一看,是乔明亮打来的,她抽出卫生纸擦干眼泪接了电话。

"喂,爸。"乔罂感觉自己的嗓子有些沙哑,她清了清喉咙,"爸,有事吗?"

"你怎么了?乔罂,听声音不对劲啊。"

"没事,爸,这么晚了您还不睡啊?"

"乔罂啊,爸还是想说你哥的事。房子的事还是要尽快搞定,眼看他奔三十的人了,爸我身体越来越不行了,爸想在世时还能抱上孙子。"

乔罂感到心烦意乱,感情的事已经够让她烦恼的了,现在乔恩买房的事也要她操心,她感到有些吃不消,但是她还是耐心地说:"爸,我明白,您放心

吧,我尽快想办法借点钱帮我哥买房的。"

"好闺女,早点休息啊,要注意身体。"

"爸,我会注意的,您也早点休息吧。"

挂了电话后,乔翚更加郁闷,她从小就知道父亲只喜欢哥哥,什么事都是先考虑乔恩,因为乔恩身体有残缺,乔翚也不跟他计较。再加上乔恩对乔翚的确也很好,乔翚也甘愿帮助哥哥,希望唯一的哥哥能过上幸福的生活。

那天晚上,乔翚失眠了,她想了很多很多,最后她作了一个重大的决定。

第二天,见到江汉林,乔翚一反往日的不冷不热,跟江汉林聊起家常来。江汉林看到乔翚对自己的态度变得热情,感到很开心,也因而想入非非。

乔翚在再三考虑后,终于鼓足勇气对江汉林说:"江总,我、我有一事相求,不知道您能不能帮我?"

江汉林在这个阳光并不太明媚的早上,感到太阳似乎从西边出来了。因为在他眼里,乔翚是个清高、好强的女子,没想到她也会求人。江汉林面露笑容,透过眼镜深究似地瞅着乔翚,乔翚不喜欢他看着自己的那双眼睛。

江汉林把身体靠进椅背里,两手支起放在脑袋后面,"乔翚,有什么事请说,我会尽力去帮你。"

江汉林不是个守财奴,乔翚一直知道,她也知道跟他借钱把握比较大,于是她说:"我哥要买房才能结婚,而我们手头没那么多钱,一时周转不开,所以,我想跟您借点钱。我、我会尽快还你,我会给你写张借据……"

"哦?"江汉林似乎感到有些惊讶,他把手从脑袋后面放下来,眼睛使劲地盯住乔翚,"你哥要买房?让你想办法?"

乔翚窘迫地点点头,江汉林嘴角浮起一个暧昧的笑容,乔翚感到很别扭,她怔怔地看着江汉林,有种进退两难的感觉。江汉林突然变得和颜悦色,说:"乔翚,这钱我可以借给你。"

乔翚高兴地说:"谢谢江总。"江汉林又笑了笑,嘴巴有些歪,乔翚的笑容僵住了,她怔怔地看着他,江汉林色眯眯地说:"你怎么感谢我啊?"

"啊?"乔翚感到有些惊惶,她呆呆地看着江汉林英俊的脸上那张笑得越来越歪的嘴不知道说什么好时，江汉林却说："别害怕，我跟你开句玩笑，别介意啊。"乔罢心有余悸地点头，江汉林问："要借多少？"

"十万。"

江汉林脸上露出一个诧异的表情："十万可不少啊，小姑娘。你拿什么做抵押啊？"

"抵押？"乔罢感到惊讶，她从没想过借十万元要给江汉林什么抵押，她嗫嚅道："我、我不知道用什么抵押给你。"

"哈哈。"江汉林突然放肆地大笑，眼睛在乔罢身上穿梭流连，乔罢感到浑身起了鸡皮疙瘩，她习惯了看到江汉林的歪嘴微笑，却无法接受他如此这般大笑特笑，她感到有些反感。看到乔罢表情变得冷漠，江汉林止住笑，说："看你紧张成这样，我跟你开句玩笑罢了，现在又不是旧社会，要是旧社会，一定会让你来做抵押的，你还记得白毛女的故事吗？"

"白毛女？"乔罢承认她并不太了解白毛女的故事，作为 80 后的她，对这样的故事是不感冒的。

"你们这些 80 后啊，让我说你们什么好呢？最经典的歌剧《白毛女》你们都不知道。白毛女的父亲杨白劳欠了黄世仁的钱，没钱还，黄世仁就想要白毛女做抵押你真没听过？"江汉林脸上有些皮笑肉不笑。

乔罢感到有些恶心，她嗫嚅道："江总，你、你什么意思啊？"

江汉林眼睛盯着乔罢，手却慢慢伸过来试图抓住她的手，乔罢惊慌地赶紧把手缩了回去，江汉林暧昧地笑着，眼光灼灼，他温和地说："乔罢，我什么意思你真的不知道吗？"

乔罢怔怔地望着他，像只惊弓之鸟，她连忙说："江总，要是没什么事，我要做事了。"说完坐回她的位置，装作镇定自若地打起字来，江汉林的目光一直死死地追随着她，她感到很不安，有种无可名状的恐惧。

听到敲门声，江汉林喊了句"进来"，有个女孩儿找江汉林签东西，江汉林立刻恢复了一副正儿八经的姿态，像没事一样签署着文件，乔罢突然感觉他虚伪而又变态。

乔罢那晚又失眠了，想起江汉林那副恶心的嘴脸，她竟然有些后悔跟他

借钱了，但是又想起年迈的父母盼孙心切，她还是忍了，谅江汉林也不能把自己怎么样，让他自己玩暧昧去吧，自己不理他，他感到自讨没趣应该就会收敛的。

可乔罂想错了，她毕竟阅历还太浅，看不清社会上形形色色之人性丑陋的一面。

自从那次在季明出租房里向季明提出分手后，已经过去三个多月了，在这三个多月里，晏婷逼迫自己忘掉季明，她还尝试跟好几个男人约会，跳舞、喝酒，赌博……过着纸醉金迷、放纵奢华的日子，却始终忘不了季明。人生若只如初见，何事秋风悲画扇？人生如此，浮生如斯，情生情死，乃情之至。

晏婷已经不记得自己拨打了季明多少次电话了，不是不在服务区，就是无人接听，要不就是关机。她后来忍不住去新华保险公司找过季明，被告知季明已经离职，晏婷感到心碎了，再次感叹：繁华落尽，情何以堪？

晏婷万万没想到，自己会在一个放纵的夜里，在喧嚣的酒吧里和季明再次相遇。

声色惊艳、浮光掠影，灯红酒绿，说不尽的心事，道不完的哀怨。红男绿女相互暧昧的谈笑风生，与陌生人拥抱，人与人之间的距离似乎只隔着一层薄薄的衣裳。男子们或狂舞，或狂饮，或倾吐情怀，或激昂澎湃；醉眼迷离、烈焰红唇的性感女子，一反往日在职场里的端庄和干练，眼波流转、千娇百媚、缠绵悱恻。男子们嚼着杯里的冰块，抽着各种级别各种品牌的香烟，玩味地观赏着舞池里扭动着屁股、忘情地卖弄风骚的女人们。还有些人是四处猎艳，希望今晚能领回一个性感美丽的情人。

这一切，也许都是寂寞惹的祸。外表越华美，越虚妄，内心往往越孤独。

灯突然暗了下来，由白光换成了蓝紫光，但依稀还可看清人脸，一律的苍白灰暗。背景音乐换成了王菲的《只爱陌生人》，四周一片哗然，接下来是出奇的沉寂，暧昧和腐朽的感觉浓厚起来。酒吧是诞生浪漫与一夜情最好的场所。

晏婷被两个男子拽进舞池时，季明正和几个同事推杯换盏，谈笑风生，迷醉异常。有个同事出神地望着舞池里的晏婷，引起了季明和其他人的注意。

27

　　季明看到一身黑衣的晏婷醉态迷离,楚楚动人,随着音乐优雅地扭动着性感的身躯。她双臂伸到头上,头微微侧到一边,微闭双眼,表情虽淡漠却更显风情动人,她丰满的乳房上下晃动,诱惑而迷人,细长的腰肢划着圈、修长的美腿踢踏弹跳,轻快自如,像只美丽的天鹅。她优雅的舞姿渐渐引起在场所有人的注目,人们开始雀跃欢呼、兴奋难耐。

　　季明刚开始以为看错人了,时隔三个月不见的晏婷貌似没有太大变化,但是她内心的寂寞只有季明最懂。季明开始不安和惶恐,看着周围狂热的人们,和一些不怀好意、色心毕现的男人盯着晏婷吹口哨、打响指,甚至做出一些猥琐的动作,季明有些坐不住了。同事们看出季明的异常。

　　"季明,你认识她? "

　　季明点点头,同事们感到惊讶,也不乏羡慕,晏婷也许是大多数男人心中理想情人的人选。"你怎么会认识她呢? "

　　"她是我在保险公司的客户。"季明盯着舞池里执迷不悟的晏婷说。

　　季明越来越不安,他想去把她拉出来,他觉得一个正派的女子不该像个舞女一样在上面卖弄风骚,出尽风头。酒吧里什么人都有,保不准会出什么事。

　　音乐骤然停止,晏婷停了下来,满头大汗,她想回到座位上休息,可那几

个拉她进舞池的男人围住她不让走。晏婷正不知所措时,音乐再次响起,是一首交际舞慢四的抒情音乐。

围住晏婷的几个男的中的一个试图抱住晏婷要跟她跳舞,晏婷不愿意,推搡着,那个男人似乎喝醉了,一个趔趄差点摔倒,另两个男人又试图要抱晏婷,晏婷再次推开他们,其中一个男人突然抱住晏婷,然后狂吻着她,她似乎猝不及防,拼命挣扎着,然后挣脱,并狠狠地扇了那个男人一记耳光,男人被打懵了,正欲还手。季明实在看不下去了,他毫不犹豫地走到舞池里,一只手抓起男人的手腕,另一只手拉住晏婷把她往外推。

晏婷惊愕地望着季明:"季明!"眼里百味流转,多半是惊喜。

季明捏捏她的手,还来不及跟她说话,那三个男人来势凶猛地围住他们,气焰非常嚣张,一场恶斗似乎在所难免。晏婷惊慌失措地对季明说:"我们走吧,别跟他们打,你打不过的。"

"没事,别怕。"季明说,他坚定睿智的目光、高高的鼻梁和坚实的下巴无不显示他是一个果敢强大的男人。周围的人都围了过来,三个男人中的一个指着季明骂道:"你妈的谁啊? 敢管老子的事,找打是吧?"

季明狠狠地盯住他说:"我是谁不重要, 你们三个男人欺负一个女人算什么男人?"

"哈哈,哈哈……"三个男人放肆地狂笑,笑毕,其中一个对另外两个说:"成心找碴,大哥,别跟他废话,废了他。"

季明镇定自若地盯着他们,从容不迫。晏婷怒视着他们说:"你们敢,别太过分啊。"

"小娘们竟然护着这小白脸,莫非是你的小情人? 他干你很爽吧?"其中一个男人猥琐地调笑着,表情极其下作。

周围的人暧昧地起哄着,晏婷气得直抖,怒视着他们。季明也感到一股怒火从胸腔升起,他以迅雷不及掩耳之势一拳击到那个男子的左脸,他捂住脸连退了好几步,尴尬而愤恨。另两个男人感到很没面子,摩拳擦掌正要冲上来打季明时,不知从哪儿传来几声巨响,掺杂着女人的尖叫声和男人的起哄声,原来是有人砸碎了啤酒瓶子,四周一片混乱,灯突然亮了,然后有保安赶过来,间或有人喊道:"警察来了！"

周围一片骚动,那三个男人感觉不妙,狠狠地留下一句话:"小子,你有种,你等着。"说完他们仓皇逃离,立刻淹没在人群里。眼看保安越来越近了,周围的人渐渐散去,季明果断地拉着晏婷从偏门跑出了酒吧,两人立即消失在灰茫茫的夜色中。

他们匆忙上了晏婷的车,他们前脚刚迈进车里,就听到警车在酒吧门前呼啸着停下,车上下来几个穿制服的人。季明透过车窗看到刚才那三个像老鼠一样逃窜的男子也消失在黑暗中。

在车里,晏婷怔怔地注视着季明,恍如隔世,她的意识还是无法从刚才的氛围里回来。就在她最无助的时候,季明竟然出现了,并为她解了围,这对她来说不知是喜是悲。她深情地对季明说:"季明,你怎么会在这儿出现？"

季明和她四目相对,五味杂陈,他们的再次相逢竟然会在酒吧,而且会是这种情形下再次相遇,季明也感到很不可思议,他说:"你怎么也会出现在这里？"他们相视一笑,各自望向窗外。

"今天多亏了你,要不然我都不知道会怎么样。"

"别想这事了,你为什么要来这种地方？这不是正经女人来的地方。"

晏婷叹息着,苦笑了一下:"没事做,来玩玩,寻求些刺激。"

"那几个流氓你认识？"

"不认识,他们见我一人在喝酒,就上来和我搭讪,我闲着无聊就跟他们说话,没想到被他们缠上了。"晏婷似乎并不太在意被陌生男人骚扰,口气轻描淡写。

季明不忍心看她一步一步放弃自己,一步一步自甘堕落,季明说:"晏婷,你别这样好吗？我看了心里难受,今天要不是我在,你可能会遭殃。"

"没事,我会处理好的。"晏婷幽幽地看着季明,眼里掠过一丝忧伤,"季明,这些日子你干什么去了？我找你找得好苦。"

季明不吭声,他知道她又在想什么,他只好说:"我今天也只是以一个朋友帮你,希望你将来多保重。不要再发生今晚的事了。"

"季明,你是不是换工作了？"晏婷把手压在季明的手背上,季明颤动了

201

一下，然后把手拿开："晏婷，我是换了工作了。"

"现在在哪儿做呢？"

季明看了看手机上的时间，说："晏婷，时间不早了，你早点回家吧，外面不安全的。"

晏婷抓住季明的手，然后把他的手掌放在自己的脸颊上，季明温暖的掌心感到她脸上浓重的凉意，似乎有点粘湿，季明心里又是一惊，他转头去看她，终于在她光洁细嫩的脸上看到一点泪痕。晏婷在季明的注视下毫不掩饰地抽泣，季明感到一丝酸楚，他最见不得女人流泪，他叹息着把她揽进怀里。

晏婷把脸贴在季明的胸前，似乎在用她的侧脸亲吻着他激荡的心脏，她动情地说："季明，姐终于又能听到你的心跳声了，真好，这样我也知足了。"晏婷说着闭上双眼，似乎很享受。

季明抱了她一会儿，始终保持着清醒的头脑，他推开她说："晏姐，你早点回去吧，我明天还要上班，想早些休息。"

晏婷从美好的幻觉中醒来，她心想，欢乐总是来去匆匆，她的脸色变得暗淡而悲戚，她说："季明，你就不能再陪姐一会儿吗？"

季明心情有些焦虑，他果断地说："不能，就这样吧。晏姐，你开车小心点，我走了，你多保重。"

季明刚要打开车门下车，晏婷拉住他的手，说："季明，亲亲姐好吗？"她说完闭上眼睛仰起头等待季明的亲吻。季明感到惶恐，他不想再重蹈覆辙了，他狠狠心，掰开她的手，开了车门走了出去，在他离去那一瞬间，从车窗玻璃上，他看到两行热泪从晏婷眼里倾泄而下，她凄戚的面容攫夺了季明刚硬的男儿心，使之变得柔软纤弱。但是季明决然转身，故意忽略身后晏婷忧伤的眼神。

看着季明渐渐远去的背影，晏婷的心像被他抽走一般，空了。眼水潸然滚落。爱情有时是极其残忍的，你越接近它，它越是会狠狠地灼伤你，让你遍体鳞伤，不留任何余地。这是今晚晏婷在经历过短暂的欢喜过后最深的感受。

下午快下班时,乔罂正收拾东西准备下班,这时,江汉林突然面带喜色走了进来,他把门关上。然后对乔罂说:"乔罂,先等一下,有事找你。"

"什么事,江总?"乔罂站在桌前,有些防备。

"先坐下来嘛,我给你看样东西。"江汉林坐在自己的位置上,拿出一个黑色塑料袋,"过来看看。"江汉林微笑地对乔罂说。

乔罂犹豫片刻,然后走了过来,只见江汉林打开塑料袋,里面是十沓百元大钞。乔罂惊叹一声,渴望的表情没能逃得出江汉林的眼睛,他微笑地盯着乔罂,说:"这些都是你的,十万元,拿去给你哥买房吧。"

乔罂恍若梦中,她没想到江汉林竟然如此爽快地借十万元给她,她嗫嚅道:"江总,你、这些钱真借给我?"

江汉林笑意更浓,点了点头说:"当然了,是你的了,拿去吧。"

乔罂还是无法相信自己能够这么轻易地拿走十万元,她赶紧说:"你等等,我写张借据给你。"她正要挪开走向她的座位拿纸和笔,江汉林却突然起身,很快抓住了她的手腕,乔罂吃惊回头,江汉林把她抱进怀里,乔罂既紧张又震惊,她边挣脱边说:"江总,你、你这是?"

江汉林抱紧她,然后试图把她的脸面向自己,他依然微笑:"乔罂,我对你的心意你难道真的不明白吗?"

他喘着粗气,略带薄荷味的香气扑向乔罂的脸,她感到恶心和慌乱,她拼命挣扎着,说:"江总,放开我,放开我!这钱我不要了,请你自重!"

"乔罂,我喜欢你,自从见你第一眼就喜欢,真的。只要你跟了我,保证你会幸福的,我会把所有钱都给你,跟了我吧?"江汉林把嘴凑过来,渴望亲吻乔罂。乔罂拼命挣扎,气喘吁吁地说:"不,不,江总,你如果,如果还想让我尊重你,你就放开我。"

看到乔罂没有一点妥协的迹象,江汉林感到很失望,他的手劲放弱了些,乔罂趁机逃开,她抓起桌上自己的包,毫不犹豫地走向门口,只听到后面江汉林喊道:"钱,钱你不要了?"

乔罂果断地开了门,头也不回地离开了。听到乔罂咯噔咯噔的高跟鞋的响声离去,江汉林怅惘地跌坐在椅子里,双目无神地看着桌上崭新的十万

元,他突然真切地感到钱不是万能的。

王梅婷刚回家,就接到乔罂的来电,在电话里乔罂声泪俱下,像在控诉命运对她的不公:"梅婷,你说我怎么那么倒霉,总是遇人不淑,今天差点没被老板吃掉。"

"又怎么了? 你老板欺负你了? "王梅婷感到不可思议,前不久她还听乔罂说她老板怎么好怎么好的,自己还着实为她高兴,打趣说她遇到贵人了,就要转运了。

"我跟他借钱给我哥买房,他今天拿钱给我,没想到对我动手动脚,还、还……"乔罂似乎哽住了。

王梅婷骤然紧张,问道:"还怎么了? "

"他抱了我,还想亲我。我快恶心死了。"乔罂想想都有些后怕,"我、我今天要不是及时跑掉,非得出事不可。"

"真的呀? 太可怕了,乔罂,怪就怪你长得太漂亮了,男人总想占你便宜。"

"唉,漂亮有罪啊,梅婷,我又想辞职了,真怕他以后还会骚扰我。"

"乔罂,辞职不是唯一的方法吧? 别那么冲动,一有事就要辞职,我们好好考虑怎么办。"

"那我还能怎么办? 我不依他,说不定会给我小鞋穿。"

"这也不一定,总不能因为这样他就为难你吧? 他好歹也是一个大公司的老板,这点胸怀都没有,哪能创下这样的企业啊? "

乔罂想想也对,她说:"那我只有走一步算一步了,但愿他打消了骚扰我的念头。"

"想开了就好,好好自我保护吧。我希望你快乐,别想那么多了,有事随时找我。"

"谢谢你,梅婷,你真好,危难时刻你总会在我身边,我感到很安慰。"

"嗨,说这些干吗? 我们是好朋友,好同学,理当互相帮忙,我有事也会找你帮忙的。说谢就太见外了。"

"好,不说谢了,你也要好好的,有空我去你那儿小住几天。"

"好的,随时欢迎。"

第二天,江汉林见到乔罂表情有些不自然,他想跟乔罂说话,但是乔罂冷漠的表情把他吓退了,他自知昨天的言行有些失态,有愧于乔罂,因而选择了沉默。

乔罂对昨天的事还是不能释怀,她只好埋头做事才不至于与江汉林目光相遇,怕产生新的烦扰。其间,江汉林进进出出,也不时有人进来找江汉林,一个上午时间就这么过去了。

到了下午快下班的时候,江汉林突然对乔罂说:"乔罂,昨天的事,希望你不要介意,我、我也只是想跟你开个玩笑。"

乔罂抬眼望向他,却惊见他布满血丝的眼里掠过一丝深情,乔罂移开视线,向他挤出一个笑脸:"事情过去就算了,我不会介意的。"乔罂还是希望能保住这份工作,毕竟薪水也较高。

"乔罂,你是个不错的姑娘,我对你很欣赏。"

"谢谢江总。"乔罂没想到他会如此说。江汉林接着说:"我跟你在一起光想说话了,说实在的,跟你在一起我感觉自己年轻了十岁。"

乔罂笑了笑不作答,江汉林感到轻松了些,他有种一吐为快的冲动。他说:"乔罂,我知道你一定对我有不好的看法,因为我昨天冒犯了你。但是我、我是真的很喜欢你。"

乔罂感到头皮发麻,她最害怕他跟她这样所谓的示爱,她又有种想逃跑的冲动了,她不禁抬头看看墙上的钟,离下班还有二十分钟。她只好说:"江总,上班时间说这些不太好吧? 我们、我们只是上下级关系。"

江汉林似乎有满腹的衷肠要掏出来给乔罂看,忽略了乔罂的感受,他继续说:"别看我表面风光,挣了不少钱,创办了这么大规模的公司,实际上我个人生活一团糟。我和我太太关系一直不好,我们的婚姻形同虚设,我一直压抑着……"

乔罂觉得他越说越不像话了,离敏感话题越来越近了,她脑子快速想着

205

化解骚扰的对策,她终于想到了,于是她连忙打断江汉林说:"江总,我去一下调度室,我今天上午忘了跟高主任要 Komaisy 公司的订单了,趁她还没下班,我赶紧去找她要。"说完她匆忙起身,很快开门出去。

江汉林张开的嘴还来不及闭合,僵在那里,他在尴尬的同时感到很苦恼,有种高处不胜寒的感觉,他感到自己穷得就剩下钱了。

季明再次接到晏婷的电话,他先是愣了一下,想想还是接了吧,他说:"喂,晏姐。"

"你知道是我啊?"晏婷似乎心情不错。

"嗯,有事吗?"

"你在哪儿呢?"

"我在……"季明怕她来找他,他撒了个谎,"我和几个哥们在外面。"

晏婷顿了顿,好像情绪一落千丈,她的声音听来有些不快:"那、那就不打扰你了,再见。"

季明也说了声"再见"。她那边已经挂了电话,季明沉思着,有种难言的滋味在心头,挥之不去。

28

季明吃饱喝足后,刚走出饭店,他的手机再次响起。他一看又是晏婷,他咬了咬嘴唇,有些惶恐,他后悔告诉了她自己的新号码。思索片刻后,他决定跟她打开天窗说亮话,他接了过来说:"晏姐,有事吗?"

晏婷吸了一口气,说:"季明,姐想见你,来姐这儿吧?"

季明也倒吸了一口气,说:"晏姐,对不起,我这儿有点事,不过去了。"

"季明,姐想你了,你不会对姐这么狠心吧?说不来就不来了。"

季明紧张地考虑着措词,终于想到了个两全的说法,他说:"晏姐,我们已经分手了,希望你不要再对我抱什么幻想,也不要再沉迷于过去。我们现在都有各自的生活,我希望你找个好男人结婚,过上幸福的生活。"

晏婷沉思着,几秒钟后她说:"我对你也没有什么幻想了,我们什么也不必做,我只是想和你聊聊。这么久没见面了,很多话憋在心里,想一吐为快。"

季明深深叹了一口气,他不想和晏婷闹得太僵,毕竟她是自己的贵人。他说:"晏姐,改天好吗?我今天真的有事。"

"那好吧,你先忙。"晏婷的声音里明显带着幽怨,挂断电话后,季明的心情变得烦躁起来,他和乔嚣有情却似无情,和晏婷却是无情却似有情。这世界真乱套了,季明苦恼地想,感到食指和中指一阵灼痛,他猛然惊醒,才发现原来是烟烧的。

人人都喜欢看美好的东西，畏惧伤痕和疼痛，更畏惧毁灭，无法承受生命中的断裂和无望，也无法明白枯野上绝望的萤火。

晏婷对季明的思念深入骨髓，自从爱上季明后，她就无法再接受那些拜倒在她石榴裙下的男人了。每当夜深人静时，她总会醒来，然后就是回忆过去和季明的无数次床第之欢，她自认自己还算是个干净的女人，一直为季明守身如玉。

经过多少个日夜的煎熬和积蓄，晏婷体内疯狂的情欲达到了巅峰的地步。每到夜晚，情欲就像个魔鬼一样折磨着她，让她欲罢不能，她无法忍受在自己的风华年华独守空房。

在一个深夜，她终于控制不住地拨打了季明的手机，打通了。季明在迷糊间也接了，晏婷在电话里几度哽咽，用祈求的口气对季明说："季明，我想你，真的，我快死了，你来救救我……"

季明刚来的睡意立马被赶跑。这个电话对他来说不亚于午夜凶铃，激荡着季明渐趋平复的心情。他静静地听完晏婷的哭求，感到有些焦躁，但他还是耐下心来说："晏婷，请你别这样好吗？我早说过了，我们不可能的，我们最多只能做姐弟。"

晏婷啜泣的声音越来越明显，她断断续续地说："为什么？为什么上天要让我再一次经受这种感情的折磨？季明，你告诉我，我哪里不好？你、你为何不能爱我？"

季明深叹一口气，真后悔接了这个电话。男人不爱一个女人，势必变得铁石心肠，晏婷却忽略了这一点。她继续说："季明，我去找你，好吗？就今晚，以后，以后我绝不再打扰你了。"

季明断然拒绝道："不行，你千万别来，你也找不到我的住处，算了吧。我们到此为止，你多保重。"季明狠下心来挂断了电话。

晏婷绝望地跌坐床上，失声痛哭，肝肠寸断，双肩簌簌颤抖。希望瞬间被证实完全破灭，爱断情伤，心碎了无痕。晏婷的心在那天晚上彻底死去。她做了一个惊人的举动，她找到了季明留在她家的背心，然后点火烧了，在最后一点纤维化作灰烬之时，晏婷跪下来对着火盆里那堆灰烬磕了三个头，嘴里喃喃自语。大有"黛玉葬花"的意味,她跟林黛玉一样也要埋葬爱情,埋葬自己,也是祭奠逝去的岁月。

此刻的晏婷,游离在心死的唯美和现实的残忍之间,自我放逐在悲壮的幻影里。女人总是把爱情看得太过于重要,当被爱狠狠地伤害后,那种疼痛不亚于在手术台上刀剪交错时那种撕心裂肺,而这种疼痛相对来说更加绵久且难以愈合。

不久,在一个风和日丽的黄昏,季明迎来了生命中注定的一场腥风血雨。

季明刚走出公司大楼,他每天回家的必经之地是个小公园。小公园已经荒废多时,来往的人很少,里面杂草丛生,偶见晚上有情侣进来温存,寻找浪漫。

当季明像往常一样拐过那个偏僻的小公园围墙时,他猛然有种不祥的预感,他的右眼突然激烈地跳动,他还没来得及弄清楚是什么感觉如此奇怪如此凶险时,公园的矮围墙上突然跳下三个男子,手里都拿着木棍,来势凶猛地围住季明。

这是一个注定四面楚歌的黄昏。

季明马上感觉来者不善,他镇定地盯着他们道:"你们想干什么?"

他们没说话,而是沉着脸步步紧逼过来,季明微微后退,怒吼道:"你们是谁?想干什么?"

他们二话不说,抡起木棍对季明的头和肩膀一顿击打,季明躲避不及,其中一棍打在季明的额头上,有血从额头上流下来,顺着鼻侧流到脸颊上,季明感到头有些疼,视野开始模糊,肩膀上被击中处也火辣辣地疼。在挨了几棍后,季明开始反攻,他对三个人狠狠地各打了一拳,然后抢过其中一根木棍,也对他们挥舞起来。

三个男子也先后被季明打中了几棍,他们感到季明的勇猛,于是更狠地还击。季明的头部再次被击了一棍,他感到眼冒金星,顿时头晕脑涨,险些摔倒,但他硬是撑着自卫,三个男子挨了不少棍子,也是鼻青脸肿。

季明最终寡不敌众，渐渐难以支撑，当他摇摇欲坠时，他听到一个女人厉声喝道："够了，撤！"

迷糊中，季明感觉那个声音非常熟悉，竟似晏婷的声音，他微微睁开血汗朦胧的双眼，看到几米开外一个窈窕性感的女人的身影，她凄惶的脸上流露出万分复杂的笑意。季明绝望痛苦的眼神曾让晏婷想向他靠近，但她终究没有对季明施以慈悲。季明摇晃地站立着，他全身都是鲜血和伤痕，渐渐体力不支，最终跪下一条腿失神地看着晏婷，见到她眼里似有泪光，僵直地站立，直到有个男人拉她走向汽车。

在季明轰然倒地时，三个男人和晏婷已钻进小车，车缓缓启动，晏婷从车后镜看了一眼倒地的季明，泪水如断线的珠子般滚落。她知道一切都不可挽回，也不想挽回，他们扬长而去。

有人走了过来，然后更多的人走了过来。看到一地的血和躺在血泊中的季明，人们惊呼："来人啊，有人受伤了！"周围围来更多人，一片骚动和混乱，远处不停地有脚步纷至沓来。

有个男子把手放在季明鼻子前试探鼻息，他对大家说："还活着，怎么办？"

"救人要紧。"说话的人扶起季明，他身上的血令人们望而却步。有人拨打了120急救电话。有人说："我们不懂急救还是别动他，等120来吧。"

那个想扶起季明的人把季明轻轻放下。有人说："看看他是谁。"蹲在地上的人在季明的上衣口袋里掏出一张名片和手机。名片上的名字是"张季礼"，是季明学生的名片，他抬头看看大家："这名片也不知道是不是他的。"有人建议打名片上的手机号。那个男人拿起季明的手机打了那个电话，电话打通了，然后有人接了，是一个女孩儿的声音，她说季明是她老师，是在圆方公司的讲师，她知道季明出事后，她说一会儿她会来医院看望季明，然后手机挂断了。

男人翻看季明手机里的通讯录，找到了季雷的电话，他也不知道季雷和季明是什么关系，他不假思索地拨通了季雷的手机号。季雷很快就接了："喂，季明。"

"你叫季雷吗？"季雷愣住了，他听出不是季明的声音，他惊讶地问："你是谁？季明的电话怎么在你手里？"

"别问那么多了，季明受伤了，你是他什么人？"

"季明受伤了？怎么受的伤？在哪儿？"

"甭问怎么受的伤，你是他什么人？"

"我是他哥哥。"

男人对周围的人说："找对人了，这个人是他哥哥。"然后他又对季雷说："你弟弟在新明路桂林街的小公园这里，你快来吧。我们打了120，一会儿车该来了。"

季雷说："好的，谢谢您，我马上来。"

找到季明的亲人，大家松了一口气。

二十分钟后，季雷赶到，120急救车也紧跟季雷身后到了。人们帮忙把处于昏迷状态的季明抬上救护车，季雷向大家致谢后，也跟随着救护车去了医院。

季明被推进抢救室抢救，主治医生询问季雷季明受伤的原因和过程，季雷一问三不知，他说只听到周围群众说季明可能被人打了，大家赶过来的时候，没看到行凶者，只看到浑身是血倒在地上的季明。

季明上身的衣服被脱掉，他前胸、后背和胳膊上的伤让人触目惊心，给他处理伤口的护士都伤心得流下眼泪。

经过抢救，季明脱离了危险，但是还处于昏迷状态。主治医生告诉季雷："你弟弟的情况不是太好，他浑身是伤，很像是有人用木棒击打留下的伤痕，最糟糕的是他头部中了两棍，幸亏没打到要害，要不然后果不堪设想，看来害他的人手下留情了，没有想要他的命。"

季雷一直胆战心惊地听着，他的脸都白了，琢磨着季明招惹谁了，竟然有人如此狠毒地打他，季雷问道："大夫，他这种情况多久能治好？"

"他还年轻，身体素质较好，估计住一个多月就差不多好了。现在主要担心他的脑子会不会受伤。一般被棍子击中脑部，很可能会造成脑震荡，最轻的也可能会留下后遗症。"

211

季雷忧心如焚,他担心季明如果脑子伤了,那他的后半生就毁了,而他还那么年轻,正当风华正茂。看到季雷忧虑的表情,医生安慰道:"这是最坏的情形,他的脑子也不一定会被打坏,我们明早会给他做个脑部 CT,检查一下大脑是否有损伤。"

"好的,大夫,您一定要尽全力治好他,多少钱我们都愿意出,好吗?"

"放心吧,我们做医生的,天职就是治病救人,我们一定会尽全力治好他。你先去办一下住院手续。"医生把住院申请单交给季雷。

办完住院手续,交了五千元押金,季雷突然想起乔罂,他拨通了乔罂的手机,乔罂接了。

"喂,季哥哥。"

"乔罂,季明出事了。"

"季明出事了?"乔罂惊呼,心跟着揪紧了,"怎么回事啊?"

"他被人打了,现在在住院,你有空来看他一下吧?"

乔罂想到和季明已经分手,自己对他已经没什么义务了,但是听说季明被人打伤住院,她还是很担心和悲痛,心急如焚油然而生,她毫不犹豫地说:"季哥哥,他在哪家医院?"

季雷说了医院的地址,乔罂说:"你先盯一下,我一会儿过来。"

乔罂赶到医院时,季明已经被推入病房。乔罂看到季明头部和身上缠着纱布,她伤心欲绝,泪如雨下,心想是谁如此恨他?下如此毒手!

季明还处于昏迷状态,乔罂和季雷在走廊上说话。

"季哥哥,季明被谁打了?为什么要打他?"

"这个我也不知道,我是接到行人打来的电话才赶过去,后来急救车就来了,我也就跟到医院来的。别的我跟你一样也不清楚。"

"在哪儿被打了?"

"在他公司附近,当时他刚下班,走到那个小公园时被人打了,那些人是用木棍打的。"

乔罂想起电影上演的人被歹徒袭击时的惨状,没想到也发生在季明身上,她不寒而栗起来。"他到底招谁惹谁了,被打成这样。"乔罂泪眼汪汪,全然忘了已经和季明分手的事。

"我也不清楚。"季雷苦恼地说。他们商量好轮流照顾季明的计划,今晚先由季雷照顾,明天换乔罂。

乔罂回到宿舍,就打电话给王梅婷说季明被打的事,王梅婷感到很震惊,她说要跟乔罂和季雷一起去照顾季明,被乔罂谢绝了。

第二天上班时,见到江汉林,乔罂跟他请假:"江总,我一个朋友住院了,我想请一段时间的假去照顾他。"

"请假?现在这么忙,你的工作怎么办?"

"我最多请两周假。本周的工作我已经安排妥当,下周一我再来,把一周的工作安排好。"乔罂自信地说。

"好吧,你不要耽误工作就行。希望你能尽早回来。"江汉林意味深长地瞅着乔罂,乔罂向他妩媚地微笑一下:"谢谢江总。"

乔罂的微笑让江汉林心驰神摇,他又开始想入非非了。

乔罂中午给季明送饭时,在病房里她看到一个熟悉的身影。她定睛一看,原来是王梅婷,王梅婷对她说:"出了这么大的事,我怎么能不来呢?好歹我也是季明的同学。"她说完看了季雷一眼,季雷表情有些不自然,乔罂感到他们之间有种奇妙的默契,眼神间似乎有交流。乔罂心里暗笑,心想这两人一定有事儿。

桌上堆满了王梅婷带来的水果、面包等食品。乔罂把饭盒放在桌上。季雷跟她说早上季明醒来过一次,说了一句我怎么在这儿啊?然后又睡过去了。

乔罂和王梅婷在走廊上说话。乔罂说:"昨晚我几乎一夜没睡,为季明这事操心。"

"你啊,还是对他割舍不了。"王梅婷说完脸红了一下,她细微的变化逃不过乔罂的眼睛,乔罂说:"你和季雷有秘密。"

王梅婷一惊,连忙说:"我们能有什么秘密?"她白了乔罂一眼,"你别瞎说,传出去对谁都不好。"

乔罂乜视她说:"你别不承认,我都看出来了,对我还藏着掖着,真不

213

够朋友。"

"哪有？"王梅婷躲避乔嚣那双黑亮纯净的大眼睛，表情有些不自然。

"不承认就算了，不过我真的觉得你俩很般配的。"乔嚣语气很真诚。

王梅婷脸又是一红，微笑着："是吗？"乔嚣点点头，"是啊，要不要我做个媒？"乔嚣揶揄着，王梅婷赶紧说："算了，这年头还需要什么媒婆？恋爱自由，对上眼就谈，没什么大不了的。"

"呵呵，终于承认了。"乔嚣笑着。

"小样儿，我承认什么？"

"还嘴硬。"

"别说我了，说说你和季明，以后你们怎么办？"

"唉，能怎么办呢？我也是看在同学的分上，加上以前他对我也不错，我才来照顾他，要不然，我才不理他了。"想起季明的背叛，乔嚣仍无法释怀。

"也不知道是谁打了他，这人下手也忒狠了。"

想起季明浑身的伤，乔嚣又差点落泪，她说："没准他这次被打跟女人有关。"

29

王梅婷感到很惊讶,"你怎么这么想?你别把他想得那么不堪。"

"不是把他想得不堪,我有种直觉,觉得这事没那么简单,一定招惹什么人了。"

"那我们要不要报警?"

"现在什么情况都不了解,报警有什么用?警察来了一问三不知。"

"那倒也是。"

两人正说着话,季雷走了出来,对她们说:"季明醒了。"

乔罂和王梅婷跟季雷走进病房。季明虚弱地睁开双眼,嘴唇翕动似乎想说话,却发声非常小。乔罂心疼得泪水夺眶而出。季明看着乔罂三人,眼里流露出一丝哀伤。王梅婷对他说:"季明,别说话,好好养伤。"

季雷把季明扶起斜靠在床头上,乔罂把饭给季雷,季雷坐在床头喂饭给季明吃,季明却吃了几口就不吃了,他显得很焦灼的样子,大家感到不安。叫来医生,医生说这是正常现象,现在刚刚醒来,看到自己这样,身体又疼痛,心情一定是焦虑不安的。

医生走后,大家安慰季明好好养伤,争取早日出院。季雷帮季明重新躺下,季明睁着双眼看着在场的每个人,他的双眼停留在乔罂身上最多,欲说还休,也不乏深情,也许只有乔罂懂得他想说什么。

午饭时间到了,乔罂叫季雷和王梅婷先去吃饭。病房里就剩下季明和乔罂了,乔罂对季明说:"季明,你别想那么多,好好养伤,一切事情都要等到病好后再说。"

季明张开嘴,轻轻说了一句:"乔罂,你真好。"

话音虽然很轻,但是乔罂还是听清了,她感到有些欣慰,她微笑着:"季明,你慢慢地就好了,别担心,我会一直照顾你,直到你出院的。"

主治医生来病房看望季明,看到季明有所好转,他感到很高兴,他问乔罂:"你是他什么人?"

乔罂愣了一下,迅速看一眼季明,季明深切地看着她,流露出一股鼓励之情,乔罂转向医生说:"我是他的朋友。"

医生对季明说:"你好好养着吧,没什么太大的问题了。"然后他又对乔罂说:"你跟我去一趟办公室。"乔罂怔了怔,感到有些不安,她下意识地看一下季明,说:"我一会儿过来。"季明点点头,目送着她的身影消失在门外。

在办公室里,医生对乔罂说:"季明的脑部 CT 结果出来了,从片子上看没什么大问题,没有伤到脑部组织,只是脑壳有一些损伤,不会对大脑产生影响。不幸中的万幸啊。"

乔罂提起的心放下了,她说:"没伤到脑子就好,谢谢大夫。"

"但是你们也要小心看着他,别让他激动,这种伤不是一天两天能好的,他有两条肋骨被打断了,我们这两天要组织一个手术给他接上。"

一想起手术,乔罂感到惊恐,因为她想起她初三时父亲乔明亮那次手术。手术发生事故,导致乔明亮下肢瘫痪,手术总会让乔罂心有余悸。她惊呼:"什么?要做手术?"

医生对她的反应如此激动感到不解,他说:"是的,要做手术,不然他就无法恢复健康。"

"大夫,不会、不会有医疗事故吧?"乔罂嗫嚅着。

"怎么会有医疗事故呢?哪有那么多医疗事故啊?"医生笑了,乔罂还是无法安心。但是事已至此,也只能冒一次险了。

第二天上午,季明被推上手术台,乔罂和季雷在手术室外忐忑不安地等待,乔罂心里一直在默念,祈求季明能够平平安安地被推出来,她一直相信好人一生平安。三个小时过去了,随着一声门响,季明被推了出来,乔罂和季雷紧张地看着医生,从医生的安然的脸上,他们知道手术成功了,他们悬着的心放下了。

接下来的日子,乔罂和季雷轮流照顾季明,偶尔王梅婷和杨昆也来看看季明,还有季明的同事和几个好朋友,同事和朋友的关心让季明感到很温暖。

季明渐渐能够正常说话,偶尔也下床走走。他有时候会倚在窗前失神地望着窗外,似乎怅然若失,黯然神伤的样子。乔罂看在眼里痛在心上,她理解他的心情,曾经一个阳光的男子,经历一次生死考验,难免会有些伤感和惆怅。

可当被问道为什么会被人打时,季明却变得很焦躁而激愤,并选择了沉默,他变得内向了许多。乔罂想他一定是伤透了心了,为了让他能够好好康复,她也不想过多去追问。

乔罂每天对季明无微不至地照顾,全然忘了过去的恩怨,看着在病房里为自己忙前忙后,憔悴疲惫的乔罂,季明感到过意不去。他几次想问乔罂为何要对他这么好时,却又被自己突如其来的懦弱噎回去了。乔罂还是如此美丽、倾倒众生,虽然他们已经近半年没有联系了,但是乔罂仍然让季明怦然心动。过去美好温馨的时光历历在目,季明感到心情有所好转,他心想,只要乔罂能够原谅我,我受再大的苦也值得。

乔罂总是在不经意间被季明投来的深情目光所怔住,她只要进到病房,就感觉到季明的目光一直追随着自己,虽然偶尔有一丝感动和欣喜,但是更多的是哀叹和痛心。她心里还是无法原谅季明的背叛,而季明这次的挨打,她总感觉跟那个女人有关,季明对此事的缄口不语更让乔罂愤懑,但她学会了收藏情绪。

季明终于被允许到户外活动了,有一天黄昏,乔罂陪着他到医院后花园散步。季明几次想拉她的手,她都避开了,季明在失望之余,总会深深地叹

息，他对乔罾说："乔罾，在我们分手的这些日子里，我经历了太多苦难，我仿佛一下子老了十岁。"他的语气呈现出少有的苍凉。

"别想那么多了，这一切都是你自己造成的，怨不得别人。到现在，你都不敢告诉我为何被人打。"

季明锁紧眉头望向远方，沉思片刻，然后低低地说："乔罾，你还是像过去那么残忍，为什么要揭我伤疤呢？"他顿了顿，"如果你真想知道，我可以告诉你。"他深切地看着乔罾，探索性地问："你真想知道原因吗？"

乔罾看他眼里闪过一丝无奈和脆弱，她有些于心不忍："算了，你不想说就算了，我也不想知道，你自己记住这次教训就成。"

季明轻轻点头，叹息着说："是啊，血淋淋的教训，我其实早清醒了，但是报应还是来了，的确也怨不得别人……"他突然想起了晏婷在他受重伤倒地时绝然离去时那张悲痛却又坚硬的脸，他欲言又止。

季明走累了，他们在一张木椅上坐下来，季明在经历了几次的拒绝后，还是心存幻想，他试图握住乔罾的手，这次乔罾没有抗拒，被他紧紧地握住。乔罾深切地凝视季明，四目相对时，有种百味流转、恍若隔世的感觉。

"亲爱的，我真不知道怎么表达对你的歉意，我知道我说什么你都不肯原谅我。但我还是要告诉你，我爱的人一直只有你，而且我会一辈子都只爱你一个，此爱终生不渝。"

季明深情而温暖的目光，乔罾竟觉得消受不起，她静静地凝视了季明片刻，在季明黑亮的眸子里，她看到自己的影像，苍白变形而怪异的脸，在那个晴朗明媚的黄昏显得如此哀婉。乔罾闭上双眼深深叹息着，她感受到自己的眼眶热了，她连忙挣脱季明的双手，转向一边，眼泪悄然滚落，如此猝不及防，季明的目光一直追随着她，心里酸楚而感伤。

乔罾刚要站起来走开，季明突然抓住她的手，并让她坐在自己身边，季明像过去一样托起她的下巴，深切地凝视着她："丫头，这几个月以来，我心里无数次地喊你丫头，却总是在心里传来回音，你知道吗？我一天都没有停止去想你，你的一笑一颦深深地刻在我的脑海。没有你的日子，我一闲下来就想你,你离开我的那一个月内,我天天把自己灌得酩酊大醉,你可知道,我越醉心里却越想你,不瞒你说,我连自杀的念头都有……"

"别说了!"乔罂打断他,掩面痛哭,心里对自己说:我何尝不是这样?和你分手,我不会比你少痛苦。可她没有说出来,季明从衣袋里掏出纸,递给乔罂,乔罂擦了擦眼泪,平静了些。

看到乔罂哭得如此伤心,季明知道他和乔罂的缘分还未尽,他感到宽慰许多,他接着说:"乔罂,我们重新开始好吗?"

乔罂抬眼望他,看到他满脸的真诚和期待,乔罂有些心动了,但是季明和那个女人抱在一起的情景对她来说太深刻了,她总是甩不掉,她需要时间慢慢洗刷伤痛,她说:"季明,你现在身体还没有完全康复,这些事情以后再说吧。"

季明苦恼地说:"看来你还是不能原谅我,告诉我,我要怎么做你才肯原谅我?"

"季明,你明白覆水难收这个道理吗?我们的爱情像泼出去的水,收不回来了。我现在只是以朋友或同学的身份来照顾你,等你身体好了,可以出院了,我就会回去上班。"

季明感到万分失望,他感叹女人绝情起来比男人还狠,也许是伤她太深了。他说:"你太绝情了,不给自己留点余地,我知道你心里还是有我的,你不能否认吧?你何必对过去我的一点荒唐事耿耿于怀呢?你想想,人无完人,谁没有做错的时候?你在给我判处死刑的同时,也给你自己判了死刑。"

季明又充分发挥他过人的口才,头头是道地尝试说服乔罂,他甚至想,如果这里只有他们俩,他一定会强吻她,他相信她一定会回心转意的。但是乔罂只是静静地听着,不置可否。乔罂绝非一般的女子,她眼里糅不得沙子,心里容不得玷污。

就如古诗所云:

人生若只如初见,何事秋风悲画扇?
等闲变却故人心,却道故人心易变。

骊山语罢清宵半，夜雨霖铃终不怨。

何如薄幸锦衣郎，比翼连枝当日愿。

晏婷自从纠集流氓打了季明之后，她时常为自己的行为悔恨不已，因而变得惶惶不可终日，一则怕被查出来她是幕后真凶，二则担心会造成季明残疾。那段时间，她每日搜罗报纸和电视新闻，想知道有没有此事的相关报道。但奇怪的是，半个多月过去了，一切都显得那么平静，也没有季明的任何消息，平静如水的现象令她发慌。

不知道平静的表象下会不会暗藏杀机呢？为此，她终日郁郁寡欢，一切已经铸就，爱已逝，情已伤。在富足的物质生活中，她感到自己如同一只关在笼子里的小动物，没有心肺，没有灵魂，面对着堆积如山的食物，却寝食难安。

这段日子，她常常想起北宋词人柳永的《踏莎行》，最能表达她此时的心情：

水逝流年，星移河汉，花前月落芳尊满。

杯中盛下愁多少，醉宜莫醉心犹乱。

春思情长，佳期梦短，萧萧竹叶风为伴。

怅吟孤影自悲怜，昏昏归去谁人管。

季明终于痊愈了，他出院那天，医生、护士都来送他，他的好人缘令所有人都痛恨打他的人。想到幕后真凶是晏婷，季明只有把苦水往肚子里咽了。

季明在家休整了几天就上班了，乔罂也回公司上班了。乔罂上班的第一天，受到了江汉林的热情迎接。当她进入办公室时，桌上放了一大束鲜花，令她惊诧不已。乔罂放眼望向江汉林，江汉林对她满脸堆笑，乔罂感到很不适应。

乔罂惶然地坐下，一时间不知道该做什么好。这时江汉林走过来，对乔罂说："先不急于做事，先休整一下，我能理解你此刻的心情。你一定对这束鲜花感到好奇，你会问为何我要送鲜花给你吧？"

乔罄怔怔地望着他，呆呆地点头。江汉林搬一把椅子坐在乔罄身边，说："乔罄，送这束花给你，一是为了让你能够去掉这段时间待在医院照顾病人身上的晦气；二是为了表达我对你的情意。"

　　乔罄有些哭笑不得，她说："江总，我不知道你为什么要这么做，说实在的，我消受不起你的这种盛情，你还是把花拿回去吧。"

　　江汉林双目炯炯地看着乔罄："送出去我还怎么拿回来呢？"他似乎感到很失望，满腔热情瞬间被浇个透心凉，乔罄第一次看到江汉林哭丧着脸，她心肠一软就说："那好，江总，我接受你的花，但是希望你下次不要再送东西了。"

　　江汉林微笑着点点头，然后说："乔罄，我不是个轻易动心的男人，不知道为什么，对你却有些异样的感觉。我知道我这么大岁数了，想这些事有些不合适，但是我想把我的真心话告诉你，不管你接不接受，我都要说我是真心喜欢你。"

　　乔罄听完心里又有些郁闷了，心想男人一犯贱比女人还厉害，唉，我怎么遇到这样的人？她默默地坐下来，开始忙乎工作上的事。江汉林一看乔罄没有反应，自觉没趣就走开了。

　　季明恢复了往日讲台上的神采，他面对学员和同事的问候和被打疑问表现得泰然处之。任谁问起，他都只是一笑了之，因而他显得更加神秘。大家对他被打后竟然不报警，也没有表现出仇恨感到奇怪，对季明表现得过于大度都感到有些纳闷。季明缄口不语，随着时光的流逝，这件事渐渐也被人们所淡忘。

　　经历过一场血雨腥风后的季明更显成熟和有魅力，他字正腔圆的话语，极富说服力的讲解，风趣幽默的语言，举一反三、触类旁通和谈古论今的解说方式常常让学员们流连忘返。季明俨然成了圆方公司的一块金字招牌。

　　季明的演说课常常会有些小创意，比如，他有一次竟然把化学实验搬上了讲台，他让几个同学上台和他一起完成了一个化学实验，下面的同学一起互动完成了一场精彩绝伦的创意销售课。学员们对他佩服得五体投地，季明

的名声在公司越来越大。

季明手头有了些余钱，他想着把房子装修一下。他开始找装修公司，对比了好几家，后来经朋友介绍，确定了一家叫博创的装修公司。

他和一名叫吴雪雯的女设计师一起去看他的房子，吴雪雯带了一名助手一起量了尺寸，她的手绘超棒，几分钟下来，就把房子的轮廓临摹出来了，然后细细地标上尺寸。

30

　　吴雪雯是个三十二岁的娇小、漂亮女子，扎着一个马尾，显得年轻、明媚却干练。季明没想到她这么年轻就当上了设计总监，而吴雪雯却说季明这么年轻就拥有这样一套房子，也很不简单。他们相互打趣，交谈得很愉快。

　　他们找了个茶楼，坐下来谈设计事宜。

　　吴雪雯是广东人，说话带有些广东口音，但是声音却很悦耳，她对季明说："你打算装修成什么风格的？"

　　"都有哪些风格？"对于装修，季明是个外行。

　　"一般有现代简约风格、中式风格、欧式田园风格、欧式简约风格、欧式古典风格、地中海风格、东南亚风格、时尚混搭风格、日式风格和美式乡村风格等等。"

　　季明听得一头雾水，他说："这么专业啊？我也不知道怎么选，我喜欢那种彰显个性，又现代时尚，还较舒适的环境。"

　　吴雪雯笑了笑，说："我忘了你不是专业人士，据你的说法，你可能是喜欢时尚混搭的。"

　　"时尚混搭？"季明还是不明白，"有没有案例？我看一下就知道。"

　　吴雪雯翻开她随身携带的一本室内成品图集，翻了几套很时尚很有个性的照片给季明看，季明自己拿起来翻了翻，终于看上两套，他兴奋地说：

"OK,这种格调、色彩我非常喜欢。就它了。"

吴雪雯好奇地看着季明:"你喜欢这样的?不过像这样的,很多80后喜欢,大多数是男的喜欢,不过我要提醒你,如果你的女朋友不喜欢的话,你们将来可能会吵架。"

说起女友,季明心情变得沉重起来,他想起了乔鼙,也不知道她怎么样了。不知道和她将来能不能有结果。他沉思片刻说:"先别管那么多了,先顾我自己的喜好吧。就这样的风格,我喜欢就成了。"

吴雪雯笑着说:"你的想法也真独特,冒昧地问一句,你有女朋友了吧?"

季明微笑地看着她,戏谑般地说:"你看呢?"吴雪雯也笑了:"一定有了吧?你这么优秀,这么帅气,一定有大把女孩儿追你。"她说完,脸上浮起一丝酡红,季明笑了笑,目光深沉地望向远方,吴雪雯看他的表情如痴如醉。季明总是那么讨女人喜欢。

"吴工,什么时候能设计好?"

"你的装修预算想控制在多少钱以内?"

季明想了想,说:"我希望每一分钱都用在刀刃上,控制在八万元以内。"

"八万,房子的建筑面积是95平方,一平方800多元,也不错了,中档级别。"她在笔记本上记着,"我们回去后,先设计出平面图来给你看看,如果平面图确定下来,我们就出几张效果图,效果图出来后给你确认,如果没有问题,我们就出施工图,然后做报价。如果你对图纸和报价没有意见,那么我们就可以签合同了,签了合同马上就开工。"

"这么复杂啊?"季明感叹,"那设计图纸不用另外收费吧?"

"如果你和我们签装修合同,设计是免费的,如果你不跟我们签订合同,只是想要我们的图纸,那么图纸就要收费。"

"好的,我明白了,你们回去尽快出设计图纸,我想尽早把房子装修好。"

谈完房子的事,吴雪雯似乎意犹未尽,她说:"季明,跟你聊天很开心的,你的话这么好听,我都有些被你迷住了。"

季明哈哈大笑,他说:"吴工开玩笑吧?"

"一半是玩笑,一半是真心话。对了,你到底有没有女朋友?如果没有我介绍一个女孩子你认识。"

季明诡异地笑笑,开玩笑地说:"好啊,只要是美女,我来者不拒。"

"真的吗?"吴雪雯当真了,季明连忙说:"其实我有过女朋友,只是我们暂时分手了。"

"什么叫暂时分手?我不明白。"

季明于是跟她聊起了乔罂,聊起了自己曾经做了对不起乔罂的事,而自己又深爱着她,无法忘掉她。

吴雪雯静静听完季明的故事,她以过来人的口吻说了一番话,顿时让季明茅塞顿开:"季明,我比你大几岁,我有过两次婚姻。我现在的丈夫是我以前的同事,我们是一见钟情,我和第一个丈夫感情不好,他还对我实施过家庭暴力,所以当我爱上现在的丈夫后,我毅然选择离开他。我经过千难万阻,好不容易离了婚,在最难的时候我差点放弃了追求幸福,但是因为我们太相爱了,所以我们最后还是成功走到了一起。人这一辈子,能够遇到一个爱自己、自己又爱他的人不容易,很多人一辈子都遇不到一次真爱。季明,据你跟我讲的乔罂,我觉得她是真爱你,要不然也不会因为你出轨而那么伤心。所以我劝你还是去争取一下,再争取一下,去感动她,或许会有柳暗花明又一村的。"

听完吴雪雯的话,季明陷入了沉思,他觉得她这番话的确也是发自肺腑,他感到自己和乔罂重归于好也许还有希望。

受到吴雪雯的鼓励,季明有了些勇气,他不想再打那些婆婆妈妈的电话了,他想男人不坏女人不爱,还是要还原自己本来的"坏"男人面目,重新追求乔罂也不是不可能的。他决定第二天下班后去乔罂公司找乔罂好好谈谈。

下午快下班时,乔罂开始收拾东西准备下班。

江汉林突然开门进来,乔罂不知为何有种恐惧的感觉,她怔怔地望着江汉林一步一步走进来,他的笑容令她感到有些毛骨悚然,她以前并没觉得他的笑有多么可恶,可今天也不知道是怎么了。

今天果然有些邪门。江汉林把手里的东西放在自己的桌上,然后突然向乔罂走来,站在她面前死死地盯住她,脸上还保持着皮笑肉不笑的表情,乔罂惊慌地抓起桌上的包想走开,江汉林拦住她说:"乔罂,你别走,陪我说

会儿话好吗？”

他的声音比平时更加柔和，但乔罂却感到鸡皮疙瘩爬上脊背，她睁大双眼盯着他说不出话来，他继续说：“乔罂，我爱你，你为什么总不肯接受我的爱？”说着他的手抓住了乔罂的手臂，乔罂颤抖了一下，江汉林觉得处于惊惶中的乔罂更加楚楚动人，她的颤抖更让他痴迷，他大胆地抱住乔罂，嘴里发出呢喃：“我爱你，宝贝儿，跟我好吧？我会让你幸福。”

乔罂用力推他，惊呼着：“江总，你在做什么？”

江汉林更紧地抱着乔罂，嘴巴几乎凑到乔罂嘴边了，他喘着粗气，手开始在乔罂胸前摸索着，激动得面红耳赤：“宝贝，给我一次吧，我会让你快乐无比的……”

乔罂大惊失色，拼命挣扎，听到外面传来轻快有力的脚步声，乔罂感到一丝生机，她说：“有人来了，放开我！”她挣扎着，江汉林却不顾一切地吻住乔罂的嘴，乔罂摇摆着头不让他吻，可江汉林不依不饶，乔罂在恐慌之中火冒三丈，不知从哪儿来的勇气，她用力推开江汉林，然后抡起手用力地扇了江汉林一个耳光。只听到啪的一声巨响，江汉林脸上挨了一个耳光，他被打懵了，他放开了乔罂，身体僵硬地呆立着，他窘迫地盯着乔罂，有些震怒。乔罂也因为自己竟然打了自己的老板而感到吃惊，也呆立着，两人四目相对，各怀心事对峙着。

听到脚步声越来越近，乔罂重新抓起包准备离开，江汉林色心大发，猛地抓住她的手肘，并紧紧地抱住她，正要对她展开新一轮的非礼，乔罂惊恐地大叫：“放开我！流氓……”

砰的一声，办公室的门突然被踢开，季明飞奔进来，二话不说抓起江汉林的衣领，并把他拽离乔罂，江汉林还没反应过来，他的脸上就重重地挨了一个拳头，他感到眼冒金星，晕眩着，一个趔趄后退了几步，然后重重地跌在窗户边，一屁股坐在窗边的盆栽里，他捂着红肿的脸尴尬而吃惊地望着气愤的季明。

乔罂也吃惊地望着季明，季明紧紧拉起乔罂的手，转向江汉林并指着他骂道：“你堂堂一个公司老总，竟然做出如此下作无耻的勾当，别以为有几个臭钱就能欺负女孩儿,你妈的,小心我废了你!"季明越说越气,他放开乔罂,想冲过去再揍江汉林,却被乔罂拉住了:"算了,别打了,别理他,我们走吧。"

季明对江汉林说:"看在乔罂的面子上,这次先饶了你,臭流氓,哼。"他转向乔罂:"我们走!"趁惊惶失措的江汉林还没从地上爬起,季明就拉着乔罂摔门离去了。

两人跑出楼下后,乔罂累得气喘吁吁。缓过劲来后,乔罂突然哈哈大笑说:"你刚才那一拳真解气。把那老流氓打得找不着北了。"

看到乔罂大笑,季明不知道该开心还是该悲伤,他严肃地说:"幸亏我及时赶到,要不然后果不堪设想。"

"是啊,今天真谢谢你。"乔罂真诚地说,季明深切地望着她,深情地说:"对我别说谢字。"乔罂笑了笑,说:"我还是要感谢你,你是我的救命恩人。"

季明抓起乔罂的手,放在嘴边吻了一下,说:"乔罂,我今天也是突发奇想过来找你聊天,没想到竟然让我看到你险遭非礼的一幕。冥冥之中,上天派我来保护你,看来我们真是有缘。"

乔罂收起笑容,怔怔地望着季明,季明接着说:"我昨晚很想你,所以今天就来了,看来我真是来对了,你能够原谅我吗?"

乔罂抽出自己的手,转过身去,幽幽地说:"季明,我谢谢你今天为我做的一切,但是我们俩的事,我还得想想。"

季明把她扳过来,双手放在她的肩膀上,诚挚地说:"乔罂,过去我伤害你至深,我已经知道错了,我也用自己的行动痛改前非了,你还是不能原谅我吗?"

乔罂凝视着他:"你能老实回答我一个问题吗?"

季明点点头:"别说一个,十个甚至一百个我都会老实地回答你。"

"那好,你和那个女人还有来往吗?"

"早没来往了。"季明不假思索地回答,"自从你离开了我,我和她就没有来往了。"

"真的?"乔罂深切地审视他,"那你挨打是怎么回事?跟她有关吗?"

说到这个问题,季明感到难以回答,毕竟那件事对他来说是个教训,也

227

是个耻辱,他也怕提及晏婷会再次伤害到乔罄,他只好说:"这件事我以后再告诉你好吗？"

乔罄眼里浮起一丝清冷,她也许是失望了,季明真切地看到她眼里闪烁的泪光,在华灯初上的浮华都市的夜色中显得那么晶莹而令人生疼。季明把她抱进怀里,她没有反抗,他感到她的柔弱和无助。

他们吃饭的时候,乔罄郁郁寡欢地说:"季明,看来我又要失业了,今天你打了江汉林,我在那儿肯定不能再待了。"

季明愤愤不平地说:"今天我不打他,你也别在那儿干了,你在那儿干一天,我的担心就多一天。在一个色狼身边做,你迟早会被吃掉。"

乔罄托着腮忧郁地望向窗外,喃喃地说:"我一时半会儿也找不到工作,我哥买房的事就更加遥远了。"

"你哥要买房？"季明把一根烟塞进嘴里,"以前没听你说过啊。"

"他也是最近才想买的,我未来的嫂子家人说我哥没有房子,他们不同意婚事。我爸妈着急了,他们让我想办法帮我哥买房。"看到乔罄忧心忡忡的样子,季明用力吸了一口烟,"你哥的钱不够交首期吗？"

乔罄摇摇头:"差得远。要不然,我也不会想着跟江汉林借钱。"

"什么？"季明感到吃惊,眼里似乎在冒火,乔罄吓了一跳,季明很快温和下来,说:"你、你竟然跟那个流氓借钱？"

乔罄无奈地点头,说:"我也是没办法,那段时间我爸逼得紧。我一时糊涂就跟他提借钱的事,哪知道他是这种人……"

季明有些生气了,他深深地叹气,说:"你应该跟我说,我会想办法帮你的,你竟然去跟老板借钱,不管他是不是这种人,职员跟老板借钱是大忌,尤其是像你这么漂亮的女职员。"

乔罄有些窘迫,低头沉思。季明说:"算了,事情都过去了,你离开了我,就没人保护你了,看来,只有我才能保护你。"

乔罄抬眼看他,眼里跳动着季明熟悉的温柔和感动,季明顿感信心大增,看着楚楚动人的乔罄,季明很想拥她入怀。

夜里临近十一点多钟,杨昆逛街回来,提着大包小包穿过小区的保安岗，向自己的住处走去的路上，当她走到那黑暗的葡萄架时，突然有个黑影横在她的面前，她倏而感到很恐惧，还没来得及看清那人的脸，那人凑到她面前，提着一个瓶子，突然往她头上倒液体，她立即感到脸上火烧火燎地疼痛，然后听到轻微的滋滋的灼烧声，然后有不少液体迅速流到她的脖子、胸部，继续往下蔓延，她感到灼痛难忍，同时闻到一股浓烈的硫酸味，她猛然感到自己身上发生了巨大的不幸，她恐惧而绝望地惨叫："啊！啊……"她迅速丢掉手上的包，双手颤抖着抓挠自己的脸，随即她听到一个匆忙逃离的脚步声敲击着她的耳膜，她下意识地想往那个脚步声的方向追去，却觉得眼前一片黑暗，什么也看不见，然后手上也感到疼痛难忍，她才意识到自己被人泼了硫酸毁了容，她惊恐而凄惨的尖叫声划破了小区的静谧，她像一只无头苍蝇一样跌跌撞撞地向保安岗跑去。

当小区两个保安惊慌地跑近杨昆时，她已经倒地不省人事了。脸部、脑袋和上身好像在冒烟，保安闻到一股浓重的硫酸气味。

四周陷进一片恐慌和混乱之中。两个保安手忙脚乱地把她扶起来，看到她溃烂疮痍的脸，他们目不忍睹，触目惊心。周围围上来些人，有人打了120急救电话，还有人打了110报警电话。有人在她的袋子里找到她的手机，并翻出一个标有"老公"字样的手机号码打了过去，是一个男人接的电话。保安打了那个电话。

"你是杨昆的老公吗？"

对方似乎怔了怔，然后说："你是？"

"你赶紧来一下南洋新城，你的太太出了点事，要送去医院抢救。"

"啊？你说什么？"那男人很着急，"我太太？哦，她出什么事了？"

"你别问那么多了，救人要紧，快过来吧。"

杨昆的"老公"就是她的情人肖默，半小时后他赶了过来，救护车也刚来，他眼睁睁地看着医生把杨昆抬上救护车，他来不及看清杨昆的脸，就被医生招呼赶紧上车去医院，他还不知道到底发生了什么事。

救护车刚开走，警车呼啸着就来了，下来几个警察，很快在小区范围内拉起一道警戒线，不允许所有人进出。

31

杨昆被送到医院抢救时已是凌晨一点多钟,肖默在抢救室外,听医生说杨昆被人泼了硫酸高度毁容、烧伤面积占全身 20%,属于三级烧伤,以后生活很难自理。他感到震惊不已,却欲哭无泪,他焦躁地在走廊上走来走去,然后突然想到什么似的,他拿出手机,走到一个隐蔽处拨通了一个电话。

"你在哪儿?"

对面有个女人说:"我在家啊。你在哪儿?"

"甭问我在哪儿。"他鬼鬼祟祟地环顾四周,然后压低声音说:"泼硫酸这事是你干的吧?"

那女人怔了怔,然后阴阳怪气地说:"你在说什么?我不明白。"

"你别装,出大事了!你、你……"肖默气得直喷,"你太恶毒了,你怎么能这么做呢?"

"你到底在说什么?"那女人装做很冤,肖默气愤地说:"你,我说你什么好呢?唉,不说了。"他挂了电话。

突然听到医生喊:"肖先生。"肖默赶紧跑过去,医生对他说:"你去办一下住院手续。"交了一张单据给他,他怔了怔,刚想跟医生说话,医生已经走远了,他只得去办手续,并交了一万元。他心想一下子就交一万元,这到底是怎么了。可没人能够回答他。

肖默在抢救室门外守了一夜,他竟然在椅子上睡着了,等他醒来,已是凌晨六点多钟了。而杨昆还在抢救室里接受抢救,他感到很不妙,开始坐立不安。

　　他问了几个来回走动的医生关于杨昆的情况,可得到的回答是还在观察和抢救,他突然感到很孤独,他拿出杨昆的手机,翻了翻,他想找杨昆在本市的朋友过来看看杨昆。他翻到了乔罂,他听杨昆说过乔罂,名字很熟悉,于是他试着打过去,乔罂的手机居然是开着的。

　　"喂,杨昆。"传来一个女孩儿慵懒的声音,"你怎么起这么早?人家正睡得香呢,什么事,说吧。"

　　肖默怔住了,正在考虑措词,乔罂说:"喂,说话呀,不说我挂了。"

　　肖默赶紧说:"乔小姐吗?"

　　乔罂一听是男人的声音,她愣了愣,睡意顿时全消,说:"你是?"

　　"我是杨昆的朋友,我叫肖默。"

　　"肖默?"乔罂拼命地想着这个熟悉的名字,突然想起杨昆说她的情人叫肖默,她感到很意外,心想这个人为什么要用杨昆的手机打电话给我呢?她感到好奇,于是说:"你怎么打电话给我?有什么事吗?"

　　"真是不好意思,打扰你了,杨昆她出事了。"

　　"啊?"乔罂这两天以来听了好几个"出事"这个词了,她最怕听到的就是这两个字,她有种不祥的预感,她的急脾气又上来了,"杨昆出事了?出什么事了?"

　　肖默感到心力交瘁,他沉重地说:"杨昆被人害了。现在在市医院接受抢救,你如果有空,能不能来一趟?"

　　乔罂怔住了,听他的口气事态还比较严重,她连忙说:"好的,我马上过去。"

　　挂了电话,她连忙打了王梅婷的手机,把情况大概说了一下,王梅婷刚好今天没课,她决定跟乔罂一起去医院看望杨昆。

　　当乔罂和王梅婷赶到市医院的时候,杨昆刚被推出抢救室,现在住进了重症病房,她躺在病床上,上身及手臂都缠着纱布,脑袋和脖子也缠了纱布,

231

只露出两眼睛，可她一直闭着双眼，像个僵尸一样奄奄一息，处于昏迷状态。能够想象出杨昆面目全非的样子，乔罂感到心头堵得慌，眼泪立即滚落下来，王梅婷也沉痛地看着杨昆，欲哭无泪。

很快，肖默迎来了一个惨痛的午后。乔罂曾经很好奇肖默是个什么样的人，一直想见见他，却没想到竟然以这样的方式相见了。肖默今年四十五岁，身材保持得很好，不高不矮，风度翩翩，沉稳成熟，英俊却略显忧郁。难怪杨昆会看上他，他是个吸引人的成熟男人，乔罂悲哀地想。

乔罂和王梅婷从医生处了解到杨昆的情况，她们震怒而悲痛，万万没想到杨昆竟然遭遇这样的毒手。她们马上想到这事一定跟肖默有关。

她们对肖默进行质问：

"肖先生，我们是杨昆最好的朋友，如今发生了这么严重的事情，我们是义愤填膺的，我想这事跟你一定有关。"乔罂毫不客气地说，她凝重锐利的目光令肖默不敢和她对视，他心虚地闪烁其词："这事，现在还不知道是谁害她。"

"她除了你老婆，她会得罪什么人呢？"王梅婷也咄咄逼人。

"你们、你们怎么这么说呢？"肖默抹了抹额头。

"别紧张，俗话说，不做亏心事不怕鬼叫门，你说是不是，肖先生？"

面对两个女孩儿的唇枪舌剑，肖默感到有些招架不住，他只好转移话题说："现在不是讨论是谁害了她的问题，而是要去操心杨昆的治疗问题，她还没有醒来，我们就在这里展开吵架攻势，不太妥当吧？"

乔罂和王梅婷迅速交换一下眼色，乔罂马上说："肖先生，杨昆的治疗问题你有什么打算？"

"听医生的，走一步算一步，当然，钱方面你们放心，我会尽我所能。"

"钱方面我们是放心，据我们了解，你从来不缺钱。"

这话肖默听来觉得有讽刺意味，他不自然地挪挪身体，然后说："我有事先去处理一下，麻烦你们二位照看一下，有事打我电话。"他把手机号留给乔罂。

乔罂本想拦住他，王梅婷拉住了她，说："让他去吧，你没看他精神不佳？

一副委靡不振的样子,让他休息一下吧。"

看着肖默渐渐远离的身影,乔罂和王梅婷感到很无奈,为杨昆的遭遇感到痛心疾首。

有几个警察突然来了医院,他们找到了杨昆住的病房,对主治医生说了一番话,然后乔罂看到医生带警察走了过来,乔罂和王梅婷站了起来。

"你们是杨昆的什么人?"

"我们是她的同学。"乔罂和王梅婷异口同声地说。

"是这样的,昨晚在南洋新城小区用硫酸袭击杨昆女士的凶手我们已经抓到。"

乔罂和王梅婷面面相觑,都感到很欣喜,乔罂说:"太好了,是谁?"

"是一个叫王爱国的男人,我们还没有来得及审问他,人现在关押起来了,我们过来就是想告诉病人,让她安心养伤,我们一定会为她主持公道的。"

"谢谢!"

"谢谢你们!"

"什么时候会审问他?我们想去听听。"

"过几天,到时候我们会通知你们,对了,最好你们能通知杨昆的家属。"

"好的,没问题。"

"你们谁留个电话给我,方便我们到时候联络。"

乔罂把手机号留给了警察,警察向她们点点头就走了。

今天是周末,季明忙于装修自己的房子,好多天没联系乔罂了。对杨昆遇袭事件一点也不知道。他正忙着与吴雪雯交流房子室内设计的问题。

"吴工,这平面图有些地方我不太满意。"季明仔细看完吴雪雯为他房子设计的平面图说。

"哪个地方?说说看。"

"卫生间这么大,我想是不是能隔开做个更衣间呢?"

"这个我也想过,如果你喜欢我们也可以修改一下。"

"还有,卫生间和更衣间的隔墙,我想用玻璃隔开会比较时尚吧?"

"时尚是时尚,但是施工不好做,因为地下埋有十厘米的管子,除非抬高地面。"

"那就抬高地面。"

"好,没问题。"

"电视背景墙,我想简单一点,不用太花哨。"

"没问题,平面图还有其他问题没有?"

"基本没有了,你们什么时候能把整套图纸搞好?"

"一周左右吧。"

一周后,吴雪雯把一套效果图交给季明,季明看了看,感到较满意,他由衷地说:"不错,我很喜欢,这格调正是我想要的。"

"那就好,那我们是不是先签合同?"

"现在就签啊?"

"嗯,签了合同,我们出施工图,然后很快就开工了。"

"你们的施工质量怎么样啊?"

"放心,要不我带你去看看我们施工的样板房。"

"好,先去看看吧。"

吴雪雯带季明来到一个高档小区,看了几套他们刚做好的样板间参观,季明觉得总体感觉还不错。但他对材料还是有些疑虑,他说:"吴工,那材料的事情……"

"如果你没有时间,也信得过我们,那我们就包工包料,就是说材料我们也包了,你就把所有事情安心交给我们,你放心地去上你的班吧。"

"包工包料?那材料你们去哪儿买?"

"我们有固定的材料供应商,这点你放心。"

"我想要环保的材料。"

"我们用的都是环保材料,这点你可以放心。"

他们接下来就是谈合同,谈报价了。

季明看着五张 A4 纸打出来的报价表,一项一项都列得很清楚,连主材的品牌和规格都标注出来了,用量、工费、单价和总价等关键问题季明逐一看过,季明说:"这份报价单是最终的报价吗?"

"是的。"

"那也属于合同的一部分吧?"

"是的,我们会在上面签名盖章,你也要在上面签名确认,报价单无非就是单价、用量、总价、工费、材料名称、规格和品牌。"

"希望你们严格按照合同来做。"

"放心吧,季明,我们公司信誉很好的,我们经营了五年了,从来没有客户投诉过我们。"

"保修期多久?"

"合同上有,装修工程一般是两年,水电工程是五年。"

季明细细地看着合同,没发现什么问题,再看看报价,总价是八万多元。他觉得很满意,就爽快地签了合同。十天后,季明的房子装修终于开工了。

在杨昆住院十三天后,季明才接到乔罂电话听说了杨昆遇袭的事,他感到万分震惊和痛心,他下班后火速赶到医院看望杨昆。

杨昆头部和身上的纱布已经拆掉,露出一副恐怖狰狞的面目,乔罂和季明都感到目不忍睹并痛彻心扉。从遇袭直到现在,杨昆几乎没说过话,饭也吃得很少,在她的世界里已经没有花香,没有四季轮回,没有感情,没有快乐,更没有未来。她难过得哭不出来了,真正感到万念俱灰,五内如焚,生不如死。她能想象出来自己现在是何尊容,她没有勇气去照镜子,没有任何希冀和寄托。

杨昆的父母在她住院后第四天从老家赶来,杨妈妈见到女儿第一面,还来不及哭就因悲痛过度晕死过去。没多久,杨妈妈醒来,哭得死去活来。看着曾经如花似玉的女儿的惨状,两个老人痛不欲生,一脸悲怆,在场的人无不为之抹泪。想到他们一家子以这种形式团聚,乔罂暗自抹泪。她知道杨昆这一辈子算完了,想起不久前她和王梅婷竭力劝说杨昆的情景,不禁潸然泪下。哀其不幸,怒其不争。

季明心情沉痛极了,他默默地走出病房,在走廊尽头,他忧郁地抽着烟,

想了很多很多。这时乔罂走了过来。季明蹙紧眉头望着窗外说:“你为什么现在才告诉我杨昆的事?”

“那段时间忙得一塌糊涂,没想起来。”

“是谁干的?”

“凶手在当天晚上就抓住了,是一个叫王爱国的男人。”

“他妈的,还叫爱国。”季明哭笑不得,愤愤地骂着,“那人为什么要害杨昆呢?”

“那个人是肖默的老婆雇来的。”

“肖默是谁?”

“杨昆的情人。”

季明怔住了,脸色有些苍白,陷入了沉思中,久久不能释怀,他想起了自己和晏婷的感情纠葛,暗叹社会的黑暗,人性的险恶。

杨昆的所有治疗费用都是肖默在承担,半个月来,已经花去了五万元,医生建议,如有条件最好能做做整容,要不然杨昆这辈子就真的毁了。肖默了解到做整容手术还得去美国做,光手术花费就近百万。他感到心惊肉跳,虽然他挣钱不少,但是好多都是不动产,现钱并不多,而现钱大部分都在他老婆高琳掌控之中。他因此感到焦灼而心力交瘁。他请了个护工照顾杨昆,他来医院探望杨昆的次数越来越少了。

两个月后,杨昆的性格发生了翻天覆地的变化,经常郁郁寡欢,一整天都不说一句话。乔罂和王梅婷鼓励她下床走动,在两个好友的激励和安慰下,她似乎没有太过于绝望。

杨昆经常站在病房的窗户边往下看,看楼下的人们有说有笑,走来走去,树枝轻柔地迎风飘扬,郁郁葱葱的灌木丛里有几个小朋友在玩捉迷藏,铺着广场砖的羊肠小道两旁的九里香还没来得及枯萎凋谢,旁边的花蕊就怒放笑靥,杨昆似乎闻到了淡淡的花香;明媚的阳光照射下,四周传来欢快的笑声,忽远忽近地敲击着她的耳膜。这一切都跟我无关了。她悲伤地想,蹒跚着走回到病床躺下。

乔罂、王梅婷和季明在一个午后和肖默进行了一番别开生面的谈判,但气氛是凝重的。

季明先开了口："肖先生，我们作为杨昆的朋友，看到她如今变成这样，我们的心情和你一样沉重，事已至此，一味地指责你也无济于事。现在，我们希望你能够承担起她将来的生活和治疗的责任，不管是从法律还是从道义层面来说，你都应该承担这些责任，你说呢？"

肖默明显地憔悴和消瘦了，他失魂的目光掠过季明的头顶，说："这个我知道，我已经在想办法了。我早说过我会尽我所能。"

乔罂说："肖先生，我们相信你有这个能力，所以我们希望你能够想办法把杨昆送出国外做整容，让她恢复生活和生存的希望。"

肖默默默地点头，王梅婷说："毕竟你们也曾经相爱过，从杨昆的口中，我们知道她很爱你，她为了你放弃了一切，一心一意地想和你在一起，就凭这一点你都应该为她付出。"

肖默感到压力很大，他说："我会尽力送她去国外整容的，毕竟这事是我、我妻子犯下的罪过，她被关起来了，只有我才能替她去弥补她的过错了。"

季明说："你能这样想就好，我们希望你能尽快行动，如果有什么需要我们帮忙的就说话，我们也一定会尽力去帮助你和杨昆的。"

肖默轻轻地点头，眼里显得很伤感，他的疼痛也许只有他自己知道。

时间一天天过去，肖默答应送杨昆出国整容的事没有一点动静，他来医院看望杨昆的次数更少了。

一天，杨昆迎来了她人生最为灰暗、阴沉的日子。她在病区的走廊上偶然听到两个护士的交谈。

"那个十六床的杨昆真可怜。"

"又怎么了？"

"那个叫肖默的男人昨天跟我们护士长谈话我听见了。"

"他们说什么了？"

"肖默说他工作忙，以后不来了，全部委托护工了。"

"啊，这样啊？男人真没良心。"

"他还交给护士长一笔钱,说这是杨昆以后住院治疗的费用,还说用完了的话就打电话给他,他会打进医院的账户的。"

"这样不是抛弃杨昆了?"

"唉,我也这么想的。"

"你说一个女人到了这步田地,还有哪个男人愿意再管她?"

……

32

犹如五雷轰顶,杨昆懵住了,仿佛被人丢进荒芜死寂的深谷,瞬间有种寒入骨髓的感觉,一股强大的无望深深地攫住她,她失魂地走回病床上躺下。护工不知去向,看着空荡的病房,四周雪白的墙壁,她心里空洞得感觉不到自己五脏六腑的存在。两行热泪悄然跌落,深深的无望充塞了她的内心世界。

杨昆的脸上已经看不出表情了,乔嫛和王梅婷来看她时,没有觉察她有什么不对劲。有一天晚上,她突然开口跟她们说话了:"乔嫛、梅婷,你们真好。"

她们握住她的手,说:"你要安心养病,我们会经常来看你的,肖默已经答应送你出国整容了。"

杨昆似乎苦笑了一下,说:"无所谓了,已经这样子了,这是我的报应,想到过去我不听你们劝说,如今这样也是我自己造成的。"

"你别这么说,有我们大家的帮助,你一切都会好起来的,千万不要灰心。"

杨昆点点头,抽噎了一下,乔嫛心疼地抱住她,杨昆说:"你们都是我最好的朋友,我很感谢你们为我做的一切,有你们做朋友真好,如果有来生,我还想做你们的好同学、好朋友。"

她的话触动了乔罂和王梅婷内心脆弱的神经，她们眼里湿润一片。

"谢谢你们，真的，我祝你们幸福、快乐！"伤感和感动令乔罂和王梅婷忽略了离情的含义，她们和杨昆紧紧相拥，哪里知道她的心已经碎了。

她们跟杨昆告别的时候，她眼波流转，隐约听到她呢喃细语，声音轻得像蚊子叫唤："再见了，你们要好好的，好好的，我在那边才会快乐。"

33

　　乔罄和季明赶到医院的时候，杨昆的遗体刚刚被搬走，她摔下的地方，有几个清洁工在冲洗着曾经溅满血污的水泥地板。风一阵一阵地吹过，带来浓厚的凄凉气息，人们感到暴风雨就要来了。

　　医院里一时人心惶惶，大家议论纷纷，季明和乔罄感到非常不安，不知道发生什么事了。他们在病房里找不到杨昆，就慌里慌张地到护士站问几个熟悉的护士杨昆的去向，她们似乎心神不定，指着楼下，一脸恐慌地说："刚才还躺在那儿，现在被搬走了。"

　　"什么？"乔罄和季明几乎同时喊出来，他们的喊叫吓到了小护士，小护士脸色一片煞白，指着下面说："杨昆跳下去了。"

　　乔罄瞪大双眼，脸色也是一片煞白，嗫嚅着说："你们是说，跳下去的人就是杨昆？"几个护士不安地点点头，乔罄和季明面面相觑，都惊呆了，乔罄喃喃道："怎么可能？你们不会骗我们吧？"

　　"哪会拿这种事骗你们？"

　　乔罄感到天旋地转，险些摔倒，季明及时抱住她，乔罄神情呆滞、欲哭无泪。季明连忙把她带到角落里安抚着。这时，他们听到不远处有个五十多岁模样的老太太在跟几个人讲述着杨昆跳楼时的情景。他们也凑过去听。

　　今天临近黄昏，大概六点钟，这位老太太刚好站在八楼两个住院区的走

241

廊上，她看到对面九楼顶上来了一个穿着白色的病号服，戴着医院的白帽的女子，脸部看不太清楚，但是老太太觉得她很像那个被硫酸毁容的女子，只见她呆呆地站在楼顶的边缘向远处眺望了一会儿，然后往下看了看，似乎想看她离地面有多远。老太太怔怔地看着她，突然感到有些不妙，她连忙喊周围的人过来看，几个人顺着她的指向望过去时，杨昆已经站在最高处准备往下跳了，当大家着急忙慌地四处喊保安时，有人看到杨昆身体向下倾斜，然后她的身体像腾云驾雾一样飘浮在空中，白帽被风吹掉，她的头部渐渐垂直向下，然后传来嘭的一声巨响，那几个目睹这惊心动魄一幕的人们惊恐地捂着嘴，各自发出凄厉的尖叫声，随即周围一片哗然。

"有人跳楼了！"

"不好了，有人跳楼了！"

四周传来急促的下楼的脚步声和混乱的呼叫声，几分钟后，有几个保安围住杨昆的尸体，惊惶失措地用对讲机说着什么，过了一会儿，有人拿来一块很大的蓝色塑料布盖住杨昆的尸体。围观的人越来越多，人们议论纷纷，欷歔长叹。躺在血泊中的杨昆，头发像海藻一样散乱地披在脸上，盖住了她已经无法有表情的脸，她的身下有一大摊血，还有鲜血不断地从她颤栗频率越来越少的身体里淌出，她白色的病号服被染成了红色，由于天快黑了，人们看不到脑浆的模样和颜色。但是人们可以想象她的脑浆一定四处飞溅，并粘附在冰凉的水泥地上……

听完老太太的描述，人们议论起来：

"真可怜啊，年纪轻轻，听说去年才大学毕业。"

"听说以前长得很漂亮，我看过她的照片。"

"可惜了。"

"可惜什么？当了别人的小三儿，破坏别人的家庭。"

"也不能这么说，人都死了，她再坏也得到报应了。"

……

乔罂感到一阵恶心，浑身颤栗着听不下去了。季明拉着她走到走廊的椅子上坐下，乔罂失神地看着季明，脸色苍白，表情恐慌而沉痛。季明心里难受极了,他把乔罂紧紧地搂在怀里:"乔罂……杨昆……"他难过得有些凝噎,他费劲地咽一下口水说:"杨昆不在了,我们还要坚强地活着,明白吗? 你别这样儿,我担心。我们要好好的。"

乔罂颤抖了一下,眼泪奔涌而下,她哽咽着说:"季明,你、你知道吗? 前天晚上,我和梅婷来看她,她……"乔罂难过得哭出声来,声音有些压抑,"杨昆,她就对我们说你们要好好的,好好的,我在那边才会快乐……我们当时没在意,没想到今天就……"话没说完,乔罂就开始放声嘶号,季明眼里也湿润一片,他紧紧地抱着浑身颤抖的乔罂,乔罂的哭声引来许多人的注目。

乔罂平静一些后,季明突然说:"这事医院脱不了干系。"

乔罂吃惊地盯着季明:"你这话什么意思? "

"医院要对此事负一定的责任,毕竟人在医院里,他们看管不力。"

乔罂拉着季明站了起来,"走,我们找护士长理论去。"

一脸怒色的他们骤然出现,护士站的人有些乱了阵脚,季明说:"我们要找你们的护士长。"

"什么事呢? 我们护士长下班了。"

"今晚你们哪位负责? "

有一个貌似沉稳的女子走了过来:"我是今晚负责的,你们有什么事? "

"今晚杨昆跳楼的事你们总该给我们一个说法吧? "季明严肃地看着她说。

"这事我们刚刚通知了她的家属,也报警了,警察在处理善后事宜。"

"你别避重就轻,她一个病人跑到楼顶去跳楼你们怎么不拦住她? "

几个护士瞪大眼睛, 那个自称负责人的女子说:"我们没看到她跑到楼顶上,如果我们看到还能不拦吗? 你这话说得……"

乔罂打断她说:"不管怎么样,你们也是监管不力,你们这么多人,却让一个病人在天快黑了跑到楼顶,你们却说没看到,说这话明显不负责任。"

"嘿,小姑娘,别得理不饶人,我们医院这么大,病人这么多,我们难道要专门派一个人看住她吗? 你们是她的朋友,你们怎么不来看住她? "

243

季明听了火冒三丈，他很想拍桌子骂人，但是他想想这是病房区域，于是忍住了，他说："你这话说得太过分了，病人交给你们，你们医生护士都是干什么吃的？一个重症病房的病人在光天化日之下跑到楼顶，你们说没看到，跳楼了，你们还好像事不关己一样，你们还认为自己没有责任吗？"

看到季明义愤填膺的样子，她们都不敢再接话，而是各就各位装作忙碌的样子，季明摇摇头显得气愤而无奈，这时，杨昆的爸妈来了，两个老人大概是接到电话才风尘仆仆地赶来，乔罂和季明迎了过去。老人神情悲痛，老泪纵横，乔罂和季明把他们扶到椅子处坐下，安慰着："叔叔、阿姨，你们也别太难过了，要保重身体，毕竟人死不能复生。"

杨昆妈妈一直在流泪，她爸爸说："杨昆走得太突然了，我们家，也不知道造了什么孽，竟然让我们老来丧女，唉。"

杨爸爸的一声深深的叹息让乔罂心头更加沉重，季明突然想起那个照顾杨昆的护工："那个护工呢？怎么不见了？"

乔罂也感到护工的行踪太离谱，她走到护士站问护士："照顾杨昆的护工呢？怎么没见人？"

有个护士说："你们还不知道呀？"

"我们知道什么？"

"那个护工昨天就走了，她说肖先生没给她工钱，她不做了。"

"啊？"乔罂惊叫着，季明闻声走了过来，说："怎么回事？"

见到季明来了，护士有些害怕就走开了，乔罂拉着季明到一边说："护士说照顾杨昆的护工因为肖默太久没给工钱，昨天就走了。"

季明气愤地骂道："肖默这个混蛋，别让我看见他，看到他我非得剁了他不可！"乔罂也很气愤："杨昆落到如今这步田地，主要还是姓肖的害的，我们这回绝不能轻饶了他。"

季明点点头："这回让他声败名裂、倾家荡产。"

"不，先等他安顿好杨昆的父母再治他也不晚。"

有个护士走过来对杨爸爸说："你女儿的事我们也很难过，你们要节哀顺变。另外，她住院期间还欠我们医院四千多元，麻烦你们补上。"她把一张单据交给杨爸爸,季明接了过来,扫了一眼,直视护士说:"你们真没良心,如今人都不在了,你们还要追要医疗费,我们还没追究你们的责任,你们倒好,倒打一耙。"

"季先生,这是我们的规定,我们也没有办法,也只能执行。"

"你们他妈的什么狗屁医院! 你去告诉你们领导,追医疗费请去找肖默那个王八蛋,他答应负责到底的。你还要跟你领导说,这件事你们医院要给我们一个说法,要不然我们就法庭上见! "

季明说完这番话,把单据丢回给护士,然后对杨昆爸妈说:"叔叔、阿姨,你们早点回去休息吧,杨昆的事我们一定帮你们处理好,你们放心。"

乔罂和季明扶着杨昆爸妈走到电梯处坐电梯准备下楼。那个护士站的负责人追过来说:"你们先把医疗费交了再走吧。"

季明狠狠地盯着她:"这事以后再说吧,如果你们真想要钱,那就找姓肖的要吧。"

电梯门开了,季明和乔罂扶着杨昆爸妈走进电梯,从即将闭合的门缝里,乔罂看到负责人眼睁睁地看着银白色的电梯门,一脸失望的神情。

接下来的日子里,季明、乔罂和王梅婷顶着风雨帮助杨昆爸妈处理杨昆的善后,杨昆的骨灰被她爸妈拿回老家。季明和乔罂帮老人找了一个得力的律师,准备为杨昆讨回公道。

半个月后,肖默、肖默的妻子高琳和王爱国被杨昆的父母以故意伤害罪告上法庭。在审判过程中,高琳声泪俱下,承认自己一时犯糊涂酿成了不可挽回的悲剧,但她同时说:"我本来是个无辜的受害者,我的丈夫长期包养二奶,对我不闻不问。在那个女人的要挟和指使之下,他还要和我离婚,我对杨昆这个第三者深恶痛绝,本来只是想教训她一下,却没想到后来她会自杀。法官大人,我知道自己错了,请政府看在我也是受害者的分上, 宽大处理吧。"她一直低着头,但是仍然能看得出来曾经天姿国色。

肖默的行为虽然没有构成犯罪,但是他作为这场悲剧的主要人物之一,也不得不出席审判会。肖默比前几个月看来更显消瘦和憔悴,他作为杨昆一方的证人,一直没有说太多话,总是问一句答一句,像个机械人一样面无表

情，内心似乎异常痛苦。有不少人认识他，他的到来曾经引起一片骚乱，因为他是本市一家较大的房地产公司的第二大股东，经常上电视出尽风头，如今因为包二奶，并不慎导致二奶死于非命，他的名声更大了，只不过这次却导致他臭名昭著。

王爱国因为对法律的蔑视和对钱财的过分热爱，而受人指使犯下了不可饶恕的罪过，他的行为是可恨而可悲的。他也是话很少，一直低着头，虽然被关押了几个月了，但是脸上依然可见顽劣和麻木的神情，也许他的脑子里并没有"伤天害理"这个词。

季明、乔罂和王梅婷等杨昆生前的同学和好友都出席了宣判会，他们的中间坐着杨昆的父母，老人在痛失爱女后明显苍老了许多，脸上依然挂着化不掉的悲怆和落寞。

法官宣读判决结果时，全场都起立，每个人神情肃穆。

肖默因在杨昆医治后期逃避责任，在法律上不构成刑事责任，只是受到道德的谴责；高琳因指使并雇人用硫酸伤害杨昆，导致杨昆高度毁容，并间接致使杨昆自杀身亡，情节极其恶劣，后果极其严重，但考虑到杨昆插足她的家庭，给她造成一定的伤害，对她的量刑酌情处理，因而她被判处有期徒刑十五年，剥夺政治权利十五年，并判处赔偿杨昆父母人民币一百三十万元，立即执行；王爱国因无视法律，接受高琳的雇用，直接实施用硫酸伤害杨昆，导致杨昆高度毁容，并造成她因绝望而自杀身亡，情节极其恶劣，后果极其严重，被判处无期徒刑，剥夺政治权利终身。

听完判决结果，杨昆的父母和季明、乔罂他们感到满意，大家心里的石头算是落了地，两位老人在痛失爱女之后能够获得一笔不菲的经济赔偿，恶人也得到了法律的制裁，心里略感宽慰。

34

季明已经知道在哪里能找到乔罂了，自从高琳的案子宣判那天见到乔罂，季明已经快半个月没见到她了，她忙于找新工作。又是一个周末，季明决定带乔罂去看看装修中的房子，乔罂爽快地答应了。

季明的房子装修临近竣工，他因为杨昆的事好多天没去看了。他和乔罂到了现场，看到一片狼藉，木屑、碎板、水泥、碎砖片、沙土到处都是。地面已经铺好地砖，卧室的复合木地板也安装完毕。天花吊顶骨架已经做好，墙面和地面已经装饰完毕，施工进入木工油漆阶段。

站在凌乱不堪却已经改头换面的房子里，季明感慨万分，他能够想象得出来房子最终的模样。

乔罂特地跑到飘窗处看了看，因为她很喜欢飘窗。

“季明，飘窗怎么没有装饰一下啊？”

“设计方案里没有飘窗的项目。”

“能不能让他们加做一下？”

“我打电话问一下。”季明掏出手机打了吴雪雯的电话，吴雪雯说：“季明啊，你想加做飘窗？那好，我拿几张图片给你们看看，挑选一下。”

吴雪雯半个小时后就过来了，看到乔罂，她先是怔了怔，季明向她介绍说：“这就是我说的暂时分手的女朋友乔罂。”

吴雪雯笑了，大方地对乔罂说：“你好，早已有耳闻，这次见到真人，我以为是天仙下凡呢。”乔罂被夸得有些害羞，她浅笑了一下，说：“过奖了。”

吴雪雯拿出几张彩图给他们挑选，乔罂挑中了一张，做电脑台的图片，白色的弧形台面，左右两边墙上有两组简易却艺术的书架。季明问：“这个台面能做成这样的吗？”

“当然能，但要在现场做。”

“那就按这个方案做吧。”

吴雪雯含笑地看着他们，眼里尽是羡慕，她对乔罂说：“你有福气，找了季明这么好的男朋友，要好好珍惜，我相信你们一定会幸福的。”

季明和乔罂十指相扣，乔罂微笑着说：“谢谢。”

乔罂又四周转了转，问季明：“对了，季明，我听说不要做太多柜子，因为人造板好多都有甲醛什么的。”

“我也没做什么柜子，我想我们的家具，包括衣柜都要买现成的。”

吴雪雯说：“我建议你们装修完后开窗通风，大约放一两个月，买一些芦荟或者吊兰放进来，能吸走一些有害气体。柜门全部打开，也可买专门消除气味的东西来喷。这样就基本没什么污染了。”

“行，洗手盆要买陶瓷的，听说玻璃的不好搞卫生。”

“他们包的，吴工，你们用的是陶瓷的洗手盆吧？”

“是的。”

“不知道你们的防水做得怎么样？试过水没有？”

“当然试过了，试过三次呢，我们的质量你们就放心吧。”

乔罂跑到卫生间一看，她对季明说：“季明，卫生间的瓷砖怎么不用白色的，显得干净些嘛。”

吴雪雯过来解释说：“不用白色的是因为白色的不耐脏，再者，白色的现在已经过时了，不太时尚，这种浅咖啡色带点花纹的正是当下流行的，也比较耐看，这种拼接方式也较时尚，深得白领们的青睐。”

季明和乔罂点头表示同意，乔罂看到卫生间里有两扇推拉门，她好奇地推推门，问：“这里做什么的？这么大？”

"这是一个衣柜啊,方便你们换衣服。我们特地把这里抬高五厘米,让干湿分开。"

"不错。"乔罄很开心,"我这人经常丢三落四,经常忘拿衣服,这样的柜子很适合我这种人。"

吴雪雯招呼他们来大门,她说:"这个鞋柜是我们做的,用百叶门,美观时尚又透气。"她打开百叶门,只见里面有个白色的插座,她说:"这个插座是考虑到潮湿季节,用来烘干鞋子的。"

"不错啊。"季明说,"你想得很周到。"吴雪雯又带他们到主阳台,他们看见放洗衣机旁边的墙壁上多了一个小柜子,吴雪雯说:"这个小柜子是我后来想出来的,方便你们放一些如洗衣粉之内的杂物,既美观又实用。"

季明问:"阳台环境很恶劣的,这柜子会不会在潮湿后变形呢?"

"不会的,保证让你们用满五年以上。因为这柜子我们是用防火板做的,表面刷了防水材料的。"

看到木工在刷油漆,季明拿起油漆的罐子看了看,上面写着"聚酯"两个字,吴雪雯说:"聚酯漆比硝基漆要好。"季明点点头:"我知道,我查过了。"

吴雪雯笑了笑:"季明真细心啊,这些都知道。"

"是啊,装修一次,我不敢说自己是个专家,但至少也是半个专家了。"

一个夜晚,当季明出现在乔罄面前时,她还是吓了一大跳,生气地白了季明一眼:"你怎么每次出现都像个阴魂一样?"

"有我这么帅的阴魂吗?"季明坏笑着,仿佛又回到他们热恋时的情景。

"你有什么事吗?"

"没事儿,就是想你了,来看看你。"

他们坐在闹市大街的花基上,看着行色匆匆的人们和四处叫卖的走贩,风徐徐吹来,吹得人心旷神怡,季明感到从未有过的惬意。他想拉住乔罄的手,可乔罄却想方设法躲开,但是在旖旎的夜色下,乔罄的表情不再是冰冷的抗拒,而是多了些娇嗔和调皮。季明心里暗笑着,嘴里却说:"乔罄,你一个人生活一定很寂寞吧?"

乔罂仰起头看看天，高高的树梢和上面的叶子挡住了她看星星的视线，她把目光转向远处，故作深沉不回答季明的问题。季明看着她可爱的样子，一把搂住她，她挣扎着："干吗？这是大街，那么多人看着呢。"

"怕什么？我们是正当恋爱。合法的。"

"哼，谁跟你合法了？"乔罂白他一眼，双眼又向上看。季明在她脸上匆匆吻了一下，说："合法只是时间的问题，你如果愿意，我们明天就可以变成合法的。"

乔罂乜视着他："美的你！我可没说要嫁给你。"

"哈哈，我也没说要娶你呀。"季明也乜视她。

乔罂低下头，显得闷闷不乐，季明问："怎么了？丫头，刚才还高高兴兴的，这会儿又晴转阴了。"

"唉……"乔罂深深地叹息着，"季明，我爸妈又催我借钱给我哥买房了，我上哪儿去借那么多钱啊？我哥哥的房子一直没有着落，我现在又失业了，他们的房子更无望了。"

季明沉思着，其实乔罂哥哥房子的问题他不是没考虑过，他想过跟朋友借钱，但是这年头借十万元哪是那么容易的事。现在看到乔罂为此事这么烦恼，他也跟着烦恼。他说："这的确是个不好办的事情，容我想想。"

"你能想出什么办法啊？"乔罂没想过依赖季明。

季明没回答，而是从口袋里掏出一根烟点上，悠悠地吸着，眯逢起的双眼深沉地望着乔罂，乔罂的目光和他不经意地撞在一起，她再次沉沦在他那被誉为少女和少妇杀手的目光里，久久不忍移开，乔罂感到自己心跳的频率似乎有些异常，就像最初对季明芳心暗许的怦然心动的感觉。往事像烟花一样渐渐飘逝，乔罂心里的伤痛也渐渐淡去。

季明想了一会儿，像下了很大的决心似的，有种视死如归的神情，他对乔罂说："乔罂，你哥的楼事我想到了一个办法。"

"楼事？"乔罂以为季明在开玩笑，"你别说楼事，我怎么听着那么别扭啊。"

季明却一脸严肃，"别打岔，你知道我在说什么。"

乔罂收起笑容,定定地瞅着他:"你有什么办法? 说来听听。"

"我决定把我们的房子给你哥!"

"什么?"乔罂以为自己听错了,"你再说一遍。"

"我决定了,把我们的房子给他们,先解决他们的燃眉之急。"季明一脸诚挚,没有一点玩笑的意味。

"你、你。"乔罂吃惊得嗫嚅起来,"你真的要把我们的房子给我哥?"

季明点点头:"是的,他们不是着急着结婚吗? 先把房子给他们住着,如果将来他们有了钱,我们再把房子以成本费转卖给他们,如果他们没有钱,就先住着。"

乔罂还是感到难以置信:"那、你、你、我……"乔罂欲言又止,季明明白她想说什么,他说:"什么你、你、我的,哈哈。"看到乔罂吃惊嗫嚅的样子,季明哈哈大笑,接着说:"我们还年轻,我们可以再买一套房子。"

"季明,你也知道在这个城市买一套房子不是那么容易的事。你别那么无私好不好?"乔罂说,她无法接受季明的恩惠,甚至说是"施舍","我们的关系,也不是太稳固,你不怕我哪天跑了?"

季明笑了笑,自信地说:"我不怕,如果你会跑,你早跑了,我对自己还是很有信心的。"

"季明,我的意思你可能不太明白,我是说我们不一定会走到一起的。你现在把房子给我哥,到时候我们不成了,岂不是会很尴尬?"

季明紧紧地握一下乔罂的手,深情地望着乔罂:"乔罂,说实在的,没有什么比你在我心目中更重要的。一套房子算不了什么,如果没有你,我要房子还有什么用呢? 我一个人独守空房会更加难过的。"

乔罂扑哧一声笑了:"你用独守空房一词,我怎么听着那么别扭呢?"

季明也学她白了她一眼:"你啊,永远都长不大,永远是我的小丫头。"

"讨厌。"乔罂抽出自己的手,一本正经地说,"季明,你是真的要把你辛苦挣来的房子给我哥? 你当真不后悔?"

"不后悔。"季明斩钉截铁地说,表情很坚毅,"为了你,我愿意做一切事情。"

乔罂怔怔地看着季明，眼里闪过一丝雪亮，目光变得迷离而温柔，季明看到了她熟悉的眼神，她柔情而纯亮的眼睛曾是季明一切希望的源泉。季明把她搂进怀里，手背摩挲着她光洁细嫩的脸颊，深情地说："乔罂，只要你能重新回到我身边，我什么都愿意为你分担。我一直爱着你，没有人可以取代你。"

乔罂不再拒绝季明的房子，她突然觉得自己很幸福，她觉得过去的不快和不幸也许只是上苍在考验她和季明的感情。而当一切都经历过之后，天地间竟然变得如此宽敞欢快，那些纷扰而繁复的事情竟似一粒一粒的尘埃，瞬间变得无足轻重了，它们在脚下踩着，在天上飞浮着，变得可爱非凡。

乔罂决定原谅季明了，作出这个决定时，她想起张爱玲曾说过：因为懂得，所以慈悲。

十天后，季明的房子全部搞完了。吴雪雯通知季明去验收。

这回，季明带了乔罂和她的哥嫂一起来看。这一回除了没有家具和灯具，其他的都全了。四人刚进屋，就都哗地惊叹："太漂亮了。"他们仿佛置身于一个高档的酒店一样。季明想起了头一次去晏婷家时，也惊叹过她家的金壁辉煌，没想到一年后，自己也同样拥有这样的房子。

室内的装饰和摆设跟季明看到的效果图简直一模一样，季明肯定地冲吴雪雯点头微笑。乔罂不禁叫起来："我太喜欢了。"可一想到要给哥哥和嫂子住，她不禁有些犯酸。

吴雪雯介绍说："家装验收无非是水、电、瓦、木、油五个方面。水是指：水池、面盆、洁具，上下水管，暖气等。主要就看水池、面盆、洁具的安装是否平整、牢固、顺直；上下水路管线是否顺直，紧固件是否已安装，接头处有无漏水和渗水现象。"大家随着吴工逐一看了看，没发现有什么不妥。

"接下来是电，电是指电源线，插座、开关、灯具，电视，电话。电视背景墙旁边我们做了好几个插座，电视、DVD，方便你们使用。"

"好，这样好。"乔恩连声赞道，张静一脸幸福。

"电源线都是暗装的，以后如果坏了不好维修吧？"季明质疑。吴雪雯说："电源线我们给你用的是国标铜线，一般照明和插座使用 2.5 平方线，厨卫间、空调使用 4 平方线，线路还没听过维修的，何况我们还保修五年。"

"卧室没有顶灯？怎么照明啊？"张静感到不解。

"有床头灯就行了，好多年前都不提倡用顶灯了，用间接光源既浪漫又不影响休息。"吴雪雯说，"灯具我建议你们尽量选用玻璃、不锈钢、铜或者木制的，不要买什么铁上镀金、涂漆之类的，容易掉色。"

看完电，吴雪雯说："接下来是瓦，瓦是指瓷砖和石材，你们这里没有石材。"

大家看了看客厅和卫生间的地面，没发现什么不对劲的。吴雪雯说："我们的泥水工师傅的活儿是一流的，活做得很细。"

"接下来是木工了，木工包括门窗、吊顶、壁柜、墙裙、木地板。"

大家都细细地看了看，都觉得活儿的确做得不错。吴雪雯说："我建议你们，窗帘最好在家具家电全进场后再订做，以搭配整体风格色调。但可以先把窗帘的轨道装好。"

"最后是油，油是指木工油漆和墙面涂料，这墙面的 ICI 我们师傅都是刷三遍的，漆膜非常厚，如果脏了，用湿布擦拭就干净了，不影响 ICI 的性能。"

验收完了，季明他们都很满意，季明悄悄对吴雪雯说："我可能过一段时间还有一套房要装修，到时候再找你。"

吴雪雯笑得跟花似的，充满期待地看着季明："你太厉害了，年轻有为。"

接下来，季明和乔罂陪乔恩夫妇去选购家具电器，乔恩想把装修的钱给季明，季明不收，说："我们马上是一家人了，别这么见外。"

35

三个月后,乔恩和张静的婚礼在一家四星级酒店举行了。

披着婚纱的张静比平时漂亮了许多,人真是"三分人才七分打扮"啊。乔罂一直陪着嫂子忙前忙后,她作为张静的伴娘,似乎收获到更多倾慕的目光。

主持婚礼的司仪是乔恩的哥们,他风趣幽默的话语引来一阵阵笑声,乔恩和张静被迫在众目睽睽之下热吻,众人暧昧地鼓掌起哄,喜庆气氛久久没有散去。

婚礼仪式结束后,亲友们开始喝酒、吃饭,乔恩和张静一起举杯给所有亲友敬酒问候,乔罂看到亲属席上的父亲乔明亮和母亲徐樱满面红光,笑逐颜开,掩饰不住内心的欢喜。乔罂感到非常宽慰,因为她很久没看到父母这么开心了,而现在哥哥终于成家了,两位老人的心病也随之去除。

婚宴上,乔明亮和徐樱和亲家公婆频频举杯,谈笑风生,已然忘了亲家过去因为乔恩没有房子不肯下嫁女儿的过节,乔罂感到有些悲凉,这是这次婚宴中她唯一无法释怀的事,但是只要哥哥将来能够和和美美地过日子,乔罂也就不计较太多了。

乔恩的婚宴上,来了乔罂的几个关系较铁的同学和朋友,季明在乔罂的同学席上掀起了一轮一轮的气氛,从而带动了周边的桌席,乔罂知道这是季明的拿手好戏,婚宴在一片欢声笑语、推杯换盏和觥筹交错中快乐地举行,桌上的食物虽然已经被消灭,但是人们似乎意犹未尽。

在季明的房子里,和乔恩张静关系较好的亲友闹起了洞房。

季明和乔罂远远地看着那啼笑皆非又妙趣横生的一幕幕闹剧,他们相视一笑,心有灵犀又如初见时的情怀。季明憧憬着他和乔罂的婚礼,相信不久的将来,今日的喜庆定会重现天日。

和乔罂和好后,季明的事业如日中天,他每天都以非常充沛、斗志昂扬的姿态出现在公众面前,在台上侃侃而谈、倜傥炫目,大家挤破了头要去听他的演讲,听他的演讲不仅是一种享受,更是对人生,对生活,对事业,对爱情有益的启迪,加上季明英俊潇洒,知识丰富,形象、口才俱佳,因而他成为圆方公司首席讲师。曾经有不少公司想出重金挖他过去,他为了表示忠诚,都婉拒了他们。老板为了能长久地留住他,不仅给他加了薪水,还给他 10%的干股,并承诺年底会兑现。这样一来,季明的收入又增加了许多,他已经跻身高收入行列。

乔罂也找到了新工作,由于两人工作都忙,她和季明一周见一次面。有一天,季明对乔罂说:"亲爱的,你现在最想要什么? "

乔罂一愣,想起了一年前季明也问过她此类问题,她感到有些奇怪:"什么意思? "

"你最大的梦想是什么? "季明做出惯有的神秘莫测的表情,乔罂感到他似乎又想愚弄自己,她说:"你有什么话请直说,我的季大师,别把我当成你的学员好吗? "

季明哈哈大笑:"难道你不想做我的学员? 说实在的,当我的学员你一定会受益匪浅。"

"你到底想对我说什么? "

"楼事。"季明坏笑着,乔罂白了他一眼,说:"本姑娘现在对楼事不感兴趣。"

"不感兴趣就算了,那我不说了。"

"不说拉倒,我才懒得听呢! "

季明故意不往下说了,他默默地抽烟,偶尔会观察乔罂的表情,乔罂心

里藏不住事,由于年轻,好奇心也很强烈,看到季明不说话了,反而撩起她一探究竟的欲望:"你到底想跟我说什么?"

"呵呵,真想听啊?"

"讨厌,快说,不说我走了。"她站起来装作要走,季明连忙拉住她,说:"小样儿,还装生气了,好好,我跟你说,坐下来。"

乔罶坐下来,季明说:"亲爱的,我想再买一套房子,你看怎么样?"

乔罶难以置信地望着季明,黑亮的双眼瞪得溜圆:"季明,你不是痴人说梦吧?"

"你看我像吗?不过我说的不是现在买,而是不久的将来。"

"你、你攒够钱了?"乔罶感到不可思议,她想起了季明第一套房子是傍富婆才买到的,她隐隐有些不安。

"不太够,所以还要等一段时间,但是,亲爱的,离那天不远了。"

"真的?"乔罶还是不敢相信在这么短的时间内,季明能够挣够一套房子首期的钱。季明用力地点点头:"乔罶,你要对我有信心,我现在已经不再是一年半之前那个刚走出校门、一穷二白的季明了,我现在是高级白领,领着无数人羡慕的高薪,明白吗?"

乔罶懵懵懂懂地点头,季明接着说:"我现在挣到的钱可以说是全部靠实力得来,非常干净,你可以放心去花。"乔罶心想,难道他过去挣的钱都不太干净?她想起了他和那个至今不知道名字的女人那段风花雪月,但乔罶没想去揭穿他,大家心知肚明就好了。

三个月后,当季明把一套崭新光亮的钥匙放在乔罶面前摇晃时,乔罶感到有种晕眩的感觉,仿佛在梦里,感到幸福来得总是那么令人措手不及。看着阳光下发着炫目异彩的那串通往幸福生活的钥匙,乔罶热泪盈眶,在季明含笑的目光下,乔罶颤抖着声音道:"季明,我这不是在做梦吧?"

"当然不是,亲爱的,这一套房子真正属于我们了,这套房子比你哥那一套还要大还要漂亮,你要是不信,我们现在就去看。"

乔罶把那套钥匙紧紧地抓在手里,激动地说:"走,去看。"

季明新买的房子在另外一个新开发的大楼盘，是一套带精装修的房子，也是时尚混搭风格，季明一看装修风格很对他胃口，他带了徐律师看过后没什么问题，就交了首期二十五万元定了下来。他看中这套房子还有一个原因是，这个小区的物业管理很完善，附近有学校、医院、银行、邮局和大型超市，加上小区的花园也非常漂亮时尚，处处洋溢着生机勃勃的青春气息，非常适合年轻人居住。

　　乔罂久久地徜徉在新房里，闭着眼睛呼吸着清新空气，站在大大的阳台上，她放眼望向楼下多姿多彩的花园，仿佛身在世外桃源，她情不自禁地在大大的客厅里翩翩起舞，舞步旖旎，眼波流转间，千娇百媚，万种风情随之而来，季明都看呆了，他不禁热烈地鼓掌，为了自己的成功，也为了乔罂的美丽，更为了将来的幸福生活。

　　当季明和乔罂沉浸在自己的幸福之中，季明接到季雷的电话。

　　"哥，最近怎么样？还好吧？"

　　"还不错，你和乔罂有空吗？"

　　"有啊，怎么了？有事啊？"

　　"有事，给你们介绍个人。"

　　"谁？是不是我未来的嫂子啊？"

　　"呵呵，见面后你就知道了。"

　　季明和乔罂万万没想到季雷和王梅婷会手拉着手出现在他们面前。

　　当看到面若桃花的王梅婷小鸟依人地靠在季雷身边，脸上带着缱绻动人的微笑时，乔罂感叹爱情的强大力量，竟然让一个相貌平常的女子在短短的时间里绽放出动人心魄的姿采。

　　在一家环境优雅的西餐厅坐定后，他们开始了一场特殊却可笑的对话。

　　季明先是轮番地盯着对面的哥哥和未来的嫂子，装作严肃，俨然像个法官一样"审问"他们："你们两个潜伏够深的啊，比起余则成，有过之而无不及。你们两个现在是不是应该向我们老实交代你们的地下活动啊？具体来说，就是你们这种，恋情是从何时开始的？要如实回答，因为你们的话将会成为呈

堂证供。"

季雷和王梅婷怔了怔，很快悟出个中味道，王梅婷和乔罂相视一笑，季雷也装作严肃回道："我们的恋情从某年某月某日某时就开始了，在没有妨碍任何人幸福生活的前提下，我们的恋情是正当的，是合法的，请法官明察。"

两个女孩捂着嘴笑，季明开始"发难"王梅婷了："王梅婷，我应该叫你一声嫂子。"他憋住笑转向乔罂，"你也一样，以后要改口叫她嫂子。"然后又转向王梅婷："嫂子，请问你看中我哥季雷哪一点了？"

王梅婷早料到今天见面一定要经历一番尴尬，她早已作好了准备，她微笑着说："回季明，我看中季雷的是成熟稳重、正直善良，不像季明这么油嘴滑舌。"

季明感到不满意，没想到王梅婷会把矛头指向自己，他向乔罂发来求助信号，可乔罂装作没看见，他只好硬着发皮继续"发难"王梅婷："嫂子，你怎么看待人们常说的婚姻是爱情的坟墓这个观点？"

"你这个问题与本案无关，我拒绝回答。"王梅婷显得非常机灵，乔罂看着季明坏笑，季明说："乔罂，严肃，这是法庭调查，不许笑。"

乔罂实在忍不住了，说："你就别贫了，你真是本性难改，抓住机会就贫，真要命。"

"你非但不帮我，还胳膊肘往外拐。"季明装作愤愤不平，转向季雷："季雷先生，请问你为什么会爱上王梅婷小姐？你可以发挥，给你五分钟畅谈恋爱感受，让我们几个80后也了解一下你们70后的恋爱观。"

"哈哈。"季雷大笑，"季明，你小子拿你哥开涮，我拒绝回答。"

两个女孩捂嘴笑，季明装作无奈和委屈，说："唉，我现在四面楚歌了，成了孤家寡人了，连乔罂也抛弃了我。"说完，他摸索着掏出一根烟，点上，然后装作郁闷地抽着，乔罂冷笑一声，说："你就别装了，这桌上的人哪个不了解你？你装得再可怜也没人同情你。"

季雷和王梅婷含笑地望着季明，季明感到再装下去就没劲了，他笑了笑说："刚才有冒犯的地方，请你们原谅，我只是想活跃一下气氛。也是为了让大家不太尴尬，我压根就没想到我哥会跟我同学搞到一起……"

看到王梅婷脸羞红了，乔罂赶紧打断季明说："季明，注意措词，搞到一起多难听。"季明哈哈大笑，"我们都那么熟了，还那么一本正经干什么？哥，你说对不对？"

季雷笑着点点头："话是这么说，但是季明你也别太过分，要知道言多必失的道理。"

"好了，不贫了，我们先点东西吃吧？"季明向远处的侍者打了个响指，侍者拿着菜谱过来，他们点了些菜吃。然后一边吃一边正儿八经地谈到将来，甚至谈到结婚的事情。

半年后，季明和乔罂，季雷和王梅婷举行了一场隆重的集体婚礼。

婚礼还是在乔恩结婚那个酒店举行，大家在酒店门口焦急地迎接着两对新人的到来。随着九个音乐人拿着萨克斯合奏的《婚礼进行曲》响起，两对新人踩着红地毯翩翩而至，人们欢呼雀跃，鼓掌欢呼，所有的目光都集中在他们身上。

没有人会注意到不远处的一棵大树底下站着的汪洋，他前不久收到乔罂寄来的结婚喜帖，他肝肠寸断地大哭了一场，原本不想来参加他们的婚礼的，但是最终因按捺不住想看看乔罂穿婚纱时是什么模样，他还是悄悄地来了，却没有打算进入婚宴大厅，只是远远地观看，并随了一份没有署名的礼金，暗中祝福乔罂能够幸福长久。

汪洋眼里沁出的些许光亮，是爱断情伤的结晶，也是长久暗恋结束的标志。没有人注意到他，他看到季明携着乔罂的手步入酒店婚宴大厅后，他也黯然离去。从此，乔罂没有了汪洋的消息，几年之后，听说他离开深久市了。

那天来的亲朋好友很多，挤满了整个宴会大厅，热闹非凡。人们欣喜地看着台上四位新人，英俊潇洒的新郎兄弟俩脸上带着微笑，气定神闲，有种荣辱不惊的气质；新娘们笑靥如花、婉约动人，举手投足间可见良好的修养和大家闺秀的风范。众人不禁看呆了。

搞笑而热烈的婚礼仪式更是深深地吸引着人们的眼球，一时间，掌声、欢笑声此起彼伏。季明和乔罂其实是不太喜欢这种结婚典礼的，但是耐不住父

母的要求也只好照做。

好不容易捱过仪式的折腾,四位新人落座,然后就开始了绵绵不断的敬酒、推杯交盏,说些客套话。季明和季雷倒是应付自如,倒是害苦了乔罂和王梅婷,她们不胜酒力,没喝几杯就已经脸色酡红、头晕眼花了。两个伴娘替她们挡了几杯酒,然后想了个绝妙的借口,退了出来。乔罂和王梅婷在伴娘的"掩护"之下躲进了特地为她们准备的休息室。

在休息室里,乔罂感觉神志有些不清醒,她对同样不太清醒的王梅婷说:"我、我发誓我这辈子就结这次婚。"

王梅婷笑道:"我也是,这是第一次,也是最后一次。"话音刚落,她们顿觉得这话有些不妥,然后就哈哈大笑了,笑毕,乔罂说:"不对,我们俩是新娘,怎么能大笑特笑呢?我们要矜持,矜持!"

王梅婷指着她笑道:"乔罂,你真是醉得厉害,哈哈。"

"还说我醉,你不是也醉了?"乔罂说,"不对,我们是新娘,怎么能躲起来呢?走,去外面招待客人。"她说着想站起来,却感到晕晕乎乎地有些打飘,王梅婷拉住她:"你别逞强了,外面的客人有你家季明接待,你就安心在这儿休息吧。"

乔罂迷离着双眼瞅王梅婷说:"还我家季明,你以后不是季明的嫂子么?哈哈,你也是我嫂子,我还是叫你一声嫂子吧。"

"得,得,别这么叫我,我感到不适应,乔罂,我们说好了,以后我们还是以名字相称吧,叫嫂子多难堪啊。"

乔罂大笑:"怕难堪,呵呵,早干吗去了?你真逗啊,嫂子……"话还没说完,乔罂感到上下眼皮直打架,她眯着双眼睡着了。

婚宴厅里,季明和季雷南征北战,连喝了几十杯都没有醉态,哥俩儿的酒量惊人,令在场的男宾们佩服得五体投地,大家渐渐地不敢和他们对喝了,生怕自己不留神喝倒了。

季明刚回到自己的座位上坐下,有个接待人员走过来在他耳边窃窃私语,季明吃惊地盯住他,脸色变得苍白,然后起身随他走到酒店门外。大家喝得兴奋难耐,季明的离席并没引起任何人的注意。

季明站在富丽堂皇的门前,放眼望向那个找他的人,却没看到任何熟悉的身影,正当他感到有些焦虑不安时,一个全身黑衣,头上戴着一顶黑纱斗篷,手里拿着一把黑雨伞的女子走向他,看着这个装扮得如此怪异的女子,季明感到惊悚,不由得后退几步。他怔怔地看着她,隐约见到她眼角的落寂和唇边的凄楚。季明顿感不安,那女子说话了:"我今天是来送礼物给你的,祝你们幸福,礼物请笑纳。"说完把手里的雨伞递给季明。

季明感到她的声音如此熟悉,却如天籁之音般的苍凉哀婉,他心里猛地颤动一下,意识变得有些迟钝,手不听使唤似地伸过去,接过雨伞,还没来得及说话,那怪异的女子却走下台阶,飘然而去。

看着她窈窕多姿的背影,季明顿悟,她是晏婷——他即将忘掉的、风情万种的女子,深爱他却又对他施加暴力的女子。而今天她如此不合时宜地送给季明一把雨伞,她到底想向季明表达什么呢?

季明怔怔地看着她渐行渐远的背影,百思不得其解。旁边的接待人员对他说:"你该进去了。"他才恢复了意识。接待人员对他说:"季先生,婚礼上收伞不太吉利哦,你这把伞让我暂时替你保管吧。"

季明把雨伞给了他,然后回到了婚宴大厅,泰然自若地与宾客们喝酒祝兴,似乎没有出现过任何枝节一样。

后　记

　　季明在很长时间里，经常会想起他和乔罄结婚当天，晏婷送给他那把雨伞，而那把伞，那个好心的接待人员一直没有给他，后来他也忘了向他要了。但他一直无法释怀，一直想不明白晏婷送给他雨伞的含义。

　　当然，这事一直瞒着乔罄。在这个世界上，这件事永远也只有三个人知道了。

　　至于季明蹊跷被打的缘由，乔罄也想过追问，沉浸在爱河和幸福海洋中的乔罄，慢慢地淡忘了这些不快。也许，她永远也不会知道真相了。

　　季明和乔罄的楼事就讲到这里，愿天下有情人终成眷属。